Er nannte mich Püppchen

Impressum

1. Auflage Mai 2006
ISBN 3-938297-97-2

HolzheimerVerlag, Hamburg
www.holzheimerverlag.de

Coverbild: Hannah Harter
Layout und Buchsatz: HolzheimerVerlag

Danke an Chou Chou.
Danke an Cornelia Beggerow für die Mithilfe an der Cover-
gestaltung.

Druck+Bindung:
Schaltungsdienst Lange oHG, Berlin

Vorwort

Durch eine Vielzahl aufsehendenerregender Medienbe-
richte und spektakulärer Strafprozesse wurde uns in jüng-
ster Zeit in erschreckendem Maße vor Augen geführt, welchen Stellenwert Kinder und Familie in unserer bröckeln-
den Wohlstandsgesellschaft genießen - allen Lippen-
bekenntnissen etablierter Politiker und selbsternannter
Systemkritiker zum Trotz.. Steht die Familie, wie der Artikel
6 des Grundgesetzes fordert, tatsächlich noch "unter dem
Schutze der staatlichen Ordnung"?

Man möchte daran zweifeln. Denn was uns an Fällen von
Kinderpornographie, von Missbrauch, Misshandlung, Ver-
wahrlosung und daraus resultierender Anhäufung von
Gewalttaten, Drogenabhängigkeit und Prostitution von
Kindern und Jugendlichen bekannt wird, ist ja nur die
Spitze des Eisbergs. Die Dunkelziffer, so wird uns jeder
damit befasste Kriminalist bestätigen, beträgt ein Vielfaches
der zur Verfolgung gebrachten Straftaten und lässt an der
Effizienz staatlicher Fürsorge Zweifel aufkommen.

Das ergreifende Schicksal der jungen Melli, das uns die
Autorin hier schildert, ist daher nur ein exemplarischer
Lebenslauf, stellvertretend für den unzähliger anderer
Kinder in Deutschland - verlorener Kinder ohne Hoffnung,
ohne Träume, ohne Zukunft. Unehelich geboren, von der
Mutter nie geliebt, vom Stiefvater über Jahre hinweg sexuell
missbraucht, eingeschüchtert und verängstigt, ist Melli
immer auf der Suche nach Liebe und Anerkennung, die sie
weder zu Hause findet noch in der Schule und schon gar
nicht im Heim, in das sie schließlich abgeschoben wird.

Nur die um ein Jahr ältere Heiminsassin Anika gibt Melli ein
wenig Schutz, Liebe und Geborgenheit - doch von zweifel-

hafter Qualität. Denn um der trostlosen Realität des Alltags, der Hoffnungslosigkeit ihrer Existenz, wenigstens hin und wieder für kurze Augenblicke entfliehen zu können, hat Anika ein gefährliches Rezept: Heroin. Sie verleitet ihre neue Freundin Melli zur Sucht - und um den täglichen Bedarf an Rauschmitteln befriedigen zu können, bleibt letztendlich nur ein Ausweg: Flucht aus dem Heim und Geldbeschaffung auf dem "Babystrich" in der Bahnhofsgegend einer deutschen Großstadt.

Der Autorin, die ihre Heldin Melli in der Ichform erzählen lässt, ist mit diesem Buch ein Erstlingswerk gelungen, das an atmosphärischer Dichte nichts zu wüschen übrig lässt. Hannah Harter hat als erfahrene Reporterin jahrelang vor Ort recherchiert, in der vielschichtigen, düsteren "Szene" der Huren und Penner, der Dealer und Stricher - ohne jede Berührungsangst, ohne die vorsichtige Distanz, die der brave Bürger normalerweise einem solchen Milieu entgegenbringt, ohne das selbstgefällige Gruseln vor den Abgründen menschlicher Existenzen, die einem sonst nur in mehr oder weniger schlechten Kriminal- und Sittenfilmen begegnen. Jargon und Milieu sind akribisch dokumentiert, die Untiefen menschlicher Triebe sind perfekt ausgelotet, und so ist der Autorin mit der Schilderung der Lebensgeschichte der jungen Melli eine literarische Reportage gelungen, die unter die Haut geht und unser Mitgefühl weckt. Man möchte der Heldin dieses Buches wünschen, dass ihr ersehnter Traum von Liebe und Geborgenheit letztendlich doch in Erfüllung geht.

Hamburg, im März 2006, Dr. Gerhard Schlesinger
Gründungsvorsitzender des Landesverbandes Hamburg des Freien Deutschen Autorenverbandes

Die Menschen um mich herum kommen mir wie Ameisen vor, die sich gleichmäßig ihren Weg bahnen. Ständig strömen sie, mal dicht gedrängt, mal weit auseinander gezogen, mal vereinzelt an mir vorüber. Inzwischen nehme ich sie kaum mehr wahr. Bis auf die Stimmen, manchmal rieche ich ihr Parfüm. Eine Welt, zu der ich nie einen Zugang hatte, aber aus der ich nun nur ausgeschlossen sein kann. Ganz nicht. Ich ziehe auf andere Weise ihre Aufmerksamkeit auf mich. Sie haben die einerseits mitleidigen, andererseits angewiderten Blicke für mich übrig. Sie zeigen mit Fingern auf mich. Dann ist es so, als würden sie mich in meiner Welt flüchtig berühren. Sofort ziehen sie sich voller Ekel zurück, um mir ja nicht zu nahe zu kommen. Dabei ist Abschaum nicht ansteckend. Abschaum. Abschaum. Ich bin Abschaum. Eine Aussätzige. Dunkle Ecken, Gassen um den Hauptbahnhof sind mein Zuhause geworden. Schlafplätze, wenn ich Glück habe, in einer Absteige, sonst in Hauseingängen, Hinterhöfen oder in den Schächten, Gängen der U-Bahn. Manchmal hat ein Freier Mitleid und nimmt mich mit. Manchmal reißt einer von uns eine Bleibe auf. Manchmal ist es ungewiss, wenn man auf der Straße lebt. Ich bin eine von ihnen.

Eines der verlorenen Kinder, ohne Hoffnung, ohne Träume, ohne Zukunft.

Kokain, Heroin - ist meine Zuflucht gewesen. Ich glaubte, irgendwie könnte Gift mir Liebe und Geborgenheit geben. Und ich wollte, dass das Gift mir hilft, ein für alle Mal zu vergessen. Die immer wiederkehrenden Qualen loszuwerden. Den Geruch meines Stiefvaters, der sich nachts in mein Bett schlich. Wie er mir zwischen die Beine griff. Mir meinen Kopf nach hinten drückte. Wie er mir sein steifes, dickes Glied in den Mund steckte. Sein Keuchen, sein Gestank, den klebrigen Samen im Gesicht, im Mund.

Es war jedes Mal wie ein bisschen sterben.

Dann in den vielen Jahren der nächste Morgen, der mich genauso erschütterte. Mein Stiefvater hockte am Frühstückstisch, trank Kaffee, eine Zigarette im Mundwinkel, und er lächelte mich an, als wäre nie etwas geschehen. Er gab mir das Gefühl, als hätte ich bloß einen schlimmen Traum gehabt. Er tat wie immer, er nannte mich Püppchen, weil ich blond bin, lange Locken und strahlend blaue Augen habe. Er nannte mich Püppchen. Er blinzelte mich an, lächelte sogar. Er war tagsüber ein anderer Mann, so dass ich in all den Jahren nicht glauben konnte, dass er derselbe war, der mich mindestens einmal in der Woche missbrauchte. Morgens schenkte er mir oft Geld. Nachts wusste ich, was wieder geschehen würde, dann zitterte ich am ganzen Körper, kauerte an der äußersten Ecke meines Bettes. Er kam wieder. Ich versuchte mich zu wehren, ich war sechs. Ich schämte mich, wusste nicht. Er hatte gesagt, es sei normal, ich müsse lieb zu ihm sein. Sehr lieb. Wenn ich jemandem was sagen würde, würde er mich umbringen. Ich wäre selber schuld, weil ich so einen kleinen niedlichen Hintern hätte.

Später in der Schule habe ich die Mädchen in der Klasse beobachtet. Denen muss doch zu Hause so was auch passieren. Wenn alle Väter das immer mit ihren Töchtern tun?

Aber die Mädchen aus der Klasse, so war ich mir damals sicher, kommen damit besser klar als ich. Denn sie waren fröhlich und tobten ausgelassen herum. Mich beachteten sie nicht. Ich saß da ja einsam, hatte Angst, kaute Fingernägel, manchmal stotterte ich. Und dann waren da die ständigen Schmerzen. Die Wunden zwischen den Beinen konnten nicht heilen.

Weil er immer wieder kam. Nachts. Ich hasse die Nacht.

Die tiefen Wunden auf meiner Seele waren schlimmer, wie ich heute weiß. Ich fragte mich oft, warum ich nicht so leben kann wie die Kinder in den Fernsehfamilien. Warum gibt es das nicht in Wirklichkeit? Ach, ich wusste nicht, was ich damals denken sollte. Oft sehnte ich mich danach, morgens nicht mehr aufzuwachen. Doch ich musste den Morgen erleben. Immer wieder. Es war hell. Manchmal schien die Sonne. Für mich blieb es immer dunkel. Niemandem ist es aufgefallen, dass ich ein kleines Mädchen war, das nie lächelte. Ein kleines Mädchen, das Fingernägel kaute, in die Hosen pinkelte, ins Bett machte. Darum verhöhnten sie mich zu Hause, bestraften mich mit Stubenarrest. Den Grund hat niemand wissen wollen. Ein kleines Mädchen, das sich mit dem Messer die Haut blutig ritzte. Ein kleines Mädchen, das sich verstümmeln wollte, weil es sich nicht lohnte zu leben. Niemand nahm von mir Notiz. Ich hatte auch keine Freunde. Lebte in Höllenangst vor der nächsten Nacht, wenn er wieder in mein Zimmer schlich, mich packte und keuchte. Ich war noch ganz klein, da begann er bereits, mich im Badezimmer, in der Wanne, zu betatschen.

Mama - ja, Mama war auch da. Mama hatte noch drei Kinder von ihm. Darunter Zwillinge. Ich war unehelich. Meinen leiblichen Vater kenne ich nicht. Er hat sich einfach aus dem Staub gemacht. Darum bin ich ein ungeliebtes Anhängsel geblieben.

Mama - hat mich nie in den Arm genommen, mich nie gedrückt, geküsst, mir nie das Gefühl gegeben, es wert zu sein, geliebt zu werden.

Mama - sie wusste nicht, dass er mich nachts missbrauchte. Oder Mama wollte es nicht wissen. Vielleicht, weil ich es nicht wert bin, war es ihr egal. Wie konnte sie zulassen, dass ein unschuldiges Kind langsam zerbricht, bevor es angefangen hatte zu leben?

Mama - hat sich auch nicht gewundert, warum ich - ich glaube, ich war sieben Jahre alt - plötzlich ganz viel aß. Damit ich dick und unansehnlich werde. Damit mein Stiefvater mich dann nicht mehr will. Er kam trotzdem. Dann habe ich mir die blonden Locken abgeschnitten. Es half nicht. Er machte weiter. Er kam wieder und vergewaltigte mich weiter. Ich musste alles tun, was er Widerliches von mir verlangte. Ich hatte gelernt, mich nicht mehr zu wehren. Denn wenn ich mich wehrte, tat es noch mehr weh.

Obwohl ich schon unförmig geworden war, mich nun auch noch vor dem Baden drückte, lieber stank, schmierige, überweite Klamotten trug, nannte er mich weiter Püppchen und kannte kein Erbarmen. Niemand hatte Augen für meine stummen Hilfeschreie.

9

Ich begann nämlich irgendwann, Geld zu klauen. Meiner Mutter, meinem Stiefvater, in der Schule. Für das Geld kaufte ich dann irgendwas, um es anschließend an meine Klassenkameraden zu verschenken, weil ich inbrünstig hoffte, geliebt zu werden. Sie nahmen die Geschenke und ignorierten mich weiter. Schließlich erwischten sie mich in der Schule dabei, wie ich die Klassenkasse plünderte. Ich weiß noch, wie verstockt ich da stand, wobei ich sogar irgendwie stolz auf mich war, eine Straftat begangen zu haben. Denn plötzlich genoss ich etwas, wonach ich mich immer gesehnt hatte - Aufmerksamkeit. Aber ich war nun als Diebin abgestempelt und stand im zweifelhaften Mittelpunkt. Die Klasse ächtete mich noch mehr. Anders als vorher, sie wurden handgreiflich, hänselten mich. Es war ein Spießrutenlaufen. Meine Mutter prügelte mich grün und blau. Ich konnte es nicht mehr aushalten und haute das erste Mal ab. Ich flüchtete mich auf einen Spielplatz. Schlief dort in einer Holzhütte. Mir gefiel es, sich zu verkriechen wie ein waidwundes Tier. Es war zwar kalt, der Regen trommelte auf das Dach, aber ich fühlte mich sicher vor allem Bösen dieser Welt. Vor allem vor meinem Stiefvater. Tagsüber streunte ich durch die Straßen wie eine räudige, herrenlose Katze und stibitzte in der Nähe auf dem Markt Brot und Obst. Nach vier Tagen wurde ich von der Polizei aufgegriffen und zurück nach Hause gebracht. Wieder setzte es Schläge. In einem günstigen Augenblick floh ich wieder. Diesmal eine Woche. Bis mich die Polizei aus der Holzhütte holte. Sie waren von Anwohnern alarmiert worden. Ich war total verdreckt, hungrig. Ich werde nie vergessen, wie ich schrie und tobte. Dass ich nie wieder nach Hause will. Als die Polizisten mir das versprachen, war ich das erste Mal nicht von Erwachsenen enttäuscht worden. Sie lieferten mich wirklich im Heim ab. Und ich kann sagen: Ich war froh. Fühlte mich befreit. Trotzdem lebte ich in ständiger Angst, man könnte mich wieder nach Hause schicken. Außerdem ließen mich die Gedanken nie los: Ob die anderen Mädchen das, was Väter mit ihren Töchtern machen, besser verkraften? Oder ob sie es normal, sogar schön finden? Oder ob ich mich wirklich so dummerhaftig aufführe, wie mein Stiefvater sagte? Und ob es stimmt? Wie er keuchte, als er sich vor mir befriedigte, mich dabei befummelte. Der Vater ist immer der erste Mann im Leben seiner Tochter. Egal ob es die Stieftochter ist. Heute weiß ich, dass es nicht so ist!

Ich erinnere mich an die ersten Wochen im Heim. Einerseits war mir, als würde ich ein neues Leben beginnen. Andererseits verfolgte mich mein Peiniger, wohl genährt von der Angst, er würde mich gleich abholen. Ich hörte die Schritte meines Stiefvaters. Manchmal sah ich mich um, weil sie mir überlaut erschienen. Manchmal meinte ich den Gestank seines feuchten Leibes in der Nase zu haben, seinen faulen Atem zu riechen. Wie mich auch sein Stöhnen quälte. Besonders in den Nächten, wenn es still war in dem Heim. Ich konnte es nicht verhindern, dass mich die Schreckensbilder übermannten. Ich weiß nicht, ob ich es wieder erlebte - oder nur träumte. Er missbrauchte mich in meiner Phantasie. Die Schmerzen, Scham, Not habe ich körperlich gespürt. Es endete immer damit, dass er morgens lächelte und mich Püppchen nannte. Dann schreckte ich aus meinem Albtraum hoch. Dabei war ich doch in Sicherheit. Ich verkroch mich anschließend immer unter die

Decke. Die Wärme gab mir das, was ich immer vermisste: Ruhe und Geborgenheit. Wie bescheiden ein kleiner Mensch werden kann. Wie man instinktiv einen Ausweg sucht. Doch ein wenig davon zu bekommen, was einem nie gegeben wurde. Ich habe nach einem Strohhalm gegriffen. Ich klammerte mich verzweifelt daran. Es half mir tatsächlich. Die Albträume verblassten bzw. ich hatte mich daran gewöhnt wie an ständige Kopfschmerzen. Ich wusste nur eins, und das machte mir Mut. Dieses Heim würde mein Stiefvater nicht betreten, wenn es bislang nicht geschehen war. Meine Mutter hatte mich, ihr verhasstes Kind, hierher auch auf gewisse Weise entsorgt.

Ich war für die und die waren für mich wie gestorben.

Und ich? Ich war nach einigen Monaten glücklich wie nie in meinem Leben. Ich konnte endlich ins Bett gehen, endlich einschlafen ohne Höllenangst. Das Aufschrecken zwischendurch in der Nacht lernte ich so hinzunehmen, wenn sich ein Schatten über mich beugte und Hände scheinbar nach mir griffen... Da war ich elf Jahre alt. Ein Mädchen, das zwischen Hölle und Himmel schwebte.

Ich fühlte mich bei den Erzieherinnen erst sehr wohl, sogar gut aufgehoben. Wir waren zu dritt im Zimmer untergebracht. Tanja, Anika - wir verstanden uns sofort. Warum, habe ich mich noch gewundert, muss ich erst ins Heim kommen, um Freundinnen zu finden? Wirklich, ich war sehr glücklich und versuchte, das Scheußliche zu verdrängen. Vergessen - das habe ich schon damals geahnt - würde ich nie.

Es machte mich auch nicht traurig, dass die anderen Besuch von den Angehörigen und Geschenke erhielten oder auch mal die Wochenenden zu Hause verbrachten.

Nach Hause? Niemals mehr!

Durch Anika begriff ich dann, dass es nicht üblich war, was mein Stiefvater mit mir gemacht hatte. Anika war darum von zu Hause weggeholt und ins Heim gebracht worden. Sie erzählte es mir nur andeutungsweise. Aber ich verstand sofort, was sie meinte, und ich gab ihr dies auch zu verstehen. Bei ihr war es der leibliche Vater. Wir näherten uns stichwortartig an und gestanden uns schließlich d a s verschlüsselt.

Ich war erleichtert, schon die Anspielungen halfen mir, weil mir so klar wurde, nicht ganz allein in meinen Nöten zu sein. Anika wurde auch missbraucht. Wir wurden daraufhin dicke Freundinnen und schworen uns, immer füreinander dazusein. Leid schweißt zusammen. Noch mehr, da die Außenwelt mit dem Thema nicht konfrontiert wird, vielmehr sich das nicht vorstellen will und auch nicht kann.

Wir waren Mädchen aus dem Heim. Waren zusammen stark. Es war die schönste Zeit in meinem Leben, jedenfalls denke ich das. Das änderte sich aber. Statt mich zur Ruhe kommen zu lassen, versuchten meine Erzieherinnen immer wieder, d a s aus mir herauszulocken. Was mein Stiefvater mir angetan hatte. Wieder waren die Todesängste da. Darum lebte ich immerfort in Panik. Er könnte hier doch auftauchen und mich umbringen. Außerdem zermarterte ich mir den Kopf, woher die Erzieherinnen davon wissen könnten. Die Angst kehrte sich um, denn mein schreckliches Geheimnis war keines mehr.

Schließlich fingen die Erzieherinnen an, mich zu quälen. Ich sollte was zeichnen. Mit so komischen Puppen spielen, die wie Erwachsene aussehen. Die Erzieherinnen wollten an mein schreckliches Geheimnis. Ich wollte mich nicht anvertrauen, mich nicht öffnen. Ich konnte es auch nicht. Wie kann man als kleines Mädchen über etwas sprechen, was es selber jahrelang sprachlos gemacht hatte? Warum ließen mich die Erzieherinnen nicht in Frieden? Ich war doch hier bis dahin glücklich. Ein Heimkind, das glücklich war. Warum zerstören sie alles? Als würden sie mir den Strohhalm entreißen, an den ich mich klammerte. Die Erzieherinnen übten ständig Druck aus. Wenn ich es nicht mehr aushielt, versteckte ich mich im Keller. Die Höllenangst, stellte ich dabei entsetzt fest, schien in mir nur geschlafen zu haben. Sie war wieder da. Ich erzählte Anika davon. Sie wusste Rat, ich sollte was rauchen. Dann würde das weg gehen. Anika haute nämlich häufiger ab, zum Hauptbahnhof, wo sie rauchte. Sie nannte es Blech rauchen. Ich wusste nicht, was das ist. Aber Not und Neugier beflügelten mich und wir verschwanden beide zum Bahnhof. Dort wartete ich an einer Ecke. Ich beobachtete, wie Anika das Zeug besorgte.

Die Mädchen auf der anderen Straßenseite - als sich zufällig unsere Blicke trafen, waren mir die irgendwie vertraut. Ich fühlte mich nicht sonderlich fremd, weil ich spürte, unter meinesgleichen zu sein. Was das zu bedeuten hatte, wusste ich damals natürlich nicht. Dann kam Anika zurück, sie zerrte mich in einen Hinterhof. Wir hockten uns neben Müllcontainern auf eine Treppe und breiteten Alufolie aus. Anika machte es mir vor. Erst musste man eine Zigarette anzünden. Sie gab mir eine leere Zigarettenspitze. Auf die Alufolie legte sie mir einige bräunliche Krümel - sah aus wie gemahlener Pfeffer. Mit dem Feuerzeug erhitzte ich das Zeug, bis es flüssig wurde. Das Resultat war ein ekelhafter Anblick. Sobald ich damit fertig war, musste ich einen Zug aus der normalen Zigarette nehmen, um anschließend mit der Spitze die Flüssigkeit zu inhalieren. Es schmeckte widerlich. Dauernd musste ich spucken und würgen. Anika meinte, ich solle durchhalten. Das Zeug knalle nachher schön, so dass ich es nie mehr missen wolle. Dass es sich dabei um Heroin handelte, wusste ich nicht.

Plötzlich setzte die Wirkung ein. Demütigungen, Not, Pein wurden mir genommen. Noch mehr. Das Heroin - wir nennen es Gift - hatte mich liebevoll umschlungen, wiegte mich in den Armen. Gift hatte mich auf eine rosarote Wolke gesetzt, schwebte mit mir nach oben. Ich wünschte mir, der Zustand möge nie vergehen.

Doch langsam wurde die Wolke grau und löste sich blitzschnell auf. Es war, als würde ich auf den Boden der Tatsachen zurückgeschmettert werden. Auf einmal wurde ich mir des dreckigen, zugigen Hinterhofes bewusst, in dem ich kauerte, und noch stärker wurden mir meine Probleme vor Augen geführt, die mich, weil ich gezwungen wurde, darüber nachzudenken, wie eine Lawine überrollten. Von diesem Augenblick an wusste ich, dass ich mich immer wieder mit Gift betäuben würde. Wenigstens konnte ich, wenn ich es nicht mehr aushielt, so den inneren Frieden finden. Danach ertappte ich mich dabei, dass ich nur an die Wirkung von Blechrauchen dachte. Ich begann damit, mich danach zu sehnen.

Was daraufhin geschah, ist schnell erzählt. Anika und ich flohen auch weiterhin ständig aus dem Heim, um uns im Bahnhofsviertel herumzutreiben. Weil wir nur darauf aus waren, Blech zu rauchen, brauchten wir natürlich dafür Geld. Also gingen wir in die Kaufhäuser, natürlich nur, wenn die Gelegenheit günstig war, und schnappten uns hier und da eine Geldbörse. Es war für uns wie ein Spiel. Wir feierten, wenn viel Kohle drin war. Unrechtsbewusstsein verspürten wir nicht. Vielmehr hatten wir das Gefühl, frei zu sein, frei zu leben und vor allem nicht bestimmt zu werden. Logisch, dass wir deswegen natürlich inzwischen ständig riesige Probleme im Heim bekamen. Wir gingen nicht mehr in die Schule und kamen erst nachts zurück. Wie es uns gefiel. Aber als die Heimleiterin uns massiv drohte, wir würden auseinandergerissen, in anderen Heimen, in anderen Städten untergebracht werden, wenn wir uns nicht bessern würden, fassten Anika und ich den Entschluss, ganz abzuhauen.

Anika war 15 und ich 14, als wir uns auf den Weg zum Bahnhof machten. Wir klatschten uns gegenseitig die Handflächen und lachten, weil wir fest davon überzeugt waren, unser armseliges Leben zu meistern: Wir halten zusammen! Irgendwie schlagen wir uns schon durch! Irgendwie! Irgendwie! Irgendwie - bedeutete natürlich zu klauen, einbrechen zu gehen, immer auf der Flucht zu sein.

Das war uns sehr wohl klar, aber gleichzeitig völlig bedeutungslos. Denn wir fühlten uns wie Heldinnen, schwammen gegen die Gesellschaft, gegen die Strömung. Als wir damals aus dem Heim abhauten, gaben die natürlich eine Vermisstenanzeige auf. Die Polizei - wir nannten sie abfällig Schmiere - wie Sozialarbeiter und Zivilfahnder durchkämmten ständig den Bahnhof, die einschlägigen Lokalitäten, umliegenden Plätze, Orte, Absteigen. Sie suchten nach entlaufenen Kindern, Jugendlichen, fahndeten nach Kriminellen.

Aber wir vom Bahnhof, die Gestrandeten, mochten noch so enttäuscht, verraten vom Leben sein. Wenigstens hielten wir zusammen, halfen einander, und gaben, wie die an uns, Minderjährigen Tipps, wo gerade kontrolliert wurde und wo wir uns verstecken konnten. Es war spannend. So als würden wir unseren eigenen Abenteuerfilm leben. Die Gestrandeten am Bahnhof sind wie eine Familie. Angenommen zu werden, eine Familie zu haben, ist für Menschen, die ähnliche Schicksale zu beklagen haben, ein Halt, den sie nie hatten. Hier können sie sich öffnen, werden verstanden. Wenn sie nichts sagen wollen, wird es auch so hingenommen. Uns hatte die Familie gleichfalls aufgenommen.

Obwohl wir damals ja noch Kinder waren, wirkten wir eher wie Strandgut. Strandgut, Opfer, wonach Täter suchen. Oh ja, Männer versuchten uns aufzusammeln. Weil sie glaubten, mit uns machen zu können, was sie wollen. Männer, die um und durch die Bahnhöfe streiften, so unterschiedlich sie auch aussehen mochten, hatten diese gewisse Haltung, die geilen, verklemmten, perversen Blicke. Sie suchten nach Sex mit Minderjährigen, machten Versprechungen, erweckten Wünsche auf eine schöne Zukunft bei ihnen. Natürlich wollten sie uns damit locken. Aber wir durchschauten sie dank unserer leidvollen Erfahrungen. Zwar waren wir da schon vom Gift abhängig. Trotzdem bewahrten Anika und ich unseren Instinkt. Diese schrecklichen Erfahrungen mit Vater und Stiefvater waren in uns. Unser Instinkt meldete sich wie ein Notruf. Es war wie ein innerer Schrei. Anika und ich sahen uns dann verschwörerisch an.

"Sieh mal, der hat den gierigen Blick, schleicht so. Auch so einer wie..." Wenn ich heute darüber nachdenke, redeten wir beide nie über Einzelheiten. Auch hatten wir die Worte "Stiefvater" und "Vater" nie ausgesprochen. Denn unter einem Vater versteht man normalerweise etwas Liebes, er ist ein Mann, der die Kinder beschützt, zu dem man kommen kann, wenn man Sorgen hat. Wenigstens blieb es uns erspart, nochmals geschändet zu werden. Wir lernten andere Kinder, Jugendliche kennen, die genauso drauf waren wie wir. Gemeinsam schliefen wir in Hinterhöfen, zogen Leute ab, raubten sie aus, klauten wie die Raben. Wir rauchten Blech, schnupften Gift und Kokain. Tranken Bier, Schnaps. Sangen, tanzten, bauten uns Luftschlösser. Träumten auch von einer besseren Welt. Doch niemand sprach es aus. Vielleicht begriffen wir es nicht. Vielleicht waren wir glücklich. Aber wer kann das schon bestimmen? Wer von uns hatte erfahren, wie sich Glück anfühlt?

Wir waren Straßenkinder. Andere wiederum waren älter. Wir amüsierten uns gut, lagen uns gegenseitig in den

Armen, wenn wir traurig waren, weinten zusammen. Wir waren "breit", mit Gift "zugezogen", schmissen Trips, "machten" uns den Kopf zu. Alle im Abseits, der Abschaum, der sich betäubte, weil er über die bittere Zeit, die ihn aus der Gesellschaft katapultierte, nicht nachdenken wollte. Einige übertrieben, ihr Gehirn wurde eine einzige breiige Masse. Sie wissen nicht, was sie tun, merken nicht mal, wenn sie sterben.

Und dann waren da immer welche, die zur Gesellschaft in die höheren Kreise gehörten, hier allerdings herumlungerten, so taten, als wären sie zufällig geschäftlich unterwegs, weil sie nicht zeigen wollten, dass sie unsere Nähe suchten. Oh ja, auch meine... warum? Weil sie inzwischen meine Freier sind.

Ich brauchte für das Gift ca. viertausend im Monat. Anika ungefähr siebentausend. Sie ballerte, hing an der Nadel. Wir beide blieben Freundinnen, die füreinander durchs Feuer gingen. Nämlich seit drei Jahren. Weil wir nicht klauen, einbrechen gehen, keine Überfälle mehr begehen wollten. Anika und ich wollten nicht geschnappt werden. Schließlich wären wir automatisch in den Knast gewandert, was den totalen Untergang bedeutet hätte. Diese Befürchtungen hatten für uns, den Abschaum, ihren Grund. Wir hatten nämlich von anderen gehört, die im Jugendgefängnis einsaßen, wie schrecklich die Zeit für sie gewesen wäre. Das Schlimmste jedoch wäre gewesen, dass wir kein Gift mehr hätten, unsere hart erkämpfte Freiheit verlieren würden. Darum blieb Anika und mir nur der Strich. Drogenstrich. Als wir noch Kinder waren, noch im Heim lebten, standen

wir in einer Nebenstraße auf dem Babystrich. Nicht öffent-
lich, sonst hätte uns die Schmiere gegriffen.

Die anderen Mädchen gingen ja schon vor mir auf den
Strich. Ich war 14 und brauchte Geld für Gift, andererseits
wollte ich nicht abseits stehen.

Es war abends und es regnete. Ich kauerte auf den Stufen, die zu einer verdreckten Absteige führten. Auf der anderen Straßenseite lauerte ein fetter, alter Mann. Sein Kopf war breit und kahl, dafür trug er einen grauen Kinnbart. Er gierte mich die ganze Zeit an. Es lief mir dabei eiskalt den Rücken herunter. Weil ich natürlich an meinen Stiefvater erinnert wurde. Dabei bekam ich Mordgelüste. Ich stellte mir vor, ich hätte eine Knarre und würde den Kerl da drüben mit Kugeln durchsieben, tödlich getroffen würde er, an der verdreckten Wand gegenüber, langsam und blutüberströmt zusammensacken, bis sein Kopf in den Dreck fiel.

Die Szenen, die ich mir ausgemalt hatte, wurden von der Realität brutal übertüncht. Der Kerl stand urplötzlich vor mir. Ich hatte ihn nicht kommen hören. Dafür hörte ich, wie er mich fragte, ob ich Zeit hätte. Und wie viel. Seine Stimme war ruhig. Er fragte nicht einmal, wie alt ich wäre. Ich weiß noch, wie ich statt der üblichen 70 oder 100 Mark "300" murmelte. Irgendwie hoffte ich, dass er dann abdrehen würde. Er nickte aber. Ich sah ihn nicht an. Dann rappelte ich mich hoch, drehte ihm den Rücken zu und ging vor, hinauf in die Absteige. Keiner von uns sagte ein Wort. Die Tür schepperte hinter uns ins Schloss.

Der Altbau ist dunkel, feucht. Gelüftet wird nie. Die Ausdünstungen von Freiern und Strichmädchen hängen in den Gängen und Zimmern. Gestank nach Sex für Geld. Der Wirtschafter Willi nahm dem Freier die Kohle für eine Stunde ab. Zimmer sieben. Ich hantierte mit dem Schlüssel. Das Schloss klemmte. Dann ging die Tür auf. Schon standen wir uns im Zimmer gegenüber. Schweigend nahm ich die 300, als der alte Sack sich genötigt fühlte, mir zu sagen, dass er Artur hieße. Damit wir uns mit Namen anreden konnten. Ich heiße zwar Melli, dachte mir allerdings schnell einen anderen Namen aus. Den habe ich schnell vergessen, als wäre es eine andere, die gleich Sex mit dem alten Sack machen müsse. Ich war froh, dass man in dem Zimmer kaum die Hand vor Augen sehen konnte. Rotes, blaues Neonlicht. So blieb alles im Dunkel. Der Dreck, die Gesichter der Prostituierten und der Freier. Artur sah mich trotzdem ständig an. Und ich kauerte mich auf das Bett und dachte nur, dass es hoffentlich bald vorbei sein würde. Als er verlangte, dass ich mich ausziehen sollte, da kam mir wieder diese Knarre in den Sinn. Während ich - ich konnte ja nicht mehr zurück - Hemd, Shirt, Jeans auszog. Dabei klammerte ich mich an die 300 in meiner Hosentasche und an das Gift, was ich mir damit kaufen konnte, womit ich mich dann richtig "zuziehen" würde.

Ich schaffte es dann tatsächlich, mich innerlich abzustellen wie mit einem Schalter. Ich war nackt, Arthur fett, alt, fummelte ein wenig, kam kaum in mich rein, da spritzte er schon ab. Sofort sprang ich auf, als er mich zurückhalten wollte, um mich auch noch zu umarmen, zu streicheln. Ich höre noch jetzt meinen spitzen Schrei, als hätte er versucht, mich umzubringen. Daraufhin ließ er mich sofort los. Anschließend faselte er immerzu davon, ich müsse kein Angst vor ihm haben. Er könne mit Kindern umgehen, er wäre Lehrer. Er würde wissen, warum ich so was mache. Ich hätte Probleme. Ich sei jung, unschuldig. Hätte das Leben noch vor mir. Er wollte mir helfen, festen Boden unter den Füßen zu bekommen. Dass ich ein normales Leben führen könnte. Ich weiß noch, wie ich mir dabei blitzschnell meine Klamotten anzog und mich wunderte, dass die Worte mir von selbst aus dem Mund sprudelten:

"Normales Leben? Was ist das? Bist du normal? Dass du hierher kommst und eine Dreizehnjährige fickst? Findest du das normal? Darüber solltest du nachdenken. Und nun spielst du dich als mein Retter auf! Ich will niemanden, der mich rettet! Bist du mal auf die Idee gekommen, dass ich gerne so lebe wie ich lebe? Ich liebe das Leben, Gift, meine Freunde am Bahnhof. Nur das mit dir ist ekelhaft. Aber ich brauche die Kohle!"

Die Szene ist für mich noch zum Greifen nahe, wie er im Dunkeln wie eine fette Qualle auf dem Bett hockte. Mir war urplötzlich übel. Blitzschnell verließ ich den Raum. Als ich den Gang entlang lief, war ich froh, es so gut überstanden zu haben - und als ich aus der Steige rannte und der Regen mir ins Gesicht schlug, war ich glücklich. Denn ich war auf dem Weg zu meinem Rendezvous mit dem Gift.

Unzählige Freier folgten. Mit jedem weiteren Freier begriff ich stärker und stärker, nicht mehr das Opfer zu sein, auch wenn sich das erst nach und nach herauskristallisierte. Nämlich, seitdem ich ihre Angst gespürt und gerochen hatte. Freier haben Höllenängste, in den schmierigen Gassen, in dem einschlägigen Viertel erkannt zu werden. Dazu mit Minderjährigen, nackt, in den Steigen. Falls Freier erwischt werden, gibt es dafür Knast. Für die verheirateten Biedermänner, mit deren Ehefrauen sexuell nichts mehr läuft, wie die meisten behaupten, wäre das eine Tragödie. Die Maske des Biedermannes würde ihnen nicht nur vom Gesicht gerissen werden. So in der Öffentlichkeit angeprangert, würde das nur deren Untergang bedeuten. Aber das scheint ihnen nie bewusst zu sein. Oder sie denken absichtlich nicht darüber nach. Denn die perverse Gier nach einem Kinderkörper ist übermächtig.

Das nutzten Anika und ich eiskalt aus. Wir versprachen den Freiern Sex zu dritt. In den Steigen dann setzten wir sie mit K.o.-Tropfen außer Gefecht und zogen sie ab. Bargeld, Uhren, Kreditkarten, Schecks verkauften wir an die Türken weiter. Natürlich würde nie ein Freier Anzeige erstatten. Das ist uns sonnenklar. Sonst würde ihr Doppelleben auffliegen. Unser Leben... Ein Leben zwischen Himmel und Hölle. Der Zustand ist geblieben. Als kleines Mädchen war es ja auch schon so. Ich habe mich daran gewöhnt, weil ich es nicht anders kennengelernt habe.

Mein Leben als „Abschaum"

Jetzt bin ich 17. Gift hat meinen Körper ausgezehrt. Freiern gaukele ich vor, ich wäre 15. Mein Körper besteht aus Haut und Knochen. Die Rippen kann man einzeln zählen. Die Beine sind spindeldürr, der Po winzig, Brüste kleine Erhebungen. Ist fürs Geschäft positiv. Wenn ich mich jünger mache, zahlen die mehr. In ihrem Kopf spielt sich ab, dass sie Sex mit einem Kind haben. Wenn die wüssten, dass ich schon 17 bin, würden die gar keinen hoch kriegen.

Und ich...? Meine Haut ist durch die Drogen grau. Meine strahlend blauen Augen sind seit der Kindheit stumpf, nun ist das Licht längst ausgegangen. Tote Augen. Mir ist der Ausdruck wohlbekannt. Wenn ich Anika ansehe, andere, die sich dem Gift hingegeben haben. Nun ausgeliefert sind. Wir haben alle denselben leeren Blick. Tot, man könnte den Eindruck haben, wir wären lebendige Tote. Noch bewegen wir uns ja. Obwohl wir abgewrackt sind. Meine blonden Haare hängen strähnig herunter, sind stumpf. Meine Jeans ist fleckig, die Shirts, die Jacke ebenfalls. Ich, wir alle tragen mehrere Shirts übereinander. Drogensüchtige frieren immer. Die Droge nimmt uns jede Wärme. Es ist so, als würde der Ofen des Lebens ständig in den letzten Flammen zucken. Gedanken über den Tod machen wir uns nicht. Mit jeder Dosis tanzen wir mit ihm. Der Tod ist uns vertraut. Wir haben keine Angst vor ihm. Die Ameisen können nie begreifen, wieso die Kakerlaken so freimütig darüber reden können, und das, was sie sagen, auch so meinen. Oh ja, noch lebe ich. Mein Rücken schmerzt nämlich. Die ganze Zeit, in der ich am Bahnhof herumlungere, presse ich mich an einen Pfeiler. Irgendwo muss ich mich immer anlehnen. Nun ist mir so, als wäre ich aus einer Art Schlaf erwacht. Ich kann mich innerlich entfernen, egal wo ich gerade bin. Um mich herum ist alles wie mit einem grauen Schleier bedeckt. Das Verschwommene nimmt langsam Konturen an. Die Realität. Sie ist scharfkantig und brutal. So stehe ich hier, verloren, in ausgelatschten Schuhen. Gammeligen Klamotten. Dreckig - irgendwie wärmt Dreck auch -, als hätte mich jemand ausrangiert, abgestellt, bis die Müllabfuhr mich entsorgt.

Es ist Feierabendzeit. Die Menschen scheinen um ihr Leben zu rennen, wie sie in die U-Bahnen strömen. Sie sind beladen mit Tüten. Sie haben es eilig, haben keine Zeit. So sehen auch ihre Mienen aus. Abweisende Blicke. Die Lippen zusammengekniffen. Arme und Hände, als wären sie ständig in Abwehrhaltung. Sie wirken nicht, als hätten sie Freude am Leben. Weiß Gott nicht. Sie rennen, laufen - aber vielleicht nur, um nach Hause zu kommen. In ihr behagliches Nest. Natürlich sehne auch ich mich danach. Obwohl ich doch erlebt habe, was sich in den vier Wänden Grauenhaftes abspielen kann. Das ist hoffentlich nicht die Norm. Es kann doch auch harmonisch sein. Die Phantasie ist durch das Leben auf der Straße entstanden. Nur Träume. Die Wirklichkeit ist wohl doch meist andersartig. Wenn ich an die Freier denke? Nach außen haben sie ein intaktes Familienleben. Das traute Heim... nur nach außen...

Mir ist urplötzlich bitterkalt. Als würden mich eisige Hände streicheln. Mein Mund ist trocken. Gleichzeitig bildet sich kalter Schweiß auf meiner Stirn und den Handflächen. Das erste Signal. Mein Körper kann ohne Gift nicht mehr existieren. Mein Gehirn teilt mir hämmernd mit, dass ich Gift brauche. Wenn nicht, komme ich "auf den Affen". Wer den Ausdruck geprägt hat, weiß niemand. Vielleicht, weil man sich dann wie ein Affe benimmt? Mimik, Töne, Klimmzüge, Halluzinationen, unartikulierte Schreie. Wenn der Körper nach Gift brüllt, die Gliedmaßen einem den Dienst versagen. Schüttelfrost, Hitzewallungen sich abwechseln. Mein Zustand jetzt ist so. Drogensüchtige wissen, welche Phase gemeint ist, ich bin "affig". Ich muss meine Dosis haben, ehe mich der "richtige Affe" an die Hand nimmt.

Das ist die Hölle. Wir helfen einander mit Droge aus, weil wir um den verheerenden Zustand wissen. Wenn ich meine Sucht befriedigt, Gift geraucht, Kokain geschnupft habe, warte ich heute vergebens auf die wundervolle Reise. Das Gift wirkt inzwischen anders auf mich. Gift ist tückisch. Damit ich einen Fuß vor den anderen setzen kann. Damit ich denken, sprechen, handeln kann, brauche ich meine Dosis. Gift wiegt mich nicht mehr in den Armen, lässt mich nicht auf einer rosaroten Wolke schweben. Ich bin aber versessen drauf, das wieder zu erleben. Darum habe ich mich eine Zeit lang "zugemacht". Die rosarote Wolke habe ich trotzdem nie gesehen. Stattdessen stürzte ich in die Finsternis. Überdosis. Das endete im Krankenhaus, wo ich mehrmals wiederbelebt wurde. Da wurde mir klar, die rosarote Wolke nie mehr haben zu können. Das Gift köderte mich damit, um mich ganz zu beherrschen. Gift ist mein Schicksal.

Ich warte seit mittags auf Anika. Sie wollte Gift bei ihrem türkischen Dealer besorgen. Es soll Ware eingetroffen sein. Anika braucht lange heute. Das kann verschiedene Gründe haben: Entweder wurde der Dealer von der Polizei gegriffen oder die Ware ist verspätet eingetroffen, noch nicht abgemischt. Denn wir beziehen nur von einem Dealer. Die Ware ist sauber, gut gestreckt. Er gibt Stoff, der nicht knallt, weil kaum Heroin drin ist. Oder die mischen auch manchmal irgendwelche Arzneien darunter. Daran sind Süchtige schon gestorben. Der Kreislauf, das Herz machen das nicht mehr mit. Darum ist es wichtig, zu einem Dealer Vertrauen aufzubauen. Wir kaufen nie von Farbigen, weil die einen betrügen. Die wollen die schnelle Mark. Ihnen ist es scheißegal, wenn Weiße krepieren. Warum, ist ja nun wohl bekannt.

Meine eiskalten Hände scheinen wie gefroren, fangen an zu zittern. Gleich wird das Zittern in den Beinen folgen. Also, wenn Anika nicht gleich mit dem Stoff da ist, werde ich bei Jimmy was zur Überbrückung auftreiben. Nur dann muss ich jemandem Bescheid sagen, dass ich gleich wieder hier bin. Das ist hier so. Die Platten vor dem Bahnhof, wenn man unter sich zeigt, verspricht, dass man hier wartet. Es ist wie ein Schwur. Dann bleibt man genau auf der Platte stehen. Das wissen die anderen aus der Szene auch. Welche, die warten, andere die sagen, sie kommen später wieder. Egal wann.

Irgendwie ist der Platz hinter dem Bahnhof wie unser Büro. Immer, wenn mein Blick in die Ecke fällt, neben den Mülleimer, erinnere ich mich: Genau dort an der Wand hatte Maren immer gekauert. Sie war eine, die das kleine Bisschen Disziplin vermissen ließ. Es hört sich lächerlich an, wenn eine wie ich das sagt, aber Gift will einen Menschen ganz. Maren begriff wohl nie, dass es die rosarote Wolke nie mehr gibt. Vielleicht spritzte, schluckte und soff sie darum alles durcheinander. Jedenfalls kauerte sie dort in der Ecke auf dem Boden, war so zu, so auf dem Affen, dass sie bereit war, für den nächsten Schuss alles zu tun. Das nutzten die Freier aus. Sie versprachen ihr 30 Mark, wenn sie mit ihnen schlafen würde. Daraufhin nahmen sie sie im Auto mit. Auf einem der abgelegenen, dun-

klen Parkplätze, schlugen sie Maren dann, traten sie, verge-
waltigten sie. Warum? Vielleicht wollen sie das ausleben,
was sie in Gewaltpornos gesehen haben. Einmal wurde
Maren von einem Freier auf einem Parkplatz aus dem Auto
geworfen. Sie verletzte sich schwer. Ein Penner fand sie und
rettete sie somit.

Letztes Jahr wurde Maren vergewaltigt und erwürgt. Sie lag
in einer Grünanlage. Zwischen Hundescheiße, gebrauchten
Spritzen, leeren Bierdosen. Die Presse hatte nur eine kleine
Meldung für sie übrig. Und die Schmiere bemüht sich nicht
besonders, den Mörder zu finden. Kakerlaken werden auch
zertreten. Eine auf dem Drogenstrich weniger. Erst waren
wir über Marens Schicksal schockiert, aber das dauerte nicht
lange, denn das Gift nimmt uns jede Energie, tötet Gefühle
wie Träume, Liebe, Trauer. Nur Hass bleibt. Hass auf alles,
was uns zerstört hat. Hass auf Gift. Der Hass kommt aber
nicht gegen das Gift an. Hass. Das einzige Gefühl, das tief
geht. Wenigstens spürt man, dass man noch lebt.

Ich lasse nun meinen Blick schweifen. Der Vorplatz vom
Bahnhof ist auf gewisse Weise wie im Krieg von uns
besetzt. Kleine Gruppen. Dosenbier. Manchmal liegt ein
Hund auf den Fliesen. Zusammengerollt, fest schlafend,
auch er hat das hier als sein Zuhause akzeptiert. Da hinten
schlängelt sich ein Stammfreier von mir hindurch. Bernd!
Na, der kommt mir ja wie gerufen. Bernd trägt wie immer
den typischen Anzug eines Buchhalters. Nicht zu hell, nicht
zu dunkel, so grau in grau wie sein Leben. Der Biedermann
ist eingerahmt wie in eine Dekoration. Kleine Gruppen von
Strichern, Freiern, die unruhig auf- und ablaufen. Alle
Menschen am Bahnhof sind ständig in Bewegung wie ein
schnappender schmutziger Tümpel. Schräg neben mir

klappt eine Autotür zu. Ein Freier nimmt einen Stricher mit. Schnell, unauffällig. Die Abendsonne ist warm und weich. Als würde sie von dem Schattendasein wissen, schiebt sich eine dunkle Wolke darüber. Ich gebe Bernd ein Zeichen, er grinst blöde und steuert auf mich zu, bleibt neben mir stehen, scharrt mit seinen Füßen auf den Fliesen. "Hallo, Melli. Tag, Melli. Wie geht es dir?"

"Gut! Gut! Gut!", erwidere ich und sehe an mir herunter... Gut? Das kann gelogener nicht sein. Bernd blickt an mir vorbei, als er mich fragt: "Melli? Ich habe dich an deinem Stammplatz gesucht."

"Du hast mich doch gefunden", mustere ich ihn von oben bis unten, ändere den Ton süßlich, weil ich weiß, dass ich "lieb" tun muss, um möglichst viel rauszuschlagen. "Du warst lange nicht da." Er befummelt seine Jacke, es sieht so aus, als würde er lieber gehen, ich kenne das, wie die Männer die Lippen formen, betreten gucken. Ich warte dann, bis sie es ausgesprochen haben. "Hast du Zeit?" Seine Stimme klingt dünn. Wahrscheinlich hat er es nie gewagt, laut zu reden, weil er verklemmt ist, Angst hat. Ich nicke nur und drehe seitlich ab. Er weiß schon, in welcher Steige wir uns treffen. Ich gehe vorweg. Er hinterher. Weil er mit mir nicht zusammen gesehen werden will. Ich habe ihm die Panik schon angemerkt, als er mit mir die wenigen Worte wechselte. Ich tippe, während ich den Vorplatz verlasse, einem von uns, Marko, einem Stricher, der sich an einer Bierdose festhält, auf die Schulter. "Wenn Anika kommt, soll sie hier warten. Ich mach' mal eben eine Steige." Marko nickt, ich weiß, ich kann mich auf ihn verlassen. Ich überquere den Vorplatz, laufe Slalom um die Gruppen, vorbei an dem Eingang zur U-Bahn, den Taxen. Ich höre, wie ich gerufen werde. Ich drehe mich um, entdecke Manni, er will wieder Geld pumpen. Die Hundert von neulich hat er mir auch noch nicht zurückgegeben. Ich winke ab, deute ihm mit der Hand an, dass ich keine Zeit habe. Hinter mir die Bullen, sie durchsuchen einige Ausländer. Sie bombardieren sich deutsch. Sind wohl Türken, die Ausländer. Oder welche Nationalität auch immer sich dahinter verbergen mag. Ich kann die nicht auseinanderhalten. Alle haben schwarze Haare, schwarze Augen und Messer. Das Stimmengewirr wird aggressiv. Funkgeräte schnarren. Irgendwo lachen Leute hysterisch. Ein Knall! Eine Bierdose wird zusammengetreten. Autos fahren, halten. Ein Geräuschpegel, ohne den ich mir mein erbärmliches Dasein nicht mehr vorstellen kann. Ich verabscheue die Stille. In der Stille kommen die Gedanken.

Nun überquere ich wie immer wie eine Selbstmörderin die Straße. Autos hupen, Bremsen quietschen. Es kümmert mich nicht. Wir rennen alle blindlings. Wir haben nichts zu verlieren. Heute habe ich nur den Gedanken, dass ich dem Freier hundertfünfzig abnehme. Er muss das raus tun, wie wir sagen. Bernd kommt seit zwei Monaten regelmäßig, einmal die Woche. Letzte Woche war er nicht da. Bernd - bestimmt heißt er nicht so. Viele Freier nennen immer andere Namen, so wie wir auch. Wir sind Fremde und wollen fremd bleiben. Auch wenn wir intim miteinander sind. Viele, bestimmt Bernd auch, verdrängen, wenn sie sich sexuell entspannen, dass es uns überhaupt gibt. Ich drehe mich zu ihm um, zeige ihm unmissverständlich, er solle seinen spießigen Arsch in Bewegung setzen. Ich weiß, Bernd gibt sich vorher geschäftlich, er schlägt einen Bogen, als würde er zur Bushaltestelle gehen. Da bin ich schon in der Steige. Augenblicklich fällt mir Gaby ein, die an der Ecke anschafft. Schon mal hat sie probiert, sich einen Freier von mir zu krallen. Sollte das diesmal wieder so sein, kriegt sie von mir aber richtig auf die Fresse. Ich habe gelernt zuzuschlagen. Es ist ein Muss, wenn man auf der Straße lebt.

Der Himmel ist rot. Die Abendsonne geht unter. In der finsteren Gasse davor scheint es schon Nacht zu sein. Wobei ich die Natur kaum wahrnehme. Es sei denn, ich werde vom Regen nass. Es schneit oder es ist bitterkalt. Vielleicht werde ich dann aus meiner Teilnahmslosigkeit erwachen. Ich zerre meine Erinnerungen ins Bewusstsein. Die Vergangenheit hat mich aufgewühlt, nagt in mir. Und meine Zukunft? Wie kann ich über etwas nachdenken, was hoffnungslos ist? Mir wird bewusst, dass ich unaufhörlich auf den dreckigen Steinboden im Vorraum gestarrt habe. Wie viele hier wohl schon rein- und rausgegangen sind? Wie Bernd nun. Er öffnet ungelenk die Tür. Ich blicke ihn nicht an. Aber ich habe gelernt, bestimmend zu sein, zu sagen, wie und wo es lang geht. Wir benutzen dazu einen kleinen Wortschatz, den wir mit Gesten unterstreichen. Wie ich auch gleich dazu mit den Armen fuchteln werde, wenn ich einen Befehlston anschlage."Geh dahin! Zu Willi!" Bernd nickt folgsam, obwohl er doch genau weiß, wie viel und bei wem er zu zahlen hat. Ich lehne mich an die Wand, neben der Rezeption. Nicht vergleichbar mit denen aus den Hotels. Sperrmüll. Die Luft ist geschwängert von Qualm, Toilettensteinen, Schweiß, Alkohol, billigem Parfüm und den unvergleichlichen Ausdünstungen der Mädchen vom Drogenstrich, wenn sie sich seit Tagen nicht gewaschen haben. Der Holztisch, hinter dem Willi hockt, ist übersät mit Brandlöchern. Dahinter, könnte man annehmen, scheint es so, als hätte sich ein Hund im Sessel zusammengerollt. Es ist ein Mensch. Total "breit". Ein Mädchen. Verkommen wie ich. Ich kenne sie nicht. Aber sie muss Willi Kohle gegeben haben. Oder etwas anderes verbindet sie. Sonst würde Willi sie hier nie pennen lassen.

Willi ist vierschrötig, hat eine Glatze, schmale stechende Augen, dünne, zusammengepresste Lippen, eine dicke Goldkette am Handgelenk. Willi pafft Zigarren, wenn er den Freiern muffig das Geld abnimmt. Als wäre das Kleinbürgertum ansteckend. Willi wird sich eines Tages als spießiger Freier auf dem Drogenstrich wiederfinden. Das wäre bestimmt sein Untergang. Wo er sich doch aufspielt, im Knast und angeblich in der Unterwelt mal sehr gefürchtet gewesen zu sein. In einer anderen Stadt. Dafür ist Willi aber sehr heruntergekommen. Er haust in der Steige unterm Dach, mit einem dicken schwarzen Kater. Während Bernd 25 aus der Geldbörse zieht, kann ich erkennen, dass da noch dreihundert stecken. Es erfüllt mich mit Freude. Es ist ein Anreiz für mich, ihm die Kohle abzuluchsen. Die Stunde, "affig" zu sein, werde ich schon noch überstehen. Die Aussicht, Kohle abzuzocken, ist eine unschätzbare Krücke. Behutsam tapst Bernd den Gang hinter mir entlang. Vielleicht wohnt er noch bei Mutti. Vielleicht hat er so eine Frau mit dicken Brillengläsern, die nur schon bei der Andeutung Sex Gürtelrose kriegt. Während ich die Zehn aufschließe, werfe ich einen flüchtigen Blick auf Bernd. Nervös wackelt er mit seinem Kopf. Mir kommt nun in den Sinn, wie viel Sonderlinge sich zu uns hingezogen fühlen. Eine wie ich, die noch so jung ist, hat einigermaßen gelernt, sie zu durchschauen. Natürlich aus Berechnung. Dabei muss man höllisch aufpassen, nicht an einen Triebtäter zu geraten. Der Horror ist immer gegenwärtig, in einer der dreckigen Steigen grausam abgeschlachtet zu werden. Aus meiner Perspektive sieht man die Gesellschaft mit anderen

Augen. Vor Männern habe ich längst alle Achtung verloren. "Los, geh rein", deute ich Bernd an, und es dauert, bis er linkisch das Zimmer betritt. Während ich die Tür schließe, sind mir die leisen Lustgeräusche, die aus den Zimmern in den Flur dringen, sehr vertraut. Die "Seele" einer schmierigen Absteige. Inzwischen bin ich sehr professionell und stelle mich innerlich ab. Während ich Bernd keines Blickes würdige, entkleide ich mich. Schuhe, Jeans, Hemd, Schlüpfer. Dabei mustere ich ihn und kann die Gier, obwohl es so schummerig ist, in seinen Augen sehen. Er hat sich auf dem Bett, eher ein billiges Stück Schaumstoff, wo ein einem Bettlaken ähnlicher Stoff-Fetzen drübergelegt ist, ausgestreckt. "Komm, zieh mich aus...", murmelt er. "Zieh dich selbst aus!! Du Idiot! Hörst du?", schnauze ich ihn an.

Er mag das Spiel. Dass ich Macht auf ihn ausübe. Er ist wie das letzte Mal. Er braucht den Reiz. Und ich brauche es für mein bisschen Stolz, wenn ich einen Freier befriedige, dass ich ihn körperlich auf Distanz halten kann. Es sind die mit einer perversen Ader. Wenn ich sie freigelegt habe, dann habe ich die Macht. Das macht mich stark. Dann komme ich mir nicht vor, wie eine Puppe benutzt zu werden. "Bernd", säusele ich nun, das Spiel nimmt eine genau kalkulierte Wende. "Ich muss mich vorher noch eben waschen. Du magst es doch, wenn ich mich wasche. Du magst doch gern zusehen, wenn ich mich wasche. Ja?" Ich sehe ihn flüchtig an. Was für ein armes Würstchen. Wie er da auf dem Bett liegt. Die Hose offen. Sein verzücktes Gesicht, bestimmt läuft ihm der Geifer aus den Mundwinkeln. Er will mir zwischen die Beine sehen. Ich werde sie spreizen. Es ist für mich bedeutungslos, wenn ich meinen Körper, die intimsten Stellen, zur Schau stelle. Das jetzt ist für mich nämlich berechenbar, darum harmlos. Also drehe ich den

Wasserhahn auf. Der klemmt. Endlich rinnt ein dünner Strahl heraus. Als würde jemand ins Klo pinkeln. Einen Waschlappen gibt es nicht. Die Seife ist winzig. Ein Werbegeschenk. Ich wippe berechnend, obszön mit dem Hintern. Auf und nieder. Wenn ich mein gelangweiltes Gesicht im rissigen Spiegel dazu betrachte... Wer diese Szenarien nicht erlebt hat, würde sie nie glauben.

"Melli. Du bist so süß...", ist seine Stimme schon so ein wenig heiser, es erregt ihn, mich zu beobachten. Nun gut, waschen muss ich mich sowieso gründlich. Seit drei Tagen habe ich mich mal ein wenig frisch gemacht, wenn es sich auf dem Zimmer ergeben hat. Aus den Augenwinkeln nehme ich wahr, dass Bernd sein steifes Glied in der Hand hat. Blitzschnell drehe ich mich um, sehe über Bernd hinweg, gegen die Wand, packe sein Glied, streife ein Gummi drüber. Dann hocke ich mich über ihn, spreize die Beine, nehme seinen Schwanz in die Hand, gebe ihm somit das Gefühl, dass er in mich eingedrungen ist. "Falle schieben", sagen wir dazu. Sein blödes, verzücktes Gesicht zeigt mir, dass er drauf reingefallen ist. In Wirklichkeit überlege ich nur, wie ich an mehr Kohle komme. Dann stöhne ich ein wenig, gebe vor, Lust beim Sex zu verspüren. Dabei weiß ich bis heute nicht, was die Fickerei soll. Abstoßend. Ich würde nie etwas dabei empfinden. Mit meinen Erfahrungen als Kind? Also keuche ich und greife heimlich in seine Geldbörse. Ich komme Bernds Körper sehr nahe. Es ekelt mich. Er stinkt nach einem widerlichen Parfüm. Ich muss mich überwinden, ihm ins Ohr zu nuscheln. "Du bist so stark. So gut gebaut. Wie ein Hengst." Bernd zuckt. Es ist unterschiedlich heftig bei Freiern, wenn sie ihren Orgasmus haben. Auch ich weiß nicht, wie sich das anfühlt. Ich bin auch nicht neugierig darauf. Bernd ruckelt jetzt einmal auf und nieder. Erledigt! Wie eine Fabrikarbeiterin ziehe ich, ohne hinzusehen, das Gummi ab und werfe es mit spitzen Fingern weg. Dabei habe ich ihm die Dreihundert abgezockt. Ich springe auf. Meine Klamotten lege ich immer so hin, dass ich sie nacheinander anziehen kann. Möglichst schnell, wie in diesem Augenblick. Ich hocke mich aufs Bett. Bernd ist aufgestanden, geht vors Waschbecken. Ich betrachte den speckigen Rücken. Schwabbelig und weiß. Widerlich.

"Melli? Ist das wahr? Meinst du das wirklich? Wie du das vorhin gesagt hast? Das mit dem Hengst?", erkundigt er sich nun leise. Dabei hält er sein Geschlechtsteil unter den laufenden Wasserhahn. "Jaja. Wenn ich dir das sage, musst du es einfach glauben. Ich bin eine Nutte. Ich habe schon viele Schwänze hoch- und runtergehen sehen. Wenn ich dir aber extra was sage, dann kannst du es, verdammt noch mal, glauben." Ich verstumme, weil ich mich innerlich darüber amüsiere, wie leicht es ist, Männer über die sexuelle Schiene zu dressieren. Sie fressen einem aus der Hand, wenn man ihnen sagt, dass sie die Geilsten sind, am besten können, den größten Penis haben. Jenes Ding hasse ich abgrundtief. Es hat mich in meiner Kindheit gefoltert. Es zwingt mich heute dazu, es anzufassen, in den Mund zu nehmen, mich ficken zu lassen. Andererseits war und ist es mir noch immer unheimlich, weil der Penis eine solche Eigenständigkeit besitzt. Männer, die eben noch normal waren, verändern sich urplötzlich auf Knopfdruck, wenn die Reize dementsprechend sind, so dass von dem netten Mann nur ein wollüstiges Stück Dreck übrig bleibt. Und wie Männer die Hosen öffnen, sie schließen. Männer! Der einzige Vorteil ist, wenn man begreift, wie sie funktionieren, dass sie den Frauen ausgeliefert sind. "Melli", murmelt

Bernd nun, und ich weiß schon, warum ich hier hocken bleibe. Damit er nicht auf die Idee kommt, seine Geldbörse zu zücken. Wenn wir draußen sind und er merken sollte, dass ich ihn "abgezogen" habe, kann ich immer noch alles abstreiten. Melli?", dreht er sich zu mir um, auf sein Gesicht fallen Schatten. Er sieht gespenstisch aus.

"Was willst du noch?", erkundige ich mich mürrisch, nicht nur weil ich hier raus, den Typen los sein will, sondern auch, weil mir übel ist. Ich brauche Gift. Meine Beine kann ich kaum noch still halten. Mein Körper fühlt sich an, als wäre er unter Strom gesetzt und der Regler von unsichtbarer Hand immer mehr und mehr hochgezogen. "Ich weiß nicht, wie ich das sagen soll. Wenn du willst, dann können wir uns näher kennenlernen. Du musst nur wollen...", murmelt Bernd, derweil er sich die Hose anzieht, sein Gemächt behutsam an die richtige Stelle schiebt und den Reißverschluss hochzieht. "Melli, ich weiß nicht, warum du das hier machen musst. Und welch' Schicksal du durchleiden musstest. Du bist ein niedliches Mädchen. Du solltest nicht, auf diese traurige Weise, deinen Körper verkaufen müssen, dein Leben so fristen. Du hast das Leben doch vor dir. Die Welt steht dir offen. Aber du musst es wollen, dein Leben in die Hand zu nehmen. Ich habe oft an dich gedacht. Es ist etwas an dir, was sehr zerbrechlich ist. Ich würde dich vor allem Bösen beschützen. Wirklich, es sind nicht die hohlen Worte, die du von Männern hörst, wenn sie hierher kommen, du mit ihnen...", stockt er, wagt nicht auszusprechen, was er selber bei mir sucht. Jetzt ist es ihm peinlich zuzugeben, dass er seinen Trieb an mir abreagiert hat. Der Verstand arbeitet wieder. "Wirklich", fängt Bernd noch mal an, "ich meine es ehrlich, wenn ich dir anbiete, dir zu helfen. Ich komme nächste Woche wieder und wenn du willst, können wir über alles reden." Die ganze Zeit hat er es nicht gewagt, mich anzusehen. Stattdessen fummelt er an seiner Kleidung herum, hält den Kopf gesenkt. "Ich wusste nicht", lüge ich frech und lasse meine Stimme traurig, aber auch hoffnungsvoll klingen, ich glaube ihm natürlich nicht, "dass du dich für mich persönlich interessiert. Ich dachte, es geht dir nur um meinen Körper."

"Nein, da ist doch ein Mensch dahinter", murmelt er, "ein Mensch, der nach Liebe und Geborgenheit hungert."

"Ja, das stimmt", schlage ich einen leisen Ton an und nutze die Gelegenheit. "Du bist so nett zu mir. Ich muss dir etwas gestehen. Ich schäme mich. Aber ich konnte nicht anders. Ich habe die Kohle gesehen, als du vorhin bei Willi bezahlt hast. Und weil ich Schulden bei meinem Dealer habe, habe ich die Kohle gezogen. Wenn ich heute nicht zahle, sticht er mich ab. Das ist ganz normal. Die sind brutal."

"Wie schrecklich... schrecklich...", holt er tief Luft, das hat gewirkt. "Ja. Wenn du in Not bist. Ist nicht so schlimm. Aber, du hättest mich auch fragen können. Na ja, du kennst es wohl nicht und kannst es wohl nicht anders. Dein Leben hat dich geprägt. Übrigens... Melli?", guckt er mich jetzt an. Wie er nun tief Luft holt, wird er gleich bestimmt etwas sagen, was ihn zutiefst aufwühlt. "Melli? Wenn ich dich woanders kennengelernt hätte, also nicht hier, dann hätte ich dich bestimmt geheiratet." Mein Gott, wie naiv ist der Mann. "Wie dumm von mir", hat er es wohl selber begriffen. "Wo hätten wir uns treffen sollen? Und wenn, dann hättest du mich gewiss nicht mal wahrgenommen. Bestimmt bin ich 30 Jahre älter. Aber ich schwöre es dir, wenn wir uns doch getroffen hätten, hätte ich dich an die

Hand genommen und in ein schönes Leben geführt..." Ich kann nicht anders, als bei der Vorstellung hysterisch zu lachen. Bernd zuckt entsetzt zusammen, kann meine Reaktion natürlich nicht deuten. Erstens brauche ich Gift, und zweitens kenne ich diese Sätze von Freiern zur Genüge. Die Freier wollen sich so in unser Leben schleichen. Nicht selten entpuppen sie sich zunächst als sehr gütig. Wenn sie dann die Mädchen zu Hause haben, halten sie diese hingegen meist wie Sklavinnen.

Ich muss hier raus! Ich kann kaum aufstehen, so zittern meine Beine. Bernd stellt sich ans Fenster, starrt auf den schwarzen Vorhang und sagt: "Melli, du hast recht, lache nur über mich. Lache nur. Dabei habe ich es ehrlich gemeint. Wirklich ehrlich. Mein Angebot bleibt bestehen. Wenn du willst, kannst du mal darüber nachdenken."

"Kommst du nächste Woche?", erkundige ich mich, weil ich nur darauf aus bin, ihn auszunehmen wie eine Weihnachtsgans. Er ist ein Opfer. Mein Opfer. "Bernd, ich rede so gern mit dir. Bitte komme doch."

"Ja, versprochen", erwidert er leise. Dabei schiebt er die Zweige einer Kunstpalme zur Seite, hebt den dicken Vorhang. Die Scheiben dahinter sind verdreckt, gegenüber ist schemenhaft die nächste Hauswand auszumachen. Neonlicht zuckt flüchtig über die Dächer. Antennen, Satellitenschüsseln sind aneinandergereiht. Schmucklose Fenster spiegeln Armut wider. Wolldecken als Gardinen. Nackte Glühbirnen. Verrottete Fensterrahmen, rissiges Gemäuer. Aus einer geöffneten Dachluke fällt Licht. Scheinbar wohnt dort jemand. Häuserzeilen stehen so dicht zusammen, dass man dem Nachbarn gegenüber an die

Scheiben klopfen könnte. Menschen leben hier auf engem Raum. Wenn man einsam ist, kann das auch eine gewisse Wärme vermitteln. Eine Faust donnert gegen die Tür. "Noch zehn Minuten!!" Ich weiß, dass der hagere Hansi pedantisch auf die Zeit achtet. Das heißt, die Stunde ist um. Darum heißt es Stundenhotel.

Bernd steht neben mir, macht ein Zeichen. Wir verlassen, wie wir gekommen sind, schweigend das Zimmer. Bernd schließt die Tür. Wir gehen durch den Flur. Ich hinter ihm. Ich mag keine Freier im Rücken. Wieder begleiten uns Lustgeräusche. Es ist ruhig heute. Oft streiten, prügeln sich Prostituierte und Freier. Wie auf Knopfdruck beginnt meine Haut zu brennen. Gift!! Ich muss los!! Als ich Bernd ansehe, tut er mir irgendwie leid und ich fühle mich genötigt, mich zu erklären: "Ich muss was rauchen! Danke wegen der Kohle. Du hast mir sehr geholfen. Ich halte es nicht mehr aus. Ich bin mehr als affig. Ich muss los!!" Als ich mich umdrehen will, berührt er meinen Arm. "He!!", brülle ich, weil ich so eine Nähe hasse. "Nicht anfassen!! Bist du nicht ganz dicht!!? Du Penner!!??" Bernd verschlägt es vor Schreck glatt die Sprache. Als ich losrenne, höre ich ihn noch stammeln: "Ich wollte dir zum Abschied doch nur einen Kuss auf die Wange geben..."

Die Scheißtypen verwechseln Sex mit Liebe. Egal. Gift! Gift! Gift! Es ist immer so. Gift! Also, weiter. Denken kann ich nicht mehr. Meine Füße finden den Weg von selbst. Schon, wenn ich den Freiern den Rücken zukehre, ist es so, als würde ich sie am anderen Ende der Welt zurücklassen. Wie nie geschehen, gesehen, berührt. Gift! Anika - sie ist sicher da. Sie wird schon auf mich warten. Vierhundert habe ich in der Tasche. Geld gibt mir Sicherheit. Weil ich für

Geld Gift kaufen kann. Zu meiner Sucht kreisen meine Gedanken ständig darum, an Geld zu kommen. Ohne Geld kein Gift. Eine Geisel hetzt die andere.

Inzwischen bin ich am Bahnhof angekommen. Ich nehme niemanden um mich herum wahr. Gift lässt mich in eine Art Tunnel rennen. Kein Licht. Wenn der Lichtblick kommt, dann habe ich die Droge in der Hand. Anika? Sie ist nicht da. Vielleicht macht sie auch gerade eine Steige. Ich renne zurück, in eine dunkle Sackgasse, im Keller ist unsere Stammkneipe. Eine dieser Kaschemmen, die sich unverwechselbar ähneln. Winni, dick und schwammig, steht hinterm Tresen. "War Anika da?!"

"Auf Klo!", deutet er nach hinten. Dann macht sie sich was weg, bin ich erleichtert, das bedeutet übersetzt: Sie setzt sich einen Schuss. Ich werfe die Tür hinter mir zu, gehe den muffigen Flur entlang. Es ist dunkel. Eine Neonröhre flakkert. Meine Beine gehorchen mir nicht mehr. Ich weiß nicht mehr, wie ich sie bewegen soll. Ich hämmere an die Toilettentür. "Anika! Ich bin's! Hast du Stoff?" Weil sich nichts rührt, rufe ich noch mal: "Anika?!" reiße ich schließlich die Tür auf. Das Bild, das ich nun vor Augen habe, ist für mich Alltag. Anika kauert neben dem Toilettenbecken. Sie sieht nicht mal auf. Sie hat den Arm mit ihrem Gürtel abgebunden. Endlich hat sie eine Vene gefunden. Sie setzt sich den Schuss. Ihre Arme sind total vernarbt wie von schweren Verbrennungen. Jetzt zieht sie die Nadel raus, hält den Daumen drauf, lehnt sich an die Wand, schließt die Augen und genießt den Kick. Ich greife mir ihren Beutel. Heroin. Behutsam öffne ich ihn. Meine Hände zittern. Mir ist heiß und kalt. Mein Shirt klebt schweißnass am Rücken. Obwohl ich nicht Herr meiner Gliedmaßen bin, gelingt es mir trotzdem, auf dem Spülkasten eine Linie zu legen. Weil ich das Rauschgift vor Augen habe, beruhige ich mich schon. Ich rolle einen Geldschein und drücke die Nase drauf, halte ein Nasenloch zu, beginne zu schniefen. Wenn das Gift in die Schleimhäute eindringt, brauche ich nicht lange auf die Wirkung zu warten. Wir wissen, wie unsere Körper auf Rauschgift reagieren. Wir haben ja gelernt, ihn zu befriedigen. Gedanken schwirren mir zusammenhanglos durch den Kopf. Ich rolle den Geldschein auf, lecke ihn ab, damit kein Krümel verloren geht. Ich bin schon wesentlich ruhiger und warte demütig auf die erste Wirkung. Währenddessen klaube ich Alufolie aus der Hosentasche, mache mir eine Zigarette fertig, lege Heroin darauf. Es ist wie ein Ritual. Die Flamme darunter halten, an der Zigarette ziehen, das Gift inhalieren, ausspucken. Langsam setzt die Wirkung ein. Es ist, als würde ich innerlich aufhellen, als würde ich aus einem dunklen Loch ins Sonnenlicht schweben.

Weil der Schrei nach dem Gift in mir verstummt ist, nehme ich um mich herum alles deutlich wahr. Ich sehe um mich. Die Wände sind voller Schimmel. Die Toilette verdreckt. Der Spülkasten zischt. Überall liegen Papier, leere Zigarettenschachteln, Kippen, Bierdosen, alte Spritzen herum. Die Wände sind mit Drohungen, Liebeserklärungen, Gedanken an den Tod beschmiert. Hilferufe, die keiner liest. Ich tippe Anika auf die Schulter. Sie hebt die Hand, als Zeichen, dass sie versteht. Dann dreht sie mir ihr Gesicht zu. Wir blicken einander an. Nicht richtig. Pupillen bewegen sich langsam, scheinen ihrer Sehkraft beraubt. Faszinierend - "tote Augen" erkennen dennoch. Anika scheint durch mich durchzusehen, öffnet den Mund, deutet mit dem Kopf vage eine Richtung an. "Melli. Ich war am

Bahnhof. Habe dich gesucht. Marko hat mir gesagt, du hast gerade 'ne Steige gemacht?" Anikas Zunge ist schwer, wie immer zuerst danach, wenn sie sich einen Schuss gesetzt, das Gift in die Venen gejagt hat. "Ja. Habe ich", erwidere ich, sehe mich um, mein Zustand ist durch die Droge wieder normal. Darum halte ich den Dreck, den Gestank hier nicht mehr aus. "Anika, kommst du? Habe keinen Bock mehr, hier zu hocken. Lass uns was trinken."

Anika nickt, verstaut die Drogenutensilien wie Spritze, Vitamin C, Löffel, Feuerzeug so, als hätte sie Angst, wertvoller Schmuck könne ihr gestohlen werden. Dabei beobachte ich sie. Ich versuche sie genauso realistisch einzuschätzen wie momentan mich. Sie ist - war ein schönes dunkelhaariges Mädchen mit schwarzen Augen. Obwohl wir vom Typ total gegensätzlich sind, ähneln wir uns durch den Drogenkonsum. Verseuchte Körper beginnen sich durch den Verfall zu gleichen. Augen, Mimik, Haut, Haltung, Gang, Gestik. Weil Anika "ballert", steht sie eine Stufe weiter unten als ich. Sie hat die gewissen verfallenen, braunen Vorderzähne, die typisch sind für Drogensüchtige. Wortlos drücke ich Anika zweihundert fürs Gift in die Hand. Sie nickt beiläufig, steckt das Geld ein, greift in ihre Tasche und gibt mir unauffällig - als könnte uns hier jemand dabei überraschen - zwei kleine Klumpen Heroin, das ich genauso schnell aus demselben Grund an meinem Körper unter dem Hemd in einer Lasche verschwinden lasse. Anschließend gehen wir hintereinander den muffigen Gang entlang. Neonlicht zuckt über unsere Gesichter, blendet. Ich sehe mich nach Anika um, wenn sie nur einen Schritt zu weit von mir entfernt ist, spüre ich das. Ihr Gesicht wird flüchtig erhellt, wirkt wie eine Fratze. Noch zwei Schritte, dann stehen wir in der Kaschemme. Ein ungeheurer Lärmpegel schlägt uns entgegen. Die Musikbox dröhnt. Im Spielautomat zucken die Lichter aufreizend. Zigarettenqualm, Gestank nach Bier, Schnaps. Hier liegt ständig Streit in der Luft, es gibt Prügeleien, Messerstechereien. Schusswaffen werden gezogen, abgedrückt. Draußen zucken Blaulichter, Martinshörner dröhnen. Die Schmiere stürmt solche Kaschemmen. Nimmt Täter fest. Holt Opfer im Unfallwagen ab. Oder der Leichenwagen fährt vor. Das wirkt auf uns anheimelnd. Unser Aufenthaltsraum. Manchmal wie unser Wohnzimmer. Gestalten wie wir lungern, hängen herum. Ein Mädchen am Tresen spielt für einen Farbigen die Deutschlehrerin. Er muss nachsprechen, was sie ihm vorsagt. Dabei benutzt sie einen Bierdeckel als Schreibheft. Er übt die Silben. Dabei lacht er. Seine Zähne blitzen. Die Augen strahlen. Das deutet auf unbändige Lebensfreude hin, so dass es mich stört. Woher nimmt der "Rußbalken" die Kraft, in dieser Umgebung so fröhlich zu sein? Anika und ich hocken uns in die Ecke an einen Tisch. Die Tischplatte ist klebrig. Der Aschenbecher übervoll. Leere Zigarettenschachteln, Bierdosen liegen herum. Ich gehe an den Tresen.

Winni hat blondierte, fusselige Haare, ist eine böse alte, mit Schmuck beladene, geldgierige Tunte. Er bekommt von Dealern Geld, damit sie ihre Geschäfte hier abwickeln können. Oft werden hier geklaute Waren verschoben. Schore. "Schore", so nennen wir auch das Gift, wie man einem Schatz einen Kosenamen gibt. Seit einem Jahr ist Winni der Pächter, noch sind die Bullen hier nicht eingeflogen, soviel ich weiß, nicht einmal. Kann ja sein, dass einer von ihnen eine "Abstecke" bekommt, das bedeutet, dass er bestochen wird. "Zwei Cola", sehe ich Winni an, seine Unterlippe hängt, schlackert, als er mit dem Kopf nickt. Er fummelt mit seinen Wurstfingern übertrieben weibisch an seiner Weste, blickt über mich hinweg. Er hat nie einen Hehl daraus gemacht, dass er uns, die Drogenszene, zutiefst verabscheut. Winni denkt nur ans Geld. An uns verdient er ja kaum was. Nur wenn er sich als Hehler betätigt. Diebesgut weiterverkauft. Wenn Dealer ihm Scheine zustecken, damit sie hier ungestört über geschäftliche Vorhaben palavern können. Die natürlich kriminell sind. Nachrichten werden an Winni weitergegeben, die er wiederum wie ein Anrufbeantworter an die richtige Person übermittelt. Dealer setzen kleine Jungen als Drogenkuriere ein. Wenn die von der Schmiere erwischt werden, tun die so, als würden sie kein Deutsch verstehen, geschweige denn sprechen. Den Kindern passiert nichts. Die Bullen müssen sie laufen lassen, weil die nicht strafmündig sind. Das wissen Dealer genau und nutzen das aus. Es ist aber schlimm, wie sie die kleinen Jungen behandeln. Dabei sind es doch ihre Landsleute. Die Dealer prügeln auf die Kinder ein, wenn sie sich die Drogen von der Schmiere haben abnehmen lassen.

Winni gibt mir nun die Coladosen, grabscht nach dem Geld. Er hat eine bestimmte Weise, es an sich zu nehmen. Ich habe immer das Gefühl, sein Gehirn ist eine Geldzählmaschine. Ich setze mich zu Anika. Ich fühle mich wohl. Richtig wohl. Und sie sich auch. Ich kann es ihr ansehen. Eine Zeit, in der wir augenblicklich ruhen, nicht getrieben werden, Kohle für die Droge anzuschaffen. Ich lege den Arm um Anika. Sie um mich. Es ist so warm und gemütlich. Menschliche Nähe, Wärme. Wir machen das immer. Wie kleine Kinder, die sich aneinander schmiegen. Sich so etwas wie Geborgenheit vermitteln. Darum muss ich ihr, wie schon so oft, immer dasselbe ins Ohr flüstern. "Anika? Wenn wir so dasitzen, dann wünsche ich mir, von der Droge runterzukommen. Jetzt. Diese Ruhe. Der Frieden. Der Moment. Das wünsche ich mir immer." Ich weiß, es braucht seine Zeit, bis Anika begriffen hat, es dauert genauso lange, bis sie eine Antwort darauf gibt. Inzwischen rauchen wir. Der Rauch kringelt sich an die Decke. Über uns eine Dunstglocke wie Nebel. Was wäre, wenn sich dahinter der Himmel auf Erden verbergen würde? Ich schließe die Augen, genieße den kurzen inneren Frieden. Die Phantasie, mal so leben zu können - ohne das Gift.

Anika murmelt etwas. Sie kennt meine Haltung, dass ich mein Ohr dicht an ihren Mund halte. Sie wartet darauf, dass ich das tue, und nun verstehe ich sie auch. Sie zieht, wie immer, ihre spindeldürren, spitz gewordenen Schultern hoch. "Ach, Melli, es ist wahr, was du sagst. Wir wollen runter. Aber ich weiß gar nicht, ob ich noch ohne Gift leben will. Vielleicht gefällt mir mein Leben dann nicht mehr. Vielleicht hasse ich mich dann nur noch. Weil ich so geworden bin, wie ich heute bin. Na ja, normal leben? Was heißt das? Wenn ich nur an die Spießer denke. Unsere Freier sind ja meist verheiratet und manche von ihnen haben bestimmt Reihenhäuser. Möchtest du das auch? Und einen Mann, der heimlich mit Drogenmädchen Sex macht? Möchtest du das? Das Einzige am normalen Leben, wonach ich mich sehne, ist eine eigene Wohnung. Eine Dusche, ein Bett. Ja, und einen Fernseher. Und dass ich solange schlafen kann, wie ich will. Stelle dir mal vor, wir hätten jeder, jeder einen eigenen Schlüssel zu einer Wohnung. Und stelle dir vor, wir könnten da, wann wir wollten, auf- und zuschließen. Das ist das Erste, was ich immer machen würde, auf- und zuschließen. Dann würde ich auch immer kommen und gehen, weil ich nicht glauben könnte, dass ich eine eigene Wohnung habe. Verrückt, nicht?"

Ich muss bei der Vorstellung lachen. Aber Anika hat Recht und ich antworte ihr: "Es stimmt, was du sagst. Niemand, der so lebt wie wir, würde das verstehen. Niemand. Wie auch, wenn man es nicht selber erlebt hat? Wenn einer von den Spießern unser Gespräch hören würde, würde er tausend Ratschläge haben, wie wir normal leben könnten. Und dass wir von heute auf morgen clean sein würden, wenn wir nur wollen. Oh ja, sie wissen nicht, was sie da reden. Sie wissen es wirklich nicht. Aber sie wissen alles besser. Auch wenn sie, wären sie in unserer Lage, die Kraft genauso wenig hätten. Ich habe es mehrmals versucht zu erklären. Meist sagen die dann, solche wie wir müssten ins Arbeitslager. Dann würde uns das mit den Drogen schon vergehen. Ja, sie machen es sich sehr einfach. Und die alten Nazis bepöbeln uns oft mit dem Spruch: 'Bei Hitler hat es so was wie euch nicht gegeben'. Ja, das sagen sie. Und sie meinen es auch so, am liebsten würden sie uns vergasen lassen."

"Hm...", murmelt Anika und legt ihren Kopf an meine Schulter. Sie verschwendet keinen Gedanken mehr daran. Die menschliche Wärme ist vorrangig. Für uns beide ist es das wunderschöne Gefühl, als hätten wir uns gegenseitig wie mit einer Bettdecke zugedeckt. Ich halte Anikas Hand und ich fühle die vielen Narben. Einstiche. Den gewissen Gestank der Straße, den wir an uns haben, nehmen wir nicht mehr wahr. Es könnte uns sogar eher stören, wenn wir anders riechen würden. Egal - wir mögen uns. Ja, wir sind Blutsschwestern, eine ohne die andere wäre verloren. Um uns herum das Getöse kommt mir vor, als wären wir inmitten eines Orkanes der Ruhepunkt. Anika und ich klammern uns aneinander, sitzen ganz still. Ich lasse meinen Blick schweifen. Hinten in der Ecke hocken fünf Dealer.

Kurden? Türken? Ich werde und will es nicht lernen, sie zu unterscheiden. Sie haben Messer und Schusswaffen dabei. Immer. Es ist Krieg auf der Straße.

Gegenüber kauert Nicole und lutscht am Daumen. Sie ist total "zugezogen", also vollgepumpt mit Drogen. Ich kann sie verstehen. Letzte Woche hat sich ihr Freund den goldenen Schuss gesetzt. Unsaubere Ware. Von solchen Dealern, wie von denen da in der Ecke. Sie strecken das Heroin mit irgendwelchen Chemikalien. Dreck, manchmal ist auch ein bisschen Arsen drin. Dann kratzen die Süchtigen eben ab. Ist den Dealern dahinten egal. Sie wollen schnell viel Geld verdienen. Dass welche dabei draufgehen, gehört zum Geschäft. Genau wie sie ihre Drogenreviere abstecken, mit Messern und Schusswaffen verteidigen. Dabei gehen auch welche drauf, auch von denen da in der Ecke. Ja, die sind gefährlich, weil sie unberechenbar sind. Neben Nicole lehnt einer, den ich hier noch nie gesehen habe. Sein Schädel ist kahl rasiert. Sein Blick unstet. Manchmal zucken seine Gliedmaßen, als müsse er jeden Augenblick losrennen, um zu flüchten. Der Typ ist tätowiert, kommt bestimmt gerade aus dem Knast. Viele von denen suchen sich hier ein Drogenmädchen. Die "Knackis" sind seelisch genauso verarmt wie die Mädchen, die auf Gift sind. Die Knackis faseln von Liebe, wollen aber nur eine Unterkunft und Geld. Der Kerl da sieht furcherregend aus, ist bestimmt am ganzen Körper tätowiert. Früher hatte ich Angst vor solchen Leuten. Weil es sich so ergeben hat, habe ich mich des Öfteren mit denen unterhalten. Das sind auch arme Schweine. Meist kommen sie im Knast auf Gift. Wenn sie wieder draußen sind, kommen sie nicht mit ihrer Freiheit klar. Familie, Freunde, Kumpel, alle haben vergessen, dass es solche Typen wie den da überhaupt noch gibt. Kein Wunder, nach fünf oder zehn Jahren Bau. Der Typ hat den leeren Blick eines Mannes, der aus dem Fenster seiner Knastzelle ins Nichts starrte. Vielleicht ist es ein Mörder. Bankräuber. Triebtäter. Sie alle zieht es ins Bahnhofsviertel. Hier fragt keiner.

Ich werde abgelenkt, Anika streichelt meine Hand. "Es tut mir leid", höre ich sie murmeln. "Was? Warum entschuldigst du dich bei mir?", wundere ich mich, denn es war nichts zwischen uns vorgefallen. "Melli, ich habe dich auf die Droge gebracht", umklammert Anika meine Hand. "Oh nein", versuche ich sie zu beruhigen, obgleich...? "Na gut. Das stimmt irgendwie und irgendwie auch nicht. Damals, als wir im Heim waren, da warst du meine erste Freundin. Die erste im meinem Leben. Ich hatte nie einen Menschen, dem ich vertrauen konnte. Ja, und als ich ganz unten war mit meiner Psyche, ganz unten. Du weißt doch, die Erzieherinnen hatten ja nichts anderes zu tun, als in meinen Wunden herumzustochern. So als würde es ihnen Freude bereiten. Ich denke, sie wissen gar nicht, was sie bei einem kleinen Mädchen damit anrichten. Die Weiber im Heim wissen es nicht, weil sie es nicht erfahren haben, allein auf dieser Welt zu sein. Allein. Dir ging es doch ähnlich. Darum hast du schon geraucht, um zu vergessen. Es ist doch klar, dass du mir was anbieten würdest als deine Freundin. Du hast gesehen, gespürt, wie ich leide. Nur darum habe ich mein erstes Blech geraucht. Nur darum" bin ich still, um mich herum der Lärm, den höre ich gar nicht mehr, vielmehr denke ich darüber nach: Anika und ich sprachen es nie aus - bis heute nicht -, was mein Stiefvater, ihr Vater taten. Alles Fürchterliche scheint, als wäre es wie in einem Paket verschnürt, was man in den Keller wirft, vergisst. Irgendwann stolpert man mal darüber. Wie nun. Die schreckliche Wahrheit, weil ich jetzt daran denke, springt sie mich an wie ein wildes Tier. Anika rückt von mir ab. Ihr scheint es ähnlich zu gehen. Sie zündet sich eine Zigarette an, gibt mir auch Feuer. Ich konzentriere mich auf das Jetzt. Und mit dem Rauchen kommt die Gegenwart zurück, mir ist, als würde es lauter und lauter um uns werden.

Die Kaschemme hat sich gefüllt. Wir haben einander losgelassen, menschliche Wärme getankt, unsere Batterien aufgeladen. Anika dreht sich zu mir, deutet mit dem Kopf in die Richtung, wo Winni hinterm Tresen steht. Unwillkürlich muss ich hinsehen. Seine Unterlippe vibriert ständig wie bei einem Behinderten, der seine Mimik nicht unter Kontrolle hat. Wie wir alle schleppt Winni auch ein dunkles Geheimnis mit sich herum. Während ich sicher bin, mit ihm kein Mitleid zu haben, wettert Anika los: "Winni? Winni? Oh ja! Das ist ein großes Arschloch. Ein wirklich großes Arschloch. Winni?", setzt sie sich gerade hin. "Ich habe gehört, Winni hat sich von einem Stricher die Einnahme abziehen lassen. Das gönne ich dem geldgierigen, herzlosen Arschloch", kichert Anika schadenfroh. "Ein cooles Ding. Ich könnte mich kaputtlachen! Winni, der mit allen Wassern gewaschen ist. Einer, der weiß, wie die Szene funktioniert. Dem passiert so was! Aber, wir wissen es ja, wenn Winni geil auf einen jungen, knackigen Arsch ist, ist dem ja alles egal. Es ist immer dieselbe Erklärung. Immer dieselbe Erklärung. Der Trieb. Blind sind die Kerle. Blind und taub. Egal ob schwul oder hetero."

Anika macht eine Pause, signalisiert mir, mir etwas anvertrauen zu wollen. Ich rücke wieder dichter. "Stelle dir vor, Melli. Winni, das Schwein! Winni hat bestimmt was damit zu tun! Bestimmt! Der kleine Stricher, dieser Pole, den haben sie heute Morgen tot auf den Gleisen gefunden. Er hat sich oder er wurde vor den Zug geworfen. Meinst du, er hat sich das Leben nehmen wollen? Ich weiß nur eines, er ist nicht der Einzige, dem was passiert ist. Einmal ist schon so was passiert. Einmal, erzählen sie sich in der Szene. Ein Lover, ein Stricher von Winni. Du weißt doch, was Winni für ein Schwein ist. Und verlieren kann er schon gar nicht. Der kommt nicht eher wieder zur Ruhe, bis er Rache geübt hat."

"Und die Schmiere?", erkundige ich mich und kann mir nicht vorstellen, dass die schwabbelige geldgierige Tunte dazu fähig wäre. "Gut", denke ich laut, "denen ist es doch egal, ob solche wie wir über die Klinge springen. Na ja", überlege ich und mir kommen auch andere Beamte in den Sinn, "alle nicht. Gibt auch welche, die nett sind. Also, lass die Bullen ermitteln. Müssen die ja, schon weil er so spektakulär zu Tode gekommen ist. Wenn sie nachforschen, kann es ja nicht schwer sein rauszukriegen, dass der Pole hier, seit, ich glaube, bestimmt einer Woche die Nächte rumhangen hat. Und wie Winni ihn angehimmelt hat. Das war doch nicht auszuhalten. Also, dann war die Schmiere bestimmt schon hier."

"Hier kommt doch keiner her", erwidert Anika fest. "Hier kommt keiner her. Winni soll einer alten Polizei-Schwuchtel immer Kohle geben. Und die sagt Winni dann, wann und was gegen ihn läuft. Bestimmt verschwinden auch Akten. Du weißt doch, wie das ist. Wie es geht. Überall geht es nur mit Geld. Kaufen! Sich kaufen lassen! Für Geld gibt es alles. Also Geld muss man haben, nur dann geht es einem gut. Geld. Geld. Geld." Beinahe ehrfürchtig hat sie die letzten Worte ausgesprochen. "Anika? Das mit dem Geld stimmt...

stimmt aber nicht ganz", tuschele ich zurück, meine Gedanken machen einen Sprung. "Liebe? Anika, was ist mit Liebe?"

"Kann man kaufen", erwidert sie forsch. "Liebe kann man kaufen. Alles kann man kaufen. Alles. Alles. Alles. Verdammt! Alles!"

"Aber alles bestimmt nicht. Es soll doch die Liebe geben... wo Frauen und Männer durch die Hölle gehen, um zueinander zu finden?", versuche ich mir meine Phantasie von Liebe und Glück zu erhalten. "Melli, Quatsch! Alles Quatsch!!", faucht Anika. "Menschen belügen sich. Wir kennen das doch, wie sie sich auf gemeine Weise im Namen der Liebe belügen, betrügen und sich die Köpfe einhauen. Liebe! Quatsch! Liebe! Männer benutzen die Liebe. Sie sagen vorher 'Ich liebe dich', benutzen das aber nur, um ohne Geld Sex zu haben. Liebe ist für Männer Sex."

So gesehen richtig, wie Anika argumentiert hat, trotzdem flüstere ich ihr zu: "Anika? Hat dir schon mal einer gesagt, dass er dich liebt?" Wieso frage ich sie das? Wir haben doch keine Geheimnisse voreinander. Ich hätte es doch dann gewusst. Anika legt den Kopf in den Nacken, sieht mich an und antwortet ganz laut und klar. Sie hat die hohe Dosis Gift abgebaut. "Nein, Melli, nein. Aber ich denke manchmal dran, jemand würde es mir sagen. Und weißt du, was ich da denke? Wenn einer zu mir ‚Ich liebe dich' sagen und dabei nicht lügen würde, sondern es wirklich ehrlich meint. Dann wäre es so, als würde eine gute Fee ihren Zauberstab schwingen. Weißt du? Wo so kleine Sterne glitzern. Damit ist alles Schreckliche im Leben mit einem Mal ausgelöscht."

"Hör auf", bekomme ich einen Schreck, weil ich mich nach Liebe und all dem, was damit verbunden sein könnte, sehne. "Mann, wir fangen an, total zu spinnen." Gift duldet niemanden neben sich. Ich lehne mich zurück, blicke Anika an. Sie greift sich in ihre Haare und wirft sie nach hinten. Der Traum von Liebe, Geborgenheit. Selbst träumen sollten wir nicht. Unser Erwachen ist erbarmungslos. "He!", tippe ich Anika auf dem Arm. "War ja nur so ein Traum. Ein Traum eben. Nichts weiter. Träume werden nie wahr. Darum sind es Träume."

"Ist schon gut", erwidert sie und lächelt, "sieh dich um! Siehst du? Liebe, Geborgenheit, Vertrauen und all diese Tugenden, wovon die Menschen behaupten, sie machen glücklich, findest du hier nicht." Ich nicke. Es ist so. Dafür braucht man kein Analytiker zu sein. Ich bin auch froh, dass wir abgelenkt werden. Markus, einer der Stricher vom Bahnhof, steuert auf uns zu. Einer aus der Szene. Darin ähneln wir uns auch. Wir alle tragen ähnliche Klamotten. Markus hat blaue Augen, die aussehen, als wenn sie in einem See versenkt werden, so sehr schwimmen sie. "Hi", grüßt er und dreht sich eine Zigarette. Seine Hände zittern. "Ihr habt es bestimmt gehört. Ich muss immer, immer, immer daran, daran, da... den... denk...", macht Markus eine Pause. Wir sind daran gewöhnt, dass er sich nicht flüssig mitteilen kann. Wir drängen ihn auch nicht, sondern warten ab. Heute ist er sehr aufgeregt. Er schluckt, dreht weiter seine Zigarette. Markus hat früher gestottert. Noch immer hat er Schwierigkeiten. Worte wollen ihm nicht über die Lippen kommen. Ihm muss Grausames in seiner Kindheit angetan worden sein. Er erwähnte mal, dass er erst mit acht Jahren Sprechen gelernt hat. Vorher, sagt er, war er stumm wie ein Fisch.

Mehr wissen wir nicht. Niemand dringt in ihn ein. Schicksale interessieren nur am Rande. Außerdem ähneln sie sich auf gewisse Weise. Zudem belasten sie nur. Jeder von uns hat genug damit zu tun, seine eigenen Nöte zu bekämpfen. Anika und ich sind neugierig geworden. Trotzdem warten wir geduldig. Markus zündet sich fahrig seine Zigarette an. Er bläst den Rauch aus und holt tief Luft. Wider Erwarten stottert er nicht. Nicht zu ergründen, warum er sich ausgerechnet nun einwandfrei ausdrücken kann.

"Habt ihr gehört? Ramon ist tot. Selbstmord. Hat sich auf die Gleise gestürzt. Vor den Zug geworfen. Ich kann's nicht glauben. Ich sehe ihn da noch stehen. Denke immer, er kommt gleich rein. Wir haben immer auf Partie gearbeitet. Ich weiß nicht, was passiert ist. Er war doch hier bei Winni. Er hat ihn abgeholt. Ich habe Roman gesucht, weil er sich bis mittags nicht im Hotel aufhielt. Er meldet sich immer bei mir. Das haben wir so abgemacht. Falls mal mit einem Freier was passiert. Gibt doch so viele perverse Schweine. Dann bin ich zum Bahnhof. Da hat mir einer erzählt, sie haben ihn gegen sechs Uhr von den Gleisen geholt. Zerschmettert. Aber ich weiß genau, er hätte sich nie umgebracht. Er war so fröhlich, ausgelassen. Ganz anders als die anderen. Er hat gesagt, er verdient hier soviel, wie ich mir nicht vorstellen kann. In Polen sind sie ganz arm. Wenn er zwei Freier macht, dafür müsste er in Polen einen Monat arbeiten. Und der - der bringt sich doch nicht um. Niemals. Niemals." Seine Augen schwimmen stärker, scheinen über die Ufer zu treten. Tränen laufen ihm über die Wangen. Er wischt sie mit dem Handrücken weg, starrt vor sich auf den dreckigen Fußboden.

Markus ist dünn, blond, niedlich, wirkt wie ein kleiner Junge. Er kommt aus Ostdeutschland. Er ist so naiv, wie viele, die aus "dem dunklen Land" in den Westen kommen. Sie sind geblendet vom Luxus. Darum übersehen sie das Wesentliche, auch die Gefahr. "Markus", stehe ich auf, gebe Anika mit Blicken zu verstehen, dass ich gleich wieder da bin, "komm mit raus. Ich habe dir was zu sagen." Wir huschen vor die Tür. Es ist nass und kalt. Autoscheinwerfer streifen mich. Blaulichter zucken. Der typische Lärm des Viertels hüllt uns ein. Ein Rettungswagen hält drüben am Bahnhof. Schießerei, Messerstecherei, Schlägerei? Oder jemand hat sich eine Überdosis gesetzt. Ungeachtet dessen ziehe ich Markus mit in den nächsten Hauseingang. Wir hocken uns auf die Stufen. Wir benutzen diese selbstverständlich wie unsere Sitzmöbel. Markus fällt mir in die Arme und schluchzt urplötzlich.

"Roman und ich. Wir haben uns geliebt. Ich kann's nicht glauben, dass er nie mehr kommt. Ich kann's nicht glauben, dass die Tür nicht mehr aufgeht und er nicht mehr reinkommt. Ich kann es nicht glauben. Ich kann's nicht...", zuckt sein Körper. Langsam beruhigt er sich. Mir ist unbehaglich. Wie er sich an mich klammert. Ich habe das Gefühl, als wäre ich für ihn verantwortlich. Das will ich nicht. Trotzdem beschleicht mich der Gedanke. Hoffentlich tut er sich nichts an. Ich mache mich frei, tippe gegen seinen Oberkörper, als wolle ich ihn wachrütteln. Es wirkt. Er sieht mich flüchtig an, schlägt dann die Hände vors Gesicht. Ich lege ihm tröstend meine Hand auf seinen Arm und sage ganz ruhig: "Markus? Höre mir jetzt genau zu. Hörst du mir zu?" Er nickt. Ich warte, bis er sich die Tränen weggewischt hat. Als ich seiner Aufmerksamkeit gewiss bin, fahre ich fort.

"Anika und ich haben gesehen, wie Winni, die feiste, immer geile Tunte, mit Roman morgens hier raus ist. Um acht. Um acht lässt Winni sich doch für vier Stunden ablösen. Entweder fickt er die Zeit über oder schläft. Winni schläft nie länger. Weil er doch so geldgierig ist. Er hat doch immer Angst, beschissen zu werden. Ich habe gehört, Roman hat ihn abgezogen. Vielleicht hat er auch Schmuck geklaut. Dann wird Winni zur Furie. Winni wird auch Tante Grausam genannt. Für Geld geht sie über Leichen. Und den Morgen darauf", umschreibe ich das Schreckliche lieber, "ist das mit Roman passiert." Ich kann Markus ansehen, auch im Halbdunkel der Straßenlaternen. Seine Tränen sind versiegt, in seinen hellen Augen regiert der Hass. "Außerdem", bringe ich Markus noch vorsichtig bei, "reden sie in der Szene, soll schon einer seiner jungen Lover so zu Tode gekommen sein. Genaues weiß ich nicht. Es soll schon länger her sein."

"Dieses Schwein!! Ich bringe ihn um!! Dieses Schwein!!" Markus ist aufgesprungen. Ich auch. Es kostet mich alle Kraft, ihn daran zu hindern, dass er sich gleich auf Winni stürzt. "Markus! Bis du wahnsinnig?", brülle ich ihn an. "Wenn du ihn jetzt platt machst, kommst du in den Knast! He!! Komm runter!! He!! Überleg genau! Du musst es Winni beweisen. Verstehst du? Wenn du es beweisen kannst. Dann muss die dicke, fette Tunte in den Knast. Als Tunte im Knast. Was meinst du, der hat da die Hölle. Bring ihn in den Knast. Hör dich unauffällig um. Vielleicht kriegst du bei den anderen Strichern was raus. Aber unauffällig. Unauffällig! Winni hat überall Verbindungen."

"Ja", glotzt er mich an, sein Körper wird schlaff, der Blick stumpf. "Ja, da... da... da... das...", verstummt er, starrt auf seine Finger, kaut am Daumennagel, zieht ihn mit einem Ruck aus dem Mund und stößt hasserfüllt hervor. "Du hast Recht. Winni, das Mistvieh, hat überall seine Tuntenfinger drin. Aber ich werde mich umhören. Egal, wie lange es dauert. Auch wenn es bis an mein Lebensende ist. Ich werde den Mörder von Roman finden. Ich werde es. Ich schwöre es. Das bin ich Roman schuldig. Ich bin es ihm schuldig. Jawohl. Das ist mein Versprechen an ihn. Roman. Er war so fröhlich. Wirklich." Seine Tonlage stürzt in tiefe Trauer ab. Er wimmert: "Ich kann es nicht glauben. Nicht fassen. Es ist zuviel für mich! Ich bin so durcheinander. Ich kann nicht denken. Alles ist durcheinander in meinem Kopf. Ich werde jetzt ins Hotel gehen und werde mich abfüllen. Besinnungslos besaufen. Solange saufen, bis die Tür aufgeht und Roman kommt. Ich kann's ni.. nich... nicht...gla.. glau...gl...", dreht Markus sich blitzschnell um und flüchtet über die Straße. Markus rennt, als würde es um sein Leben gehen. Ich beobachte wohin. In Richtung Steige, in der er mit Roman unregelmäßig ein Zimmer genommen hatte. Ich denke flüchtig darüber nach, wie es wohl wäre, wenn ich Anika verlieren würde. Und ich es nicht fassen könnte. Immer glauben würde, gleich stehe sie vor mir. Gleich höre ich ihre Stimme. Ich erschauere. Schrecklich, wische ich den Gedanken weg. Schrecklich. Ich atme tief durch. Nun wird mir bewusst, dass ich wie angewurzelt auf der Straße stehe. Mein Blick fällt auf den Müll im Rinnstein...

Es ist Nacht. Die Häuserzeilen links und rechts wirken schwarz, recken sich in die Höhe wie verkohlte Ruinen. Graffiti erscheint im fahlen Licht der Straßenlaternen wie Zeichen aus einer anderen Welt. In der Mitte tasten sich jetzt Autoscheinwerfer übers Pflaster. Ich sehe im Licht eine Ratte herüberhuschen. Auf dem Gehweg lehnen wie auf eine Perlenkette gereiht Mädchen. Neben und vor den Steigen. Eingerahmt von Neonlicht, flackernden Röhren in allen Farben, werden die Prostituierten zu einem Bild. Rotlichtviertel. Die Mädchen haben mal ein Bein hinter sich an die Mauer angewinkelt. Oder sie wippen vom einen auf den anderen Fuß. Die typische Haltung der Prostituierten. Mechanisch halten sie ihre Zigaretten. Freier schlendern vorüber, gieren die Mädchen an, bleiben stehen, kommen näher, suchen den Kontakt, verschwinden mit den Mädchen in den Steigen. Mädchen und Freier kehren meist nacheinander, einzeln wie Fremde zurück. Die Mädchen stellen sich wieder an ihren Platz. Freier entfernen sich hastig. Ein Ritual, das sich ständig wiederholt. 24 Stunden... hier scheint die Zeit still zu stehen. Die einzige sichtbare Veränderung ist, dass sich Prostituierte und Freier nahtlos erneuern.

Als ich mich umdrehen will, rempelt mich ein Penner an. Beziehungsweise er benutzt meine Schulter als Halt. Er stinkt nach Fusel, Moder. Auch die haben ihre unverwechselbaren Ausdünstungen. Ich beobachte, wie er sich besinnungslos besoffen an der Hauswand entlang hangelt. Er hämmert mit den Fäusten dagegen. Ich habe so was schon häufig beobachtet, wie bei dem nun auch. Sie reden auf Häuserwände, Türen, Laternenpfähle ein. In ihrem Wahn erscheinen ihnen dort Menschen, denen sie mal sehr nahe gestanden haben. Nun höre ich den Penner lallen, dass er sie liebe. Sie soll die Scheidung zurücknehmen. Er will seine Kinder sehen. Wahrscheinlich ist er daran zerbrochen. Während ich dem Penner den Rücken zudrehe, weil ich zurück zu Anika will, höre ich ihn brüllen, er würde den Kerl totmachen. Es folgt ein dumpfes Klatschen. Anscheinend schlägt er auf die Hauswand ein. Kalte Wände sind ein Ersatz für Menschen. Im Guten und im Bösen. Als ich vor der Tür zu unserer Stammkneipe stehe, kommt Anika gerade raus. Sie sieht mich an und erkundigt sich: "Hast du Markus das erzählt? Was in der Szene gesagt wird? Ich meine, das Gerücht, dass schon einer auf den Gleisen lag, hält sich ja schon ewig..."

"Natürlich habe ich ihm das erzählt. Markus hat ein Recht darauf, das zu erfahren. Was er daraus macht, ist seine Sache. Armer Markus, er ist völlig fertig. Völlig fertig. Vorhin dachte ich noch, er könnte sich was antun. Das glaube ich aber nun nicht mehr. Er hat jetzt nur noch einen Gedanken, nämlich Winni ans Messer zu liefern", antworte ich Anika, während wir uns umarmen und eng umschlungen losgehen. Anika wird immer dünner. Es ist, als würde ich ein Gerippe umfassen. Trotzdem gibt uns diese Zweisamkeit so etwas wie Nestwärme. So stapfen wir im Gleichschritt über den Gehweg. An der Ecke klammert sich ein Drogenmädchen an einen Freier. Wie die letzte Rettung. Natürlich ist sie auf dem Affen. Ich kann ihr ansehen, wie sie ihm, wie wir sagen, für "kleines Geld" den sexuellen Himmel auf Erden verspricht. Trotzdem will der Freier nicht und schüttelt sie mühselig ab. Wie eine Kakerlake... Solche Szenen sind nichts Besonderes.

Gift, noch ist der Ruf leise in mir wie ein Flüstern. Bis die Droge nach mehr schreit. Der Zeitraum ist unterschiedlich, wie schnell man das Gift abbaut. Es kommt auf die Qualität der Ware und die eigene Verfassung an. Oh, ich spüre nun, dass ich sogar Hunger habe. Hunger. Ein seltenes Bedürfnis. Eher Durst. Ich überlege, ich habe noch Geld. Das Gift reicht die Nacht über. Und morgen früh ist der Druck wieder da. Geld anschaffen. Darum sage ich zu

Anika: "Ich finde, es geht uns heute richtig gut. Wir haben genug Gift. Wenn wir beide jeder noch einen Freier machen, dann haben wir genug Kohle und können bei Willi pennen."

"Ja, stimmt", ruft sie plötzlich übertrieben fröhlich, "ich habe auch Bock auf ein Bett. Ist ja cool heute. Ist ja nicht immer so." Ich drücke fürsorglich ihren Arm. Wie Anika eben reagiert hat. Solche plötzlichen Stimmungs- schwankungen sind bei Süchtigen üblich. Depressionen und Übermut wechseln sich jäh ab. Wir gehen um die Ecke, in Richtung Steige zu Willi. Gegenüber ist ein schmieriger Pornoshop mit Kino. Ein Stückchen weiter ein Laden für Schwule. Pornos. Gummi. Leder. Davor ein Türkenladen. Alles ist kreischend bunt. Die Kleider, Tücher, Schals. Dann kitschige, riesige Bilder mit Goldrahmen. Im Schaufenster liegen Armbanduhren, Spring-Butterfly-Schlachter- und Taschenmesser. Unterm Ladentisch sind auch scharfe Waffen, Pistolen und Revolver zu haben. Eben alles, was man in dieser Gegend so braucht, um zu überleben.

Am Ende der Straße ist der Treff für Homosexuelle. Darin befinden sich die Steigen, darunter sind die Kneipen, wo Freier Stricher aufgabeln. Jungs haben es irgendwie besser. Außer am Bahnhof müssen sie sonst nicht auf der Straße auf Freier warten. Freier - die mit den karierten Hütchen. Die mit den hochroten Gesichtern. Alte Männer fett. Alte Männer ausgemergelt. Klapperig wie alte Zossen. Alte Männer am Stock. Alte Männer mit Perücken. Alte Männer mit Haarteilen. Dazwischen die typischen Freier. Von jung bis älter. Es handelt sich um die total Verklemmten. Deren Kleidung ist unauffällig und mustergültig. Die Bügelfalten gerade wie der Lebensweg, den sie zu gehen vorgeben. Hier sind sie vom Weg abgekommen. Sie wirken wie Muttersöhnchen. Weil Mutti keine andere Frau neben sich duldet, kaufen sie sich heimlich eine. Dann die vielen ausländischen Freier. Die, die allein in der Stadt leben, ihre Familien im Ausland ernähren müssen. Und die, weil ihnen ihre Frauen für gewisse Sexpraktiken zu schade sind. Das gilt allerdings auch für Deutsche. Die Ausländer sind der deutschen Sprache nicht mächtig oder wollen es nicht sein. Darum kommt es häufig zu Missverständnissen, zum Streit, weil die verlangen, wenn sie sich eine Nutte kaufen, können sie diese solange und so oft ficken, wie sie wollen.

Anika und ich klammern uns inzwischen aneinander, als könnte uns nichts trennen. Wir nehmen eine Abkürzung zur Steige. Ein halbdunkler Torweg. Beißender Gestank von Urin. Eine Neonröhre flackert. Ein Penner liegt zusammengerollt auf Pappe. Er scheint zu schlafen, ist aber betäubt vom Alkohol. In seiner Armbeuge hält er eine Flasche Schnaps wie eine Geliebte an sich gedrückt. Plastiktüten hat er um sich verteilt, als wäre es seine Einrichtung. Am Ende des Torweges türmt sich in einer Ecke Müll. Wir erreichen die Straße. Immer, wenn es Nacht wird, schwillt der Lärm an. Lichter zucken. Autos parken. Viele auswärtige Nummern. Freier. Teure Autos von denen, die hier am Elend verdienen. Wobei einige überall ihre Finger drin haben. Im Schutze der Dunkelheit machen sie ihre kriminellen Geschäfte. Luden kassieren ihre Frauen ab. An der Ecke verkaufen Farbige Drogen.

Gegenüber gehen Polizisten in Uniform Streife. Die wirken bieder gegen diejenigen, die das Viertel belagern. Zudem haben sie auch noch die Gesetzgebung gegen sich. So sind sie erst recht machtlos gegen das kriminelle Treiben. Die

Hilflosigkeit wird deutlich, wie sie in diesem Moment die Farbigen kontrollieren. Die blecken wütend ihre Zähne wie Kampfhunde. Ein Farbiger zückt plötzlich ein Messer. Die Polizisten rufen über Funk Verstärkung. Die Farbigen treten, schlagen erst um sich und flüchten. Alltag. Keine Chance für die Schmiere. Wirklich.

Die Farbigen sind erbarmungslos, ihnen macht es nichts aus, jemanden abzustechen. Sie wollen Geld. Egal wie. Manche beziehen gleich mehrmals Sozialhilfe. Mit gefälschten Pässen. Wie auch andere Ausländer. Die Ausländer sind stolz auf ihren Luxus, wovon sie in den armen Herkunftsländern immer geträumt hatten. Darum machen sie auch keinen Hehl daraus. Kaum jemandem von den Ämtern fällt es auf, dass Sozialhilfeempfänger mit nagelneuen riesigen Schlitten umherkutschieren. Die Gelder haben sie durch Drogenhandel. Von allen am Bahnhof sind die Farbigen besonders abscheulich. Auch wenn sie uns ansprechen. Wenn man ihnen gegenüber ablehnend ist, dann beschimpfen sie einen als Nazi. Nazi? Hitler? Die Schule habe ich ja kaum besucht. Viel weiß ich darüber nicht. Im Fernsehen habe ich mal was gesehen. Es war so grauenvoll, dass ich gleich umgeschaltet habe. Was hat unsere Generation mit dieser Vergangenheit gemein? Nazis beschimpfen Ausländer die Deutschen, wenn sie nicht ihrer Meinung sind. Wenn sie sich mies behandelt fühlen. Viele, auch die Farbigen, wissen gar nicht, was sie da reden. Genauso wenig ist ihnen klar, dass sie täglich mit dem Tod flirten. Außer, dass sie dealen, fungieren sie nämlich als Drogenkuriere. Sie schlucken Kondome, gefüllt mit Heroin, Kokain. Wo sie zu liefern haben, scheißen sie die Fracht aus. Sollte aber vorher nur ein Kondom im Magen platzen, krepieren sie an einer Überdosis. Die Farbigen setzen sich darüber hinweg. Haben keine Angst vor dem Tod. In ihrer Heimat herrschen Krieg und Hungersnot. Dagegen der für sie unendliche Reichtum, den sie sich hier zusammenraffen. Wenn, dann sterben sie wenigstens nicht bettelarm. Sie haben es immerhin in Deutschland versucht. Ich habe Angst vor Farbigen. Im Dunkeln sieht man nur das Weiße ihrer Augen. Und die blitzenden Zähne, wenn sie die fletschen. Sie sind anders unberechenbar, wie die Orientalen und Menschen aus den Ostblockstaaten.

Anika und ich klammern uns noch immer aneinander, während wir weitergehen. Wir sagen kein Wort, ignorieren unser Umfeld. Wir sind auf dem Weg ins Hotel zu Willi. Komisch, nun ist es ein Hotel. Erst werden wir es allerdings noch als Steige benutzen. "Anika", rüttele ich an ihrem Arm, versuche sie, weil sie sich wie ein Roboter bewegt, aufzuhalten. Als sie stehen bleibt, ermuntere ich sie: "Geh schon rauf. Nimm das Zimmer in der Ecke. Wenn es nicht frei ist, wartest du, ja? Ich mache solange noch einen Freier." Anika verschwindet, streicht mir über die Schulter. "Ja, ist gut, Melli", nuschelt sie.

Dabei überlege ich, wie gut es heute für uns gelaufen ist. Vielleicht kann ich gleich noch einen Freier aufreißen, bei dem ich die Mitleidstour schieben kann. Als würde ich einen Haushalt führen, überlege ich schnell, was wir noch für die Nacht brauchen. Gift reicht für uns beide bis frühmorgens. Zigaretten, Cola, Chips. Dann gucken wir Fernsehen. Ich freue mich darauf. Ich lehne mich neben die Steige an die Wand, reihe mich in die Straße der Mädchen ein, die ihre Körper verkaufen. Weiter oben dürfen wir nicht stehen. Zuhälter haben die Plätze für ihre Mädchen reserviert. Ein ungeschriebenes Gesetz, wie auch die Tatsache, dass hier unten für uns frei ist. Doch muss man sich den Platz erkämpfen. Neue Mädchen können sich hier nicht einfach hinstellen. Die werden von uns weggeprügelt. Schließlich nehmen sie uns die Freier weg. Oh ja, es ist hart! Ein Blick nach rechts. "Hallo, Tanja." Sie ist eine von uns, die hier 24 Stunden abwechselnd "ackern gehen".

"Hallo, Melli", erwidert sie, wirft ihre falschen, langen Locken in den Nacken. Dann löst sie sich von der Wand, schlendert auf einen Bartträger zu, streicht über seinen Arm und lächelt. Ich kann das dümmliche Grinsen deuten, das er aufsetzt. Er fühlt sich geschmeichelt. Ein Mädchen, das ihn, obwohl er so abstoßend ist, anspricht. Obgleich die Fronten ja klarer nicht sein können. Er führt sich auf, als wäre Tanja eine Schlange, die ihn hypnotisiert. Es bedarf weniger Worte, bis sie in der Steige verschwinden. Tanja - wie sie wirklich heißt, weiß ich nicht. Sie trägt immer solche Haarteile. Sie hat Angst, erkannt zu werden. Ihre Eltern sind arglos, wie meistens, wenn ihre Töchter auf Gift sind und darum anschaffen gehen. Ich habe inzwischen meine übliche Haltung eingenommen. Das rechte Knie angewinkelt, stütze ich mich mit dem Fuß hinter mir an der Wand ab und zünde mir eine Zigarette an. Moni stöckelt auf mich zu. Die hat mir gerade noch gefehlt. Und wie immer sabbelt sie ohne Umschweife auf mich ein. "Melli. Es ist wegen Hassan. Ich bin vielleicht angefressen. Wie kann das sein? Ich bin so sauer auf die Schmiere! Verstehst du? Hassan sitzt im Knast. Weißt du. Die paar Gramm, die sie bei ihm gefunden haben. Ich verstehe das nicht, dass sie ihn nicht auf Bewährung rauslassen? Ich habe mich erkundigt. Andere kommen für solche kleinen Mengen gar nicht in den Knast."

"Weißt doch, wie das ist", erwidere ich gelangweilt. Moni ist mir gleichgültig. Sie geht uns allen auf die Nerven. Sie kennt keine Zurückhaltung. Hemmungslos redet sie auf jedermann ein. Eine aus Ostdeutschland. Die nimmt nicht mal Drogen. Für Geld macht sie alles. Alles. Auch ohne Gummi. Die Kohle hat sie gebunkert. Moni ist geizig, schnorrt, wo sie nur kann. Wir haben sie deshalb beschimpft, verlacht. Moni ist nicht zu beleidigen. Vielmehr schneidet sie damit auf, dass sie sich in drei Jahren 50000 Mark zusammengespart hat. Bis sie Hassan, einem türkischen Dealer, verfallen ist. Er ist ihr Zuhälter. Alle Kohle ist weg. Er sitzt im Knast. Das Geld, das sie gespart hat, ist schon für ihn und Anwälte draufgegangen. "Melli, kannst du nicht...", fängt sie wieder an. Sie ist so dumm, setzt sich darüber hinweg, dass sie hier keiner mag. "Mann, nerv' mich nicht. Ich habe anderes im Kopf. Mann, lass mich in Ruhe. Quatsch doch die Freier voll."

"Gott, hast du 'ne Laune...", mault sie und zieht sich endlich zurück. Ich betrachte sie, wie sie hüftenschwingend an den Straßenrand stöckelt. Die sieht wieder aus. Haare weißblond. Dicke schwarze Lidstriche. Knallrote Lippen. Hohe Stiefel. Leggings und darüber ein Mieder. Sie zeigt ihre Brüste immer. Egal, wie das Wetter ist. Heute hat sie eine Lederjacke über die Schultern gelegt. Moni sieht gegen Anika und mich wirklich aus wie eine Nutte. Sie stolziert auf und ab. Dann stellt sie sich einem Freier in den Weg. Sein Gesicht ist abweisend. Er will an ihr vorübergehen. Aber Moni lässt sich nicht abwimmeln. Ihre Stimme wird lauter. Jetzt kann ich sie zu ihm sagen hören: "Willst du meine Fotze lecken?" Auf einmal läuft ein Film vor mir ab. Wie auf einer Leinwand spiegelt sich mein abscheuliches Dasein. Ekel schnürt mir den Hals zu. Ich stelle mir vor, gleich Gift zu schnupfen. Dazu greife ich in die Lasche und streichele das Päckchen. Es hilft. Zumal Babs aus ihrer Ecke kommt und auf Moni deutet, die den Freier nicht aus ihren Klauen lässt. "Moni kriegt von mir bald", zischt Babs hasserfüllt, "richtig auf die Fresse. Ich habe sie gewarnt. Sie soll hier nicht die Preise kaputtmachen. Wenn ich noch mal rauskriege, dass sie es für kleines Geld und ohne Gummi macht, dann gibt es von mir richtig aufs Maul. Widerlich, diese Ossi-Fotzen. Sie sind geldgeil, geizig und dummfrech."

"Stimmt", gebe ich ihr recht, "die Weiber aus dem Osten machen alles für Kohle. Wirklich... Siehst du, Babs? Der Freier kann nicht auf Moni. Er haut ab." Babs grinst schadenfroh. "Das gönne ich ihr." Babs ist eine von uns. Sie hängt noch nicht so lange an der Nadel. Sie ist sehr gepflegt. Hat sogar eine Wohnung. Die Eltern zahlen sie ihr. Babs hat mal erwähnt, ihre Eltern hätten auf dem Lande einen Bauernhof. Noch ahnen sie nicht, dass Babs auf Gift ist. Der Tag der Wahrheit wird unweigerlich kommen. Babs hat sich gegen die Wand gelehnt, starrt auf die Coladose, die sie in den Händen hin- und herrollt. Jemand tippt mir auf die Schulter. Ich drehe mich um. Jule. Sie ist 14 und macht nach der Schule einige Freier. Nicht, weil sie drogensüchtig ist. Nein, ihre Eltern sind arbeitslos. Sie macht es, um sich Markenklamotten zu kaufen. Der Grund, warum Mädchen auf den Strich gehen, ist vielschichtig geworden. "Ey, Melli? Hast du mal 'ne Zigarette für mich?", lächelt sie mich an. "Klar", antworte ich und frage sie, während ich ihr die Packung hinhalte und ihr Feuer gebe: "Was machst du denn noch hier? Es ist spät. Sonst bist du nie so spät hier."

"Ich bin mit einem Freier verabredet", lächelt sie spitzbübisch. Eben so, wie es kleine Mädchen an sich haben. "Was ist das für einer?", erkundige ich mich. "Hat er dir das große Geld versprochen?"

"Ja", nickt sie eifrig, "ist ein Netter. Sieht auch noch richtig geil aus. Einer mit Kohle. Cooler Typ. Er hat mir neulich 300 gegeben. Heute hat er mir tausend versprochen. Wenn ich die Nacht mit ihm zusammen bleibe."

"Jule, du bist neu im Geschäft. Lass dich nicht einlullen. Hier laufen so viele perverse Schweine rum", verstumme ich, denn sie winkt nur gelangweilt ab. "Na ja", sage ich nur noch, "du musst es selber wissen. Deine eigenen Erfahrungen machen. Aber lass dich nicht verarschen. Vergiss bloß nicht, vorher zu kassieren", kann ich mir einen letzten Rat nicht verkneifen. Sie zieht abgeklärt die Schultern hoch, legt den Kopf schief, als würde ihr die Welt zu Füßen liegen. Jule ist blutjung, da steht sie noch hoch im Kurs. Das hat sie schnell begriffen. Scham hat sie keine. Sie will schnelles Geld und das dafür kaufen, was ihre Eltern ihr nicht bieten können. "Was hast du deinen Eltern erzählt?", drehe ich mich zu ihr. Sie streicht ihre blonden Naturlocken aus der Stirn und lacht: "Mann, was soll ich wohl sagen? Ich schlafe natürlich bei einer Freundin."

"Na ja, gut", erwidere ich und blicke die Straße runter. Bis auf die wenigen Freier ist es ungewöhnlich leer heute. Hoffentlich ist nicht Fußball. Dann hocken sie alle vorm Fernseher. Neben der Litfass-Säule gegenüber öffnet sich eine Kneipentür. Auf und zu. Dann torkelt aus der Kaschemme eine Alte raus. Total besoffen. Die Hose vollgepinkelt. Sie gehört zu der Gruppe der Säufer, die in der

Gosse gelandet sind. Die Frau ist aufgedunsen, stiert mich aus glasigen Augen an, schlägt einen Haken. Und wankt auf mich zu. Ich weiche aus und schreie sie an: "Hau ab! Verpiss dich!! Mensch!! Verpiss dich!! Verdammt!! Fass mich nicht an!!" Sie lallt Unverständliches, verwechselt mich mit jemandem. Oder sie hat Halluzinationen. Ich springe zur Seite, als sie mir um den Hals fallen will. Sie strauchelt und knallt mit voller Wucht auf das Pflaster. Direkt aufs Gesicht. Der Reflex, sich mit den Händen zu schützen, hat der Alkohol gelähmt. Ich sehe auf die Frau herunter. Ich denke nicht daran, ihr aufzuhelfen. Die muss selber sehen, wie sie klarkommt. Ist ihr ja bestimmt nicht das erste Mal passiert. Ich blicke auf das stöhnende besoffene Stück Fleisch und drehe mich zu Jule, die das Elend entgeistert betrachtet. Blaue Augen. Die eines Kindes. Bestimmt, kommt es mir in den Sinn, habe ich auch mal so ausgesehen.

"Mann, Mann, Mann!", schüttelt Jule nun den Kopf. Die Naturlocken wippen, sie verzieht ihr ungeschminktes Gesicht angeekelt. "Wie kann man sich nur so die Birne zuschütten? So was habe ich noch nie gesehen. Oh Gott. Oh Gott." Dann kreuzt sie ihre Nobelsportschuhe. Erstanden vom Hurenlohn. Den Straßenjargon hat Jule schnell als ihr eigen angenommen. Es hat auch etwas mit Dazugehören zu tun. Ich blicke sie an, indes sie sich weiter aufregt: "Mann, ist die breit. Oh nein. Meine Mutter kippt auch mal einen zuviel. Aber die ist dann lustig." Na, lustig wird die auch nie mehr sein, denke ich. Wenn die wüsste, was und warum ihre Tochter das hier macht. Jule macht Anstalten, der Besoffenen zu helfen. Ich schüttele den Kopf, halte sie davon ab: "Wenn die nicht von selber aufsteht, dann können wir immer noch einen Krankenwagen rufen. Wenn du die anfasst, stinkst du wie die Pest.

Vielleicht hat sie Flöhe. Oder wer weiß was noch?! Igitt! Nachher kriegst du die Krätze. Oder hast Läuse. Willst du so zu deiner Verabredung?" Das hat Jule überzeugt. Sie verdreht die Augen panisch.

In diesem Moment hangelt sich ein Mann aus der Kneipentür, schießt über die Straße. Als er näher kommt, habe ich seine Ausdünstung in der Nase: Der schläft in einer Bierlache, wacht darin auf und schüttet sich weiter voll. Nun versucht er sich nach der Sturzbesoffenen zu bücken. Er schwankt, lallt. Es dauert. Mal fällt er gegen die Wand. Mal strauchelt er. Dabei stößt er gurgelnde Geräusche aus. Schließlich schafft er es, die besinnungslos Besoffene an den Armen zu packen und sie auf den Rücken zu drehen. Ihr Gesicht ist verschrammt und blutig. Sie stöhnt. Ungeachtet dessen schleift der Mann sie wie einen nassen Sack über das Pflaster, zurück in die Kaschemme. Während ich diese Szene beobachte, muss ich lachen. Wie Clowns. Auch wenn der Strich nicht die Bühne ist. Und wir nicht die Zuschauer. Trotzdem lache ich darüber. Das Lachen vergeht mir. "Ciao, Melli", ruft Jule und winkt mir noch fröhlich zu. Ich kann sehen, welcher Kerl sie abholt. Das ist kein Freier. Zweifellos. Das ist ein Zuhälter. Toni. Einer von der übelsten Sorte. Er verkauft kleine Mädchen für viel Geld an Freier. Diese Freier laufen hier nicht am Hauptbahnhof herum. Es wäre viel zu gefährlich für sie. Es sind angesehene Bürger dieser Stadt. Geschäftsleute, Politiker, Anwälte und andere scheinbar ehrenwerte Mitmenschen. Toni liefert die Mädchen in Hotels und Wohnungen, die extra dafür angemietet werden. Meist hält er die Mädchen wie Sklavinnen, bis sie ihm zu alt geworden sind. Dann verstößt er sie und sucht nebenbei ständig, wie es heißt, "frische Ware". Beinahe wäre das auch unser

Schicksal gewesen. Anika und ich hatten Glück im Unglück. Toni hatte es, als wir immer aus dem Heim abgehauen sind, bei uns auch probiert. Toni wirkt ja auf Mädchen imponierend. Er ist groß, breit, hat ein schönes Lachen und wirkt wie ein Mann zum Anlehnen. Er hatte versucht, uns mit Drogen und Klamotten, einem Dach über dem Kopf zu locken. Aber wir waren da noch in der Clique. Die Clique hat uns geschützt. Die Jungs warnten uns vor Toni. Da haben wir Angst bekommen. Unser Glück.

Wie gebannt starre ich den beiden hinterher. Und ich kann beobachten, wie Toni Jule die Wange küsst. Galant hält er ihr die Tür von seinem schwarzen Schlitten auf. Er fühlt meinen Blick, denn er dreht sich um. Seine Augen durchbohren mich wie ein Dolchstoß. Unmissverständlich deutet er mir mit der Hand eine Drohung - ohne Worte. Dass ich mich da rauszuhalten habe. Wenn nicht, würde er mir ein Kommando schicken, das mich vergewaltigen und zusammenschlagen würde. So sind die Spielregeln hier. Gnadenlos. Ich lehne mich an die Wand, versuche nicht mehr daran zu denken. Momentan ist es für mich unerträglich. Ich vertröste mich damit, was zu schnupfen. Damit ich das Gefühl los werde, gleich im Sumpf zu versinken. Ich drehe mich auf dem Absatz um und renne in die Steige. Dabei kann ich so eben einem Freier ausweichen, als ich die Treppe rauf laufe. Ich muss was ziehen. Gift! Rettet mich davor, in ein gähnendes, schwarzes Loch zu fallen. Willi hockt hinter seinem Tisch. Er grinst blöde, nuckelt an seiner Zigarre und sagt schmatzend: "Ey, Melli. Wenn ihr das Eckzimmer haben wollt, dann tu mal Kohle raus. Mit Hinterherzahlen ist nicht mehr. Sonst gebe ich das Zimmer weg."

"Mein Gott", werde ich wütend. "Willi, du Scheißkerl! Du kennst uns doch. Was soll der Quatsch? Wir sind doch korrekt. Du hast immer dein Geld von uns gekriegt!"

"Anweisung vom Chef", guckt er nicht mal auf, während er sich feige hinter der Obrigkeit versteckt. Die Stehlampe neben ihm beleuchtet seine dicken haarigen Unterarme. Tätowierungen haben etwas von einer abgegriffenen Komik. Ich blicke mich suchend nach Anika um. Dann entdecke ich sie. Sie kauert schräg hinter Willi auf dem zerschlissenen Sessel. Mit den Worten "Anika, komm, ich mach' mal eben das Zimmer klar" werfe ich Willi die Kohle auf den Tresen. "Stimmt so", sage ich und greife, ohne ihn eines Blickes zu würdigen, den Zimmerschlüssel. "Anika! Los!" Anika nickt erst jetzt, rappelt sich auf. Langsam, eckig. Hölzern wie eine Marionette bewegt sie sich auf mich zu. Sie hat sich schon wieder total zugedröhnt. Ich werde ihr die Drogen einteilen. Sonst verballert sie alles. Statt gemütlich im Bett zu liegen, müssen wir dann Geld und Drogen anschaffen. Ich werde dafür sorgen, dass es nicht so kommt. Ich hake sie unter. Wir gehen den Gang entlang. Lustgeräusche, Mädchen, Freier im Flur stimmen mich heute fröhlich. Nämlich es ist die Vorfreude, die Nacht in Ruhe verbringen zu können. Keine Kälte, kein harter Boden, keine Angst, aufgeschreckt und verscheucht zu werden. Keine Angst, überfallen zu werden. Ein warmes Zimmer. Ein gemütliches Bett. Wir können uns hier waschen. Ohne dass sich ein Freier an unseren Körpern aufgeilt. Und - wir können in aller Ruhe Gift konsumieren. Ich schiebe den Schlüssel rein, drehe ihn um, öffne die Tür, schiebe Anika hindurch und schließe hinter uns ab. Dann sehe ich sie an: "Gib mir die Schore. Ich teile sie für uns ein. Du hast dich schon wieder zugemacht. Du verballerst das ganze Gift. Ich kenne dich doch. Wir haben sonst nicht genug für die Nacht." Als ich ihr die Hand auf den Arm legen will, schlägt sie plötzlich um sich. Ich kenne diese Ausraster zur Genüge. Ich nehme sie gelassen, weil ich sie schon so oft erlebt habe. Ich greife mir die Droge einfach und ducke mich weg, während sie um sich prügelt. Ich weiß, was nun passiert. Anika fängt wie von Sinnen zu kreischen an. Ich habe sie immer beruhigen können. "Anika! Anika! Hör auf! Verdammt!", stürze ich mich auf sie, packe sie an den spitzen Schultern und schüttele sie, so fest ich kann. "Wenn du nicht ruhig bist, schmeißt Willi uns raus! Das weißt du doch! Das hat Willi schon so oft gemacht. Die Kohle fürs Zimmer hat er auch eingesackt. Anika! Aus jetzt!" Ich zeige die Droge, die ich für sie verwahre. "Aus jetzt! Hier!" Anika kreischt, als wolle sie jemanden abstechen. "Melli!! Melli!! Gib her!! Melli!! Du bist nicht mehr meine Freundin!! Melli!! Melli!!" Ihre Stimme überschlägt sich. Anika verdreht die Augen, krallt sich die Fingernägel in beide Arme. Das Gift ist der Grund, warum sie so ausflippt. Wenn man ihr ihr Liebstes nimmt, ohne das sie nicht leben kann.

"Schmiere", tuschele ich ihr nun zu und zeige ihr die Droge. "Halt die Schnauze! Sei still! Verdammt! Schmiere! Wenn sie uns mit der Schore kriegen. Dann setzen sie uns erst mal fest. Hörst du?! Anika?! Schnauze!" Augenblicklich ist sie ruhig. Dieser Trick zieht immer. "Hier! Siehst du? Hier! Siehst du? Wir haben genug! Es reicht für die Nacht! Ich verwahre es doch nur für uns. Das kennst du doch. Habe ich dir jemals was Böses getan? Habe ich jemals mein Wort nicht gehalten? Bitte sei vernünftig! Bitte! Wenn ich nicht auf dich aufpassen würde, hättest du dich schon tot geballert!" Anika sackt auf das Bett und beginnt zu schluchzen.

Ihr Körper zuckt. Ich setze mich zu ihr, nehme sie in den Arm und streichele tröstend ihren Rücken. Nach und nach beruhigt sie sich. Nun hebt sie den Kopf, scheuert sich über das verheulte Gesicht. "Melli. Nicht böse sein. Es tut mir leid. Melli. Ich hatte 'nen Ausraster. Tut mir leid. Wirklich, Melli. Es tut mir leid. So leid. Weißt du, manchmal denke ich: Wenn ich mir eine Überdosis ballere, dann hat das Elend ein Ende", schlägt sie die Hände vors Gesicht. Ich springe auf und beschwöre sie: "Anika! Das machst du nicht! Das darfst du nicht. Nein. Bitte nicht. Ich habe dich doch lieb", sehe ich sie an, weil ich befürchte, sie könnte es irgendwann doch tun. Sie hat immer wieder damit gedroht. Darum nehme ich ihre Hand und versichere ihr: "Anika, ich kann doch ohne dich auch nicht mehr sein. Ich, wir haben doch niemanden auf der Welt. Niemanden. Wir haben doch nur uns."

Anika nickt erst wie aufgezogen. Plötzlich geht ein Ruck durch ihren Körper. Und als wäre eben nichts vorgefallen, räkelt sie sich auf das Bett und stellt den Fernseher an. Ich blicke sie an, vergewissere mich, ob wieder alles in Ordnung ist. Trotzdem kann ich die Angst nicht abschütteln, sie könnte sich einen goldenen Schuss setzen. "Anika?", stemme ich die Hände in die Hüften und fixiere sie mit Blicken. "Ja, Melli?"

"Ich gehe jetzt runter und mache noch einen oder zwei Freier. Mal sehen. Solange bleibst du hier. Gift nehme ich mit. Ich kenne dich ja, sonst knallst du dir noch mal die Birne voll. Also, du bleibst hier und wartest auf mich. Wenn ich wiederkomme, dann ziehen wir uns beide zu. Antworte! Du hast es doch genau verstanden. Du bleibst jetzt hier. Ich schließe dich ein, damit du keine Scheiße baust."

"Jajaja. Versprochen. Ich bin auch lieb", lächelt sie. Sie verzieht den Mund. Natürlich kann das Lächeln ihre toten Augen nicht erreichen. Weil ich das bei Anika und auch bei anderen aus der Szene so erlebt habe, wollte ich nie ballern. Ich wollte nicht so weggetreten, so zu sein wie die. Es reicht ja, was ich mir reinziehe. Und was ich früher alles geschluckt, geschnupft habe. Mehrmals Überdosis. Krankenhaus. Die Todesangst. Irgendwie muss in mir ein wenig Disziplin sein, nicht ganz abzurutschen, nicht ganz willenlos zu sein. Ich bilde mir wenigstens ein, einen klareren Kopf zu bewahren als Anika. Gift. Unser Schicksal. Meine Hände zittern, als ich mir zwei Linien Heroin lege und einen Strohhalm nehme. Ich mag dieses Ritual. Ich knie mich nieder und halte das eine Nasenloch zu und ziehe auf. Dann mit dem anderen Nasenloch. Als ich fertig bin, lecke ich den Strohhalm ab. Ich drehe mich zu Anika. Sie hat sich auf das Bett gekuschelt. Sie wirkt zufrieden, wie sie auf das Fernsehbild starrt. "Bis nachher", rufe ich ihr zu, verschwinde, schließe die Tür hinter mir ab, laufe nach unten und stelle mich an meinen Platz. Ich fühle die Kälte nicht. Dafür aber, wie meine Gedanken langsam lahmgelegt werden. Ich beginne mich wohl zu fühlen. Das Umfeld prallt an mir ab. Neben mir stehen Tanja und Babs. Ein Blick reicht, um zu erkennen, dass sie beide auch vollgedröhnt sind. Die Straße hat sich belebt. Gestalten schieben sich an mir vorüber. Laut. Leise. Jung. Alt. In Gruppen. Zu zweit. Allein. Gegenüber Zivis, wie die Zivilfahnder genannt werden. Sie zerren einen Mann aus dem Auto, führen ihn ab. Bis auf Freier, die neugierig stehen bleiben, kümmert die aus dem Viertel das nicht. Ein Freier stellt sich nun dicht vor mich. Ich weiche ihm aus. Der Kerl ist schwabbelig. "Du gefällst mir. Hast du Zeit?", fragt er mich. Seine Stimme ist krächzend. "100 Verkehr, 60 Blasen", nenne ich gelangweilt meinen Preis. "150 ohne Gummi?", bietet er mir an. "Nein. Mache ich nicht", erwidere ich bestimmt. Ich habe gelernt, meinen Tonfall endgültig klingen zu lassen. "Ich habe doch eine Gummiallergie", versucht er mir zu erklären, "sonst würde ich auch..."

"Du kannst haben, was du willst. Ohne Gummi ist bei mir nicht!", wende ich mich von ihm ab. Männer. Im Zeitalter von Aids ohne Gummi. Viele versuchen, es ohne Schutz zu machen. Ich kann das nicht fassen. Ich schüttele weiter den Kopf. Er hat es endlich akzeptiert. "Dann nicht. Wenn du nicht willst." Moni lauert schon dahinter. Sie geht mit ihm in die Steige. Moni macht ja alles. Ich werde es Babs sagen. Dann kriegt sie aufs Maul. Damit macht sie uns das Geschäft kaputt. Wir sind uns einig. Nur mit Gummi. Auch Moni hat sich danach zu richten. "Was ist das für ein Vaterland?" Unwillkürlich schrecke ich auf. Auch einer, der an seinem Schicksal zerbrochen ist. Ein Penner, der auf Krücken über den Gehweg humpelt, zieht alle Blicke auf sich. Er droht mit einer Krücke und brüllt. "Wofür habe ich gekämpft?! Fürs Vaterland! Ich habe im Schützengraben gelegen! Fürs Vaterland! Stalingrad! Im Bombenhagel! Fürs Vaterland! Mir haben sie ein Bein weggeschossen. Fürs Vaterland! Was ist der Dank!? Das Vaterland lässt mich verrecken. Die Rente ist zum Leben zu wenig und zum Sterben zuviel." Mit wirrem Blick sieht er sich um. Aber niemand will Kontakt zu ihm. Nun schlägt er mit der Krücke auf das Pflaster und brüllt. "Es gibt keine Männer mehr in diesem Land. Nur Weicheier. Stalingrad?! Ihr seid ja so verweichlicht. Ihr wäret schon auf dem Marsch krepiert. Jawohl! Was ist das für ein Vaterland? Was ist das für eine Welt?" Er schüttelt den Kopf und schreit weiter. "Mich lassen sie verrecken. Ja?! Verrecken! Und was bleibt mir?! Der Suff! Und wer gibt einem alten Kriegskameraden einen aus?" Einer der albanischen Zuhälter schlägt ihm kameradschaftlich auf die Schulter und steckt ihm Geld zu. Der Alte bedankt sich, indem er salutiert, sich die Krücken unter den Arm klemmt und davon humpelt. Ich zünde mir eine Zigarette an und sehe ihm hinterher. Krieg. Stalingrad. Der hat überlebt. Die Gesellschaft hat ihn vergessen. Der gehört auch zum Strandgut. Andere Generation, anderes Schicksal. Ich atme tief durch, lehne mich an die Wand. Momentan habe ich keine Lust, Freier anzusprechen. Das mache ich nur, wenn ich affig bin. Und dringend Geld brauche. Trotzdem habe ich professionell registriert, wer hier entlanggeht. Freier - welche, die immer auf- und abspazieren. Sich nicht trauen. Einer giert mich die ganze Zeit an. Bestimmt viermal ist er hier schon vorbeigegangen. Da ist er wieder. Ich gucke ihm in die Augen. Er lächelt schüchtern und geht weiter. Dann bleibt er stehen und hat doch den Mut, auf mich zuzugehen. Ich blicke ihn an und nicke. "Hallo?" "Entschuldigen Sie bitte. Haben Sie Zeit für mich?" "Ja. Kommt drauf an", erwidere ich, womit ich den Preis meine. Er ist ein Opfer. Einer, der zu einer Nutte Sie sagt... "100 Verkehr", gucke ich ihn flüchtig an. "Ja, gern", beeilt er sich zu antworten. Er ist ein älterer, sehniger, gut gekleideter Mann. Seine Stimme ist angenehm. Ein älterer Mann? Nun gut, ich finde ja dreißig schon alt.

Es läuft ab wie immer. Ich deute ihm mit einer Handbewegung, mir zu folgen. Wir gehen rauf. Der Freier zahlt bei Willi das Zimmer. Ich nehme den Schlüssel. Wir haben das kleine im Gang. Weiter hinten höre ich ein Mädchen mit einem Freier pöbeln. Zu sehen sind sie nicht. Jetzt rennt der Freier den Gang entlang, drängelt sich an uns vorbei und flüchtet. Sein Gesicht ist hochrot. Wie eine Furie saust das

Mädchen hinterher. Ihre Haare sind blauschwarz. Ihr Gesicht ist schneeweiß. Sie ist dünn wie ein Skelett. Wild schreiend, gestikulierend. Es kann nur um Geld gehen. Weiter hinten hämmert Hansi gegen eine Zimmertür und ruft: "10 Minuten sind längst um! Das Zimmer freimachen! Sonst muss noch mal gelöhnt werden." Ich beobachte aus den Augenwinkeln, wie mein Freier angesichts dieser Szenen zusammenzuckt. Ich besänftige ihn: "Mach nicht so ein Gesicht. Ist nichts los. Das ist hier immer so. Komm mit.", halte ich die Zimmertür auf. Er geht hindurch. Ich drücke die Tür ins Schloss. Dann lehne ich mich neben das Waschbecken und halte die Hand auf. "Das Geld bitte vorher", fordere ich ihn unmissverständlich auf. Er nickt, dreht sich um, nestelt in seiner Tasche und gibt mit den Hunderter. Ich ziehe meine Schuhe, die Hose, den Schlüpfer aus. Ich stelle mich seitlich vor ihn. Wie immer. Nie den Freier im Rücken. Man muss ihn im Auge behalten. Ganz gleich, wie Männer auf einen wirken. Man weiß nie, ob sie sich auf einen stürzen. Ob sie in der Absicht gekommen sind, mich zu vergewaltigen, schlagen, würgen, töten. Die abartigen Gelüste sind nicht auf die Stirn geschrieben.

Ich habe meine Haltung nicht verändert. Außerdem denke ich nicht daran, Jacke und Shirts auszuziehen. Der Freier - nackte Männer sind widerlich - hockt schon auf dem Bett, während ich mir eine Zigarette anzünde. "Kannst du dich nicht ganz ausziehen?", bittet er sogar höflich. Ich schüttele den Kopf und erwidere wie eine Geschäftsfrau: "Doch, kann ich. Ficken kostet 100. Um mich nackt zu sehen, musst du noch 50 drauf tun."

"Natürlich gerne", antwortet er, beugt sich nach seiner Geldbörse, und gibt mir fünfzig Mark. Ich frohlocke innerlich, sage: "Okay", und ziehe Hemd, Shirt, und was ich übereinander trage, aus. Meinen Beutel mit der Droge habe ich schnell im Schuh versteckt. Das mache ich immer so. Nebenbei gebe ich dem Freier ein Gummi. Ich lege mich neben ihm aufs Bett und starre in die Luft. Ich höre, wie er das Gummi aufreißt. Nun wird er sich es übers Glied rollen. Der Mann riecht gut. Ich sehe ihn nicht an. Es kommt ja nur drauf an, das ekelhafte Stück Fleisch zu befriedigen. Die Gesichter ignoriere ich. Es geht nicht immer. Um zu zeigen, dass er sich meiner bedienen kann, spreize ich die Beine. Jetzt bin ich ihm ausgeliefert. Darum warne ich ihn: "Du kannst meine Titten anfassen. Aber nicht küssen. Nie küssen. Das ist nicht drin. Nur ficken. Klar?" Aber mach schnell, hätte ich am liebsten noch gesagt.

Er legt sich auf mich. Es ist wie ein Mechanismus. Ich bilde mir ein, ich hätte einen Panzer um mich. Damit mich sein Atem nicht streift, drehe ich den Kopf zur Seite. Auch die Arme habe ich weit von mir gestreckt. Ich warte darauf, dass er seinen Schwanz in mich steckt. Damit ich dabei keine Schmerzen habe, habe ich mir vorhin beim Ausziehen schnell Gleitcreme reingeschmiert. Der Freier keucht. Er findet die Öffnung. Ich versuche daran zu denken, dass ich gleich bei Anika sein werde. Inzwischen keucht er lauter. Bei jedem Stoß geht ein Ruck durch meinen Körper. Ich betrachte seitlich solange seine ordentlich zusammengelegte Hose. Dann die Wände. Er braucht aber lange. Das denke ich bei jedem. Ich starre an die Decke. Ich höre ihn stöhnen: "Mäuschen... ah... Mäuschen... ah... ein geiles kleines..."

Ich höre nicht mehr hin. Stelle mich taub. Als würde es mich gar nicht betreffen. Er hat meinen Körper, aber nicht meine Seele gekauft. Und die gehört sowieso dem Gift. Meine Güte, wann ist der denn endlich fertig? Wie erbärmlich, was sich hier auf den Zimmern abspielt. Er stößt in mich hinein wie in eine Puppe. Ich liege regungslos unter ihm. Wenn die Wände in diesem Zimmer reden könnten? Mir kommen oft solche Gedanken dabei. Na endlich! Er zuckt auf. Endlich kommt er. Gleichzeitig drehe ich mich unter ihm raus, springe aus dem Bett und wasche mich, ohne ihn eines Blickes zu würdigen. Ich denke dafür an die 150 in meiner Tasche. Da wittere ich Gefahr. Das Bett quietscht laut. Noch während ich mich blitzschnell umdrehe, steht der Freier vor mir. Angriff ist die beste Verteidigung. "Was willst du noch? Du hast doch alles gehabt? Was denn noch?", keife ich ihn an, als er mir fies grinsend einen Dienstausweis unter die Nase hält. Der schüchterne Mann ist ein Bulle!

"Pass mal auf, Schätzchen. Wenn es dir hier gut gehen soll, dann habe ich ab sofort Freificks. Wann und wie ich will. Ich könnte dich auch filzen. Aber darauf verzichte ich absichtlich. Dass du drauf bist, sieht ein Blinder. Dass du Drogen bei dir hast, ist ja logisch, Schätzchen. Ich weiß auch, dass du noch nicht volljährig bist. Du sollst nur wissen, dass ich das weiß. Ich lasse dich jetzt in Ruhe. Wir werden uns aber schon anfreunden. Weil ich es will. Und wenn ich dann Lust auf dich habe, dann will ich dich. Das nächste Mal bewegst du dich dabei. Ich will geilen Sex und nicht wie eben ein Brett unter mir. Aber das wirst du noch lernen. Na gut, wir werden uns schon verstehen." Seine Stimme ist scharf, aber auch gefährlich gütig. Er duldet keine Widerrede. Seine Augen durchbohren mich. Eiskalt. Sein Mund verzieht sich zynisch. Ein Scheißbulle, der genau weiß, dass er mich in der Hand hat. Der Schreck hat mir die

Kehle zugeschnürt. Angst kriecht in mir hoch. Ich werde sie so gut es geht überspielen. Bullenschwein. So ein dreckiges Bullenschwein. Der muss hier neu in der Gegend sein. Macht auf schüchtern. Und ich falle drauf rein. Aber da wäre jede drauf reingefallen. Wenn ich daran denke, wie der vorher den Verklemmten gespielt hat. Hat "Sie" zu mir gesagt, so dass ich dachte, ich hätte ein Muttersöhnchen vor mir.

Ich zeige ihm meine Angst nicht, denn ich bin ihm nicht einen Schritt ausgewichen. Aber ich überlege, was der Typ noch von mir will, was er sich für mich ausgedacht hat. Wenn ich nicht mitmache, dann lässt er mich festsetzen. Die finden, wenn sie wollen, immer einen Dreh. Wenn sie es auf jemanden abgesehen haben, machen sie einem das Leben zur Hölle. Er scheint meine Gedanken lesen zu können und grinst mich gemein an, hält die Hände, die Arme vor der Brust verschränkt. Ein Macho. Wie auch sein Blick. Ich klaube meine Sachen zusammen, versuche unbeeindruckt zu wirken. Meine Stimme klingt sogar gelangweilt, als ich mir die Hände wasche, meine Haare nach hinten streiche: "Auch das noch. Du hast mir grade noch zu meinem Glück gefehlt. Dass ihr euch nicht schämt. Ihr nutzt unser Elend für euch aus. Ich weiß, dass du nicht der Einzige bist...", grinst er, greift nach seiner Hose. "Ich mag Mädchen, die ganz unten sind. Es macht mir Spaß mit ihnen. So wie mit dir. Ist eben so. Wir sehen uns wieder." Ich lasse ihn nicht aus den Augen. Er sieht wirklich nicht aus wie die von der Schmiere. Bullen riechen nach Bullen, der Kerl aber nicht. Sein Gesichtsausdruck ist brutal geworden. Einer, der über Leichen geht. Ich gebe mich so, als sei ich allein im Zimmer. Schnell ziehe ich meine Sachen über. Ohne ein Wort bin ich aus dem Zimmer. Nichts wie weg! Ich laufe schnell über den Flur. Willi hebt seinen Kopf, nimmt die Zigarre aus dem Mund und sieht mich stirnrunzelnd an. Ich wirke wohl auch so, dass man sich genötigt fühlt, sich zu erkundigen. "Was ist los?" Ich bleibe stehen, beuge mich zu Willi und flüstere ihm schnell zu, wer der letzte Freier ist und was er zukünftig von mir verlangt. Willi hat daraufhin etwas von einer Zeitbombe. Hektisch blicke ich mich um. Der Bulle ist nicht zu sehen. Schließlich flüchte ich auf die Straße. Nach drüben in einen dunklen Eingang. Ich brauche nicht lange zu warten. Da kommt der Scheißbulle raus. Ein wirklich guter Schauspieler. Er tritt wieder als Jammerlappen auf. Den Kopf gesenkt, verschwindet er zielstrebig aus unserer Straße. Ich atme tief durch. Mir kommt der Gedanke: Vielleicht findet das Bullenschwein es nur aufregend, einer wie mir Furcht einzuflößen? Vielleicht ist es sein Kick beim Sex? Ich wische dieses Dreckschwein aus meinem Gedächtnis und will unbedingt zu Anika. Da fühle ich Hände auf meiner Schulter. Das Dreckschwein, durchzuckt es mich, hat mir schon die Bullerei auf den Hals gehetzt. Ich rudere mit den Armen, obwohl ich weiß, dass Gegenwehr zwecklos ist, brülle ich trotzdem: "Ey! Ey! Lass mich! Ey!" Als ich den Kopf zur Seite drehe, bin ich erleichtert. Es ist nur Markus. "Melli…daaa… muss... di... was…"

"Morgen", wimmele ich ihn ab, "morgen. Wir reden morgen? Gut? Ich habe selber Probleme. Außerdem bin ich affig. Ich muss dringend was rauchen. Bis morgen!" Markus reißt die Arme hoch, zum Zeichen, dass er einverstanden ist. Es bleibt ihm sowieso nichts anderes übrig. Ich tippe ihm noch kameradschaftlich auf die Schulter. Dann laufe ich hinüber, stocke vor der Steige. Wegen der wilden Keiferei, die links von mir aus einem Hauseingang tönt. Körper ringen miteinander, sind zwischen Nacht und

Neonlicht nicht sofort zu erkennen. Jetzt stehe ich direkt daneben. Babs haut Moni auf die Fresse. Das hat die Ossifotze verdient, denke ich und gucke schadenfroh zu. Das wurde auch wirklich Zeit. Moni meint hier, "ihre Dinger" ungestraft durchzuziehen. Spätestens nun wird sie wohl begreifen, dass sie zu weit gegangen ist. Moni auf ihren Pumps und mit dem kurzen Rock hat sowieso keine Chance gegen Babs. Babs tritt, schlägt mit Fäusten auf sie ein. Moni kreischt, hat Kratzer im Gesicht. Babs hält sie im Schwitzkasten. Moni quiekt wie ein Schwein, das abgestochen wird. Sie kann schreien, solange sie will. Ihr kommt niemand zur Hilfe. Schlägereien? Da mischt sich keiner ein. Und Monis Lude kann sie auch nicht beschützen. Der sitzt im Knast. Babs reißt Moni an den Haaren. Da zeige ich mich solidarisch und brülle: "Du blöde Ossifotze! Wenn du wieder Scheiße baust, fesseln wir dich und schneiden dir die Haare ab! Ey!" Ich hole Schwung und trete ihr in den Arsch. Anschließend laufe ich in die Steige. Der Wutausbruch hat mir gut getan. Ich fühle mich befreit. Als ich bei Willi vorbei will, winkt er mir. Er steht sogar auf, und hat so ein Imponiergehabe wie ein Hirsch in der Brunft.

"Melli, warte! Melli?! Sag mal, leidest du an Wahnvorstellungen? He! Dein Freier von der Schmiere? Also, weißt du... Ich habe mir den Penner genau angesehen. Der ist doch nicht von der Schmiere. Dass ich nicht lache! Niemals! Und mir macht nun keiner was vor. Wirklich keiner. Ich riech' 'nen Bullen, wenn ich hier oben hocke. Der Typ ist nie im Leben ein Bulle." Ich lehne mich an die Wand, schließe die Augen und fauche zurück: "Warum soll ich mir so was ausdenken? Freifick und so? Es ist die Wahrheit. Ich habe keine Wahnvorstellungen. Willi, du bist so blöde. Es gibt auch Bullen, die gut riechen. Ach, leck mich doch", drehe ich ihm den Rücken zu. Es ist sowieso sinnlos, dem das zu erklären. Der weiß immer alles besser. Also laufe ich den Gang entlang. Scheißbulle, schießt es mir noch durch den Kopf. Dann stehe ich bei Anika vor der Tür. Als ich den Zimmerschlüssel suche, spüre ich, wie mir der Schweiß im Nacken herunterläuft. Gift! Ich muss was rauchen. Da ist der Schlüssel. Meine Hände zittern fürchterlich. Der Schlüssel fällt mir herunter. Ich habe das Gefühl, dass ich gleich durchdrehe. Ich krieche auf dem Boden und taste nach dem verdammten Schlüssel. Es ist ja schummerig. Da ist er. Ich starre drauf, während ich ihn ins Schloss stecke. Ganz langsam. Ganz langsam jetzt. Geschafft. Ich schließe auf und falle fast in die Tür. Sie hinter mir abzuschließen, das geht beinahe blind. "Gift", kann ich mich murmeln hören als wäre es eine Fremde. "Gift..." Anika liegt auf dem Bett. Ich sehe sie ganz verschwommen. Wie in Nebel getaucht. Vielleicht knallt bei mir gleich eine Sicherung durch.

Ich höre Anika sagen: "Ich habe schon auf dich gewartet. Hast du noch 'n Freier gemacht? Oder hast du einen abgezogen? Nächstes Mal wartest du im Zimmer und ich rudere die Kohle ran. Ach, ich seh' schon. Du bist ja richtig affig. Du lässt es doch sonst nie soweit kommen. Na, passiert jedem mal. Dann knall dir doch erst mal was", hole ich das Gift aus meiner Lasche, werfe ihr "Briefchen" auf das Bett und schnauze sie an: "Bitte sei ruhig. Bitte, lass mich! Lass mich erst was rauchen... lass mich..."

Als wäre zwischen uns eine Wand, verkriecht sich jeder in einer Ecke. Wir beginnen mit unserem Ritual. Eine Art Vorspiel, bis wir uns dann dem Gift hingeben. Wir lieben das Gift. Möglicherweise können wir darum keine

Beziehungen zu Menschen haben. Was für Blödsinn geht mir durch den Kopf. Gift ist unser Sex, kann ich nicht zu denken aufhören. Gift ist unser Orgasmus. Obwohl ich gar nicht weiß, was für ein Gefühl das ist. Ich will diese wirren Gedanken nicht. Weg! Vorhin hatte ich noch Hunger. Vorhin. Wenn ich nun das Staniolpapier auspacke, geht es mir besser. Das Knistern. Das Glattstreichen. Die Gier. Rauchen. Inhalieren. Unterwürfig auf die Wirkung warten, während ich mir kleine weiße Klümpchen Gift auf die Alufolie streue. Es mit der Feuerzeugflamme erhitze. Hin und her. Bis es flüssig ist. Dunkelbraun. Es ist soweit. Wunderbar. Ich zünde mir eine Zigarette an, ziehe den Rauch tief in die Lungen und nehme meine leere Zigarettenspitze und inhaliere das Heroin. Abwechselnd.

Blech rauchen... Der Mittelpunkt meines Lebens. Speichel sammelt sich in meinem Mund. Ich muss ausspucken. Noch eben will ich wie gewöhnlich vor meine Füße... Ich halte inne, stehe auf und gehe zum Waschbecken. Während ich rein spucke, lasse ich das Wasser laufen. Schon als ich den Wasserhahn zudrehe, spüre ich die Wirkung des Gifts. Oder ich bilde es mir ein. Das Gift wirkt schnell. Ist eine gute Ware. Ich gehe die zwei Schritte zurück und hocke mich auf eine Art Stuhl. Ich muss mich umsehen. Wie eine Fremde betrachte ich das Zimmer. Inzwischen rauche ich abwechselnd weiter. Etwas zwingt mich, das Zimmer anzusehen. Die Wände haben keine Farbe. Gelb? Weiß? Rot? Verschiedenfarbige kleine Strahler sind im Zimmer. Licht? Nein. Eher eine diffuse Dämmerung. Links das Waschbecken. Ein Tischchen. Ein Nachtschrank. Bei Tage betrachtet. Sperrmüll. Das Bett. Schaumstoff. Ein Laken, eine Decke. Anika hat zwei Wolldecken organisiert. Dafür nimmt Willi auch noch Kohle. Egal. Ich fühle mich wohl.

Anika liegt da. Sie hält die Augen geschlossen. Sie hat sich schon einen Schuss gesetzt, denn sie drückt den Daumen auf den Einstich. Die Spritze liegt auf dem Nachtschrank. Daneben der Löffel. Die Kerze flackert, unter der sie das Gift verflüssigen ließ. Mir fallen wieder die Narben an ihren Armen ins Auge. Ich kann die Einstiche zählen. Sie sehen aus wie eine Mondlandschaft. Tiefe Krater. "Anika?", frage ich sie leise und will mich daran erinnern, wann wir das letzte Mal so gemütlich im Bett die Nacht verbracht haben. Ich weiß nicht. Gift nimmt einem auch jedes Zeitgefühl. "Ja?", hebt Anika den Kopf. "Wolltest du was?"

"Wann hatten wir zuletzt ein Zimmer? Weißt du das noch?"

"Nein, nein", lallt sie ein wenig, wie immer zuerst nach dem Schuss. Ihr Kopf ist aber klar. "Habe ich vergessen. Ist das wichtig?"

"Nein", schwinge ich mich auf das Bett, "überhaupt nicht."

Bevor wir uns in die Decken kuscheln, lege ich Zigaretten, stelle Coladosen auf den Tisch. Leider ist die Toilette auf dem Flur. Vorher müssen wir bei Willi den Schlüssel holen und anschließend wieder abgeben. Alle Toiletten sind verschlossen. Die wollen hier keine Junkies in den Klos haben. Auch wenn wir, die Junkies, auf den Zimmern anschaffen, Geld einbringen. Jedenfalls wissen sie, wen von uns sie auf die Toilette lassen. Manche schließen sich ein und pennen neben dem Klo. Kotzen alles voll. Wollen nicht mehr leben. Schneiden sich die Pulsadern auf. Oder kratzen im Klo ab. Überdosis. Oder weil der Körper nicht mehr mitmacht. Erbärmlich. Krepieren neben der Klobrille. Hotelbetreiber wollen keinen Ärger mit Leichen.

Wir liegen auf dem Bett. Wie Tiere im Winterschlaf haben wir uns unter den Decken verkrochen. Der Fernseher läuft. Ein angenehme Geräuschkulisse. Wir sind es ja gewöhnt, laut zu leben. Laut. Wir kuscheln uns aneinander. Wir fühlen uns geborgen. Es ist nicht nur die Wirkung des Giftes. Das Zimmer. Die verschlossene Tür. Wie eine Burg. Niemand wird uns wegjagen, stören. Wärme, kein Regen. Decken. Luxus und Frieden. Dass hier sonst Sex für Geld gemacht wird, stört nicht. Es ist sozusagen vergessen. Anika tippt mich an. "Was denkst du, Melli? Guck mal die im Fernsehen. Guck mal, wie super die Frauen aussehen. Weißt du, wenn ich mir das ansehe, kommt es mir vor, die leben oder wir leben in einer anderen Welt. Aber ich möchte auch so wie die sein. Ich möchte auch so sein. Warum müssen wir so leben, wie wir leben? Weißt du das?", verschränke ich meine Arme hinterm Kopf, blicke in den kleinen roten Lichtkreis an der Decke und überlege. Dann sage ich: "Ich weiß es nicht. Ich weiß es wirklich nicht. Wir sind Abschaum. Aber hätten wir nicht auch eine Chance gehabt? Wenn wir nicht ins Heim gekommen wären? Wenn nicht dein Vater und mein Stiefvater...", stocke ich und umschreibe es: "Darum ist es doch so gekommen. Nur darum. Darum sind wir dem Gift verfallen. Darum. Darum vegetieren wir dahin. Niemand ahnt, wer uns zerbrochen hat. Niemand. Wir müssen es laut in die Welt schreien. Aber uns hört doch niemand zu. Niemand. Nur du, du hörst mir zu. Nicht? Wir sind zwei Verlorene."

"Melli? Was hat dein Stiefvater mir dir gemacht? Warum hat deine Mama dir nicht geholfen? Warum hat uns niemand geholfen?" Anikas Stimme wirkt wie ein Aufschrei, obwohl sie beinahe geflüstert hat. Noch nie haben wir so darüber geredet, uns gegenseitig Fragen gestellt. Es ist so, als würde in mir dieses Versteck geöffnet werden. Erinnerungen werden wach. Als würde dort ein Raubtier nur auf seine Befreiung warten. Ein Raubtier, das kurz davor ist, mich anzufallen. "Sag was! Bitte sag doch was", fleht Anika jetzt. "Bitte, sag was!"

"Ich weiß nicht. Ich weiß nicht, warum uns niemand geholfen hat", sage ich. Mir wird übel. Ich schlucke, recke mich, dass die Muskeln schmerzen. "Wie soll uns jemand helfen, wenn wir nicht um Hilfe schreien?", hat Anika sich ruckartig aufgesetzt. Ich kann sehen, wie sie den Mund öffnet, tief Luft holt. "Meine Mutter, Melli! Meine Mutter wusste alles! Sie wusste, dass er im Keller über mich hergefallen ist. Sie war nicht dabei. Aber sie wusste es. Da, wo er seine Eisenbahn aufgebaut hat. Und da hat es zuerst getan. Immer wieder! Ich habe geblutet. Meine Mutter hat die Wunden gesehen. Sie hat mich sogar eingecremt. Mama hat nichts gemacht. Nichts. Bestimmt wie bei dir. Mama! Sie hat die Augen davor verschlossen. Weil es nicht sein darf, ist es nie passiert. Wegen der Nachbarn, der feinen Gesellschaft, in der die verkehren. Niemand hat", wird ihre Stimme brüchig, "etwas gemerkt. Ich habe mir die Haare ausgerissen. Ich habe Fingernägel gekaut..." Wir fallen uns in die Arme und schluchzen. Als würde es ein Indiz sein, halte ich meine abgekauten Fingernägel hoch. Wir klammern uns aneinander. Es wird ganz warm in mir. So gut tut es mir, darüber zu reden. Anika ergeht es genauso. Wenn nicht wir, wer würde uns sonst verstehen? Das Schreckliche kann doch nicht ein Leben lang auf uns lasten, bis wir daran ersticken. Darum ermuntere ich Anika: "Es hilft, dass wir es uns erzählen. Wir hätten es längst machen müssen. Es befreit. Auch wenn es nicht heilt. Bitte, lass uns das Schlimme von der Seele reden." Wir zittern beide, vergraben unsere Gesichter. Deshalb mache ich uns beiden weiter Mut: "Anika, es ist doch dunkel. Wir müssen uns doch nicht ansehen. Und nachher ballern wir uns zu...", warte ich auf ihre Reaktion. Wir halten uns fest, als könnte uns nichts, gar nichts trennen. Beherzt beginne ich nach Worten zu suchen. Sie kommen mir tatsächlich wie von selbst über die Lippen: "Mein Stiefvater ist nachts in mein Bett und hat mich vergewaltigt. Damals kannte ich das Wort nicht. Später wusste ich, das man es so nennt. Jemandem Gewalt anzutun. Ich hatte Todesangst. Und morgens habe ich meinen Stiefvater nicht wiedererkannt. Er besteht aus zwei Männern. Einer, der mich anlächelte und mich Püppchen nannte. Und ein anderer, das Dreckschwein, das über seine kleine Stieftochter herfällt. Kannst du dir das vorstellen? Es hat ja schon angefangen, da war ich ganz klein, als ich in der Badewanne saß. Da hat er, das weiß ich noch, meinen Hintern begrabbelt. Ich glaube, er hat abgeschlossen. Meine Mutter und meine Stiefgeschwister haben vorm Fernseher gesessen. Ich war ja noch so klein, aber wenn ich heute an die Geräusche denke... Ich glaube, er hat sich... er hat sich einen runtergeholt. Das Schwein!

Ich habe mir immer wieder ausgemalt, wie ich ihn umbringe. Ja, das habe ich. Nur, wenn ich mit Gift zu bin, dann ist er weg aus meinem Kopf...", mache ich eine Pause und wundere mich, dass ich nicht weinen muss. Es geht mir flüssig über die Lippen. Ich muss nicht weinen. Also nutze ich das aus. Anika streichelt meinen Rücken und flüstert mir zu: "Melli, erzähl weiter. Erzähl nur. Dann rede ich auch über alles. Erzähl erst weiter.", gibt sie mir einen Kuss. Ich fühle mich angenommen, verstanden. Ich streiche über ihre Schulter. Der Knochen steht spitz hervor. Obwohl ich weiß, wie sie sich anfühlt, erschaudere ich jedes Mal wieder. Ich versuche, weiter zu reden, dabei meine Empfindungen abzustellen. Also bilde ich mir ein, kein Gefühl hochkommen zu lassen. Es gelingt mir. "Ganz langsam hat er mich zerbrochen. Stückchen für Stückchen. Wäre ich nur dabei gestorben. Ich hoffte oft, dass ich nie mehr aufwache. Gleichzeitig war ich voller Zweifel. Vielleicht ist das mit meinem Stiefvater gar nicht so schlimm. Mama hat es ja zugelassen. Heute weiß ich: Ich war ihr im Wege. Mama hat alles gewusst und es geduldet. Mama hat mich ihm zum Fraß vorgeworfen. Ich war Mama egal. Sie hat mich weder gehasst noch geliebt. Noch schlimmer. Ich war Mama egal. Anika", drücke ich sie, "darum sind wir heute so. Ein Freier hat mir mal Ähnliches erzählt. Warum wir so geworden sind. Ich wollte es nicht hören. Ich habe ihn dafür bespuckt. Dann habe ich ihn abgezogen. Aber seine Worte haben sich in mein Gehirn eingebrannt. Er hat Recht. Es wächst in uns wie ein Geschwür", hole ich tief Luft, "ich hasse den Gestank von Männern. Ich hasse Männer. Sie sind das Schlimmste, was es auf der Welt gibt."

Ich höre meine Worte nachklingen. Ganz fremd und hart. Anika tröstet mich, reibt ihren Kopf an meiner Schulter und kommt mit einem Ruck hoch. "Meine Mutter!! Mutter!! Mutter!!", schreit, schluchzt sie. Ihr ausgemergelter Körper zuckt, als würde er unter Strom stehen. "Anika, bitte", rüttele ich sie, "bitte lass es raus! Alles! Bitte, ich habe auch geredet. Ja?" Anika beruhigt sich. Sie kriecht bis ans Kopfende. Dann kauert sie sich gegen die Wand, zieht die Beine an ihren Körper, umschlingt sie mit den Armen. Knie drücken sich wie Dolche durch die Hose. "Jajaja, ich erzähl' weiter", willigt sie urplötzlich ganz sanft ein. Wir fallen von einem Extrem ins andere: "Also, mein Vater ist Rechtsanwalt. Im Tennisclub und so. Auch Golfclub. Angefangen hat es, wie ich dir vorhin gezählt habe. Aber das hat ihm nicht gereicht. Er hat uns dabei nackt fotografiert und gefilmt. Kinderpornos hat er sich dabei auch reingezogen. Mehr muss ich dir nicht sagen. Du weißt schon." Anika schweigt, die Augen zusammengekniffen. Ihre Lippen zucken. Dann.. "Ich war schlecht in der Schule. Habe mir die Haare ausgerissen. Geklaut. In die Hose gepinkelt. Mehr sage ich nicht. Du weißt ja, wie es bei dir war. Also, genauso. Eben wie bei dir. Das sind wohl, wie die Psychologen sagen, Warnsignale. Helft mir! Das habe ich ja nicht schreien können. Ja, und dann habe ich mal einer Lehrerin was angedeutet. Sie machte mich fertig. Weil ich mal wieder die Schule geschwänzt hatte. Als sie mit mir reden wollte, habe ich um mich geschlagen. Da habe ich es zu sagen versucht. Sagen kann man das nicht. Ich habe es so verdreht angedeutet. Aber sie hat nicht verstanden. Und wenn, hätte sie es doch nicht geglaubt. Niemand hat etwas unternommen. Bis ich dann, wie du, immer abgehauen bin. Was wirklich um mich herum passiert ist, das weiß ich natürlich nicht. Jedenfalls haben sie mich ins Heim gesteckt. Schwer erziehbar. Mein Vater war so abgebrüht. Ich stand im Flur. Er daneben. Vor mir die von der Jugendbehörde. Mein Vater hat denen gesagt, ich sei schwer erziehbar, er hätte alles Erdenkliche versucht, aber nichts hätte geholfen. Meine Mutter hat immer genickt. Mehr nicht. Nur genickt hat sie." Anika stöhnt auf. "Dann haben meine Eltern mich abholen lassen. Wie einen bissigen Hund, den man ins Tierheim gibt. Die von der Jugendbehörde haben meine Sachen genommen. Mein Vater ist ohne ein Wort weg. Meine Mutter hat nur geguckt. Sie haben sich nicht mal von mir verabschiedet. Warum auch? Sie waren froh, dass sie mich los waren. Sie haben mich abholen lassen. Ja, das haben sie", holt sie tief Luft.

"Ja, und dann: Denen im Heim habe ich später auch nichts erzählt. Dann haben sie mir einen Arzt, dann eine Ärztin geschickt. Sie wollten mich untersuchen. Ich habe geschrieen, getobt, weil sie versucht haben, mich anzufassen. Oder ich habe mich unters Bett verkrochen. Sie waren aber ganz nett. Sie haben mich nicht gezwungen. Sie haben es mit Reden versucht. Sie haben alles versucht. Nichts haben sie aus mir rausgekriegt. Nichts. Sie haben es weiter versucht. Sie wussten schon warum. Warum sie mit der Fragerei nicht aufhörten. Sie wussten schon. Ich habe die Fragen wohl verstanden. Doch ich konnte nicht antworten. Irgendwann wollte ich. Ich wollte. Aber ich konnte nicht. Weil ich immer die Stimme meines Vaters im Ohr hatte: Er sei ein angesehener Anwalt, niemand würde mir glauben, wenn ich so was erzähle. Ja, da war ich schon so zerstört, dass es für Außenstehende schwer sein muss, Wahrheit und Angst auseinander zu halten. Und dann sage ich dir noch was. Ein einfacher Vater, den bringen sie schneller zu einem Geständnis. Und schneller hinter Gitter als einen angesehenen Anwalt. Welches kleine Mädchen... ich denke, ich war 10... ach, ich weiß nicht mehr... welches kleine Mädchen, dass so kaputt ist... welches kleines Mädchen kann das so genau aussagen, um daraus eine wasserdichte Anklage zu schustern, dass er in den Knast geht? Vielleicht, denke ich heute, hätten sie mich einfach weiter mit Fragen löchern sollen. Irgendwann hätte ich auch was erzählt. Aber es haben sich immer wieder neue Betreuerinnen um mich gekümmert. Dann tauchte ein Mann auf. War wohl ein Psychologe. Da war es ganz aus. Da war ich innerlich wie verrammelt. Was denken die sich bloß? Ein Mädchen, das vom Vater geschändet worden ist, das wird sich doch keinem Mann anvertrauen."

Anika öffnet die Augen. Tot ist der Blick. Aber wie sie das Schlimme ans Licht gezerrt hat... Da hätte ich eher hasserfüllte Augen erwartet. Gift verhindert auch das. Ich habe das Gefühl, wir sind uns jetzt noch näher. Wenn wir sonst geredet haben, ging es um Gift, Geld, Freier. "Melli?", rutscht Anika dicht an mich. Wir umarmen uns und ich antworte: "Ja?"

"Melli? Wenn wir beide nun zur Schmiere gehen würden. Wenn wir eine Anzeige machen. Alles erzählen. Wie die Dreckschweine unser Leben kaputt gemacht haben", hält Anika inne. Weil ich darüber gar nicht nachdenken will, sage ich schnell: "Ich weiß nicht, ob..."

"Warte!", setzt Anika sich auf, sieht mich an, "oh ja, mir fällt was ein. Ganz hinten in unserer Straße, da stand eine. Eine aus dem Osten. Der hätte ich beinahe auf den Kopf gehauen, als sie mich vollgequatscht hat. Ihr Onkel hat sie missbraucht. Niemand hat ihr geglaubt. Sie haben sie auch davongejagt. Weil sie Schande über die Familie gebracht hätte. Jetzt hat sie Anzeige erstattet. Sie hat ausgesagt. Der Onkel kommt vor Gericht. Ja, die Schmiere hat ihr es noch erklärt... warte, es fällt mir gleich ein... Ja, wenn man 18 ist, hat man noch 10 Jahre Zeit, so ein Dreckschwein anzuzeigen. Danach ist es verjährt." Anika und ich halten uns wieder in den Armen. Menschliche Nähe. Wie ein Schutzwall. "Meinst du", zweifele ich, "dass wir das durchstehen?"

"Und weißt du, warum?", ereifert sie sich, setzt sich gerade hin. "Warte, gleich", greift sie nach der Coladose. Ich auch. Wir zünden uns Zigaretten an. Jetzt fällt mir auf, dass wir die ganze Zeit nicht geraucht haben. Als hätte uns das Tauchen in die Vergangenheit gelähmt. Wir ziehen an den

Zigaretten, pusten den Rauch aus. Ich betrachte Anika von der Seite und stelle mir vor, wie meine spindeldürre Freundin sich gegen ihren selbstgefälligen, selbstbewussten Vater damit durchsetzen will. "Warum? Sag's mir?", bin ich gespannt, welche Argumente ihr auf einmal durch ihren Kopf schwirren. "Weißt du warum? Die hören ja nicht damit auf, kleine Mädchen kaputt zu machen. Sie holen sich weiter kleine Mädchen. Machen es weiter, wie mit uns. Und zerstören so noch mehr Leben."

"Das ist sehr wahr, was du gesagt hast", stimme ich ihr zu. Doch aus dem Dunkeln ins Licht treten? Wie sollen wir das denn schaffen? Die Gedanken heute? Morgen sind sie verdrängt. Wir können uns dem auch gar nicht stellen. Der andauernde Reigen "Gift, Geld, Freier" ist ja nicht zu unterbrechen. Ich stehe auf und lege mir eine Nase Gift. Irgendwo habe ich einen Strohhalm. Anika, kann ich sehen, schmeißt sich, wie wir sagen, eine Tablette. Rosch. Die kann man am Bahnhof kaufen. Die haben eine ähnliche Wirkung wie Heroin. Anika nimmt, je nach Befinden, eine dazu. Sie sagt, es knallt schön. Ich ziehe das Gift in die Nase, lecke den Strohhalm ab und setzte mich zu Anika. Ich gucke auf das Fernsehbild. Werbung. Ein Mann steigt strahlend aus einer Luxuskarosse. Blitzlicht aus der anderen Welt. "Warum haben meine und deine Mama das zugelassen?", schreit Anika auf, greift nach meiner Hand. "Warum haben sie uns nicht geholfen? Warum nicht? Warum leben sie weiter bei den Dreckschweinen? Warum?"

"Ich weiß es auch nicht. Ich weiß es nicht", antworte ich ratlos und mir fällt wieder ein, was Anika gesagt hat. "Du hast doch vorhin selber erklärt. Deine Mutter, die Nachbarn... wenn die wüssten, was mit dir geschehen ist...? Und das, was die uns angetan haben, ist so abscheulich. Was hast du noch gesagt? Deine Mutter schweigt, weil es nicht sein darf oder so."

"Ja, stimmt", erwidert Anika, "ja. Es ist wie nie passiert. Das meine ich. Das habe ich vorhin gesagt."
"Bei meiner Mutter war das was anderes", werfe ich ein, "für die habe ich gar nicht existiert. Na ja, ist auch ähnlich."
"Die machen die Augen zu", nuschelt Anika, die Tablette beginnt zu wirken, "sie denken, es ist nicht geschehen, es darf nicht geschehen, weil es nicht sein darf. Wenn die Taten verjährt sind, ist es auch wie nie geschehen."
Während Anika schweigt, wird mir klar, wie wahr es ist, was wir denken und wie wir es beurteilen. Niemals hätte ich geahnt, dass wir dazu fähig sind.

"Vor Gericht wird uns keiner glauben. So wie wir ausse-hen", redet Anika mit schwerer Zunge weiter. "Wo wir uns nun ausgesprochen haben, möchte ich mich rächen. Wirklich, das möchte ich. Aber ich weiß nicht. Hoffentlich schaffe ich es noch, bevor ich mich tot geballert habe."

"Anika! Ich habe dich doch lieb. Nein! Nie!", schreie ich auf, denn sie stößt damit an meine größten Ängste. "Das darfst du nicht sagen. Nie wieder! Ich kann doch ohne dich nicht mehr leben."

"Ich kann auch nicht ohne dich sein", setzt sie sich langsam auf, dreht mir den Kopf zu, "ich verspreche es. Ich sage es nie wieder. Ich verspreche es hoch und heilig." Anika lächelt mich an. Die toten Augen scheinen mit einem hellen Schleier überzogen. "Bitte, es war doch nur so ein Gedanke", sagt sie und lehnt sich tröstend an mich, "reg dich nicht auf. Ich kann auch nicht ohne dich sein. Es war nur ein Gedanke. Wenn ich mich sehe und meinen geschniegelten Vater. Angesehen, geehrt. Meine Mutter. Elegant, gute Umgangsformen. Wie sie das verkraftet. Ich habe sie nicht mal fragen können. Sie hat sich auch, nachdem ich im Heim war, nie mehr um mich gekümmert. Ein Schuldeingeständnis. Bestimmt hat er sich längst sein nächstes Opfer gesucht. Hoffentlich nicht, aber sie machen weiter. Außerdem sammelt er Kinderpornos. Ich weiß, wo er sie versteckt hat."

"Wo?", erkundige ich mich neugierig. "Unter der Eisenbahn", antwortet sie, schlingt die Arme um mich und schläft. Oder ist sie abgetaucht in eine andere Welt? Es ist, als wäre der Vorhang gefallen. Anika wendet sich ab, nimmt noch eine Tablette. Ich spüre die Wirkung von "der Nase", die ich vorhin genommen habe. Alles verschwimmt. Was bedrohlich war, wird blass und blasser. Es ist, als hätten wir unsere kranken Seelen verpflastert. Wir liegen apathisch nebeneinander. Das Gedächtnis löschen. Noch nicht ganz, es begehrt auf. Missbraucht, abgeschoben. Ich muss mir vorstellen, wie wir unsere Peiniger töten. Aus Rache. Dann würden wir im Fernsehen auftreten. Aber uns nimmt niemand ernst. Bilder von früher quälen mich. Ich höre Schritte. Die Stimme meines Stiefvaters. Das Gedächtnis löschen, hämmert es in mir. Missbraucht, abgeschoben. Wie willst du jemals im Leben klarkommen? Ich kann nicht aufhören zu denken. Rache! Rache! Rache! Ich sehe das Bild vor mir. Wie ich das Dreckschwein abgestochen habe. An meinen Händen ist Blut. Das Bild hilft mir. Seine Schritte, seine Stimme. Er wird mich nie mehr quälen. Nie mehr. Das macht mich froh. Ich habe mich aufgerappelt und gehe in den Flur. Die Wirklichkeit. Die Steige. Der vertraute Mief.

Hinten flackert eine Glühbirne. Eine Tür knallt zu. Ein Freier huscht am Ende über den Gang. Leise Straßengeräusche. Schlagermusik von Willi. Ich laufe durch die Gänge der Steige wie ein Hündchen, was mal Auslauf haben muss. Ich höre, wie Hansi irgendwo an eine Tür hämmert, brüllt: "Noch zehn Minuten!" Gleichzeitig kreischt ein Mädchen. Nicht, weil sie Streit mit einem Freier hat. Nein. Sie ist ein Junkie und hat sich hier eine Ecke für die Nacht gesucht. Die werden vor die Tür gesetzt. Mit Gewalt. Mit Tritten. Man will die Steige sauber halten. Was immer das auch heißen mag. Darüber denke ich nicht weiter nach. Plötzlich stehe ich wieder im Zimmer. Anika schläft. Der Fernseher läuft. Hier ist immer Nacht. Ich stelle mich ans Fenster, schiebe die schwarzen Gardinen einen Spalt zur Seite. Morgengrauen. Ein heller Streif hat sich über die Hochhäuser gelegt. Unter mir unsere Straße. Dort ist es noch finster. Neonlicht flackert. Wenige Autos fahren. Unsere Straße schläft nie. Einige Gestalten. Dunkle Umrisse bewegen sich.

Irgendwie habe ich plötzlich das Gefühl, nicht auf der Welt zu sein. Es ist, als würde ich mich verflüchtigen können. Ich atme schwer. Es ist anstrengend, als würde es eine Last sein zu leben. Und als würde sich jetzt eine eiskalte Hand in meinen Nacken legen. Etwas scheint in mir zu schreien, ich müsse mein Leben ändern. Schrecklich. Mein Innenleben hat sich verselbständigt. Hektisch greife ich nach dem Gift. Die Stimme ist verstummt. Seelenruhig lege ich mir eine Nase. Ziehe. Dann lümmele ich mich zu Anika aufs Bett. Mir fällt auf, während sich das Gift durch meine Schleimhäute frisst, wie merkwürdig verdreht Anika daliegt. Ich schließe die Augen und lasse mich treiben. Wohin? Kein Ziel. Es ist, als würde mich eine riesige Woge schaukeln.

Die Überdosis

Ich muss eingeschlafen sein. Ich schrecke hoch. Es hämmert an der Tür. Hansi kläfft wie ein Treppenterrier. "Macht das Zimmer frei! Schnell!" Der Idiot, denke ich, sonst kann er sich nirgends wichtig machen. Ich rappele mich auf und stupse Anika an. "Ey, Hansi!", beruhige ich ihn. "Wir gehen gleich! Ist es schon so spät?"

"Ja! Ihr müsst raus. Los! Los!" Dann höre ich, wie er sich mit kleinen, hektischen Schritten entfernt. "Jaja", sage ich vor mich hin, "alter, mieser Sack. Wichtigtuer. Sonst kann der auch nichts weiter machen als Alarm." Ich drehe mich zu Anika. "Anika! Los! Was ist mit dir?! Wir müssen raus! Du willst doch bestimmt vorher was ballern!" Noch eben wundere ich mich, wieso sie nicht wach wird. Ich rüttele an ihrem Arm, schreie gleichzeitig auf, zucke zurück. Der Arm ist kalt, eiskalt. Wie von Sinnen brülle ich: "Anika! Ey!! Ey!! Wach auf! Ey!!"

Ich schüttele ihren Körper. Er ist seltsam schlaff. Anika strahlt eine unheimliche Stille aus. Wie von selbst fühle ich ihren Puls. Ganz schwach. Oder gar nicht? Das kann nicht sein. Das darf nicht sein. Nein! Ich springe auf, sause aus dem Zimmer und renne kreischend durch den Flur. "Hilfe!! Hilfe!! Einen Arzt!! Anika stirbt!! Hilfe!!" Endlich bin ich um die Ecke, laufe einen Freier über den Haufen, schlage um mich, als er mich beschimpft, sause nach rechts. Da ist Willi. "Willi!! Willi!! Willi!", stürze ich auf ihn zu. "Schnell, rufe einen Notarzt! Anika liegt im Bett! Sie rührt sich nicht! Schnell! Einen Arzt! Sie stirbt sonst. Schnell! Schnell!" Er guckt auf, sieht mich wütend an und faucht: "Schnauze, Mann! Du siehst doch, dass ich telefoniere." Mir knallt eine Sicherung durch. Ich fege seine Sachen vom Tisch und stürze mich wie eine Furie auf ihn. "Einen Arzt!! Rufe 110 an!!

Anika stirbt sonst! Stirbt?! Bist du taub!?" Willi ist aufgesprungen. Es wirkt auf mich wie in Zeitlupe, wie er ausholt und mir seine Hand entgegenkommt, er mir ins Gesicht schlägt. Unter der Wucht wird mein Kopf zur Seite geschleudert. Ich halte mich am Tisch fest. Sonst wäre ich umgefallen. Aber ich fühle den Schmerz nicht und schreie stattdessen: "Anika stirbt! Schnell! Schnell!"

Endlich begreift Willi, dass es um Leben und Tod geht. Für mich viel zu langsam wählt er den Notruf. Mechanisch sammele ich den Krimskrams vom Boden auf und lasse Willi nicht aus den Augen. Hoffentlich nehmen die endlich ab. Wie lange dauert das denn? Während Willi den Hörer ans Ohr hält, giftet er mich an. "Worüber wundert ihr euch? Ihr ballert euch mit Gift voll. Jahrelang. Und hinterher wundert ihr euch, dass der Körper nicht mehr mitmacht. Damit müsst ihr rechnen... Schnell! Einen Unfallwagen!" Seine Stimme ist höflich geworden, dann nennt er die Adresse. "Hansi?!", ruft Willi, indes er den Hörer auflegt. "Wenn der Krankenwagen kommt. Der Notarzt. Hinten ins Zimmer, ist wegen Anika. Ich gehe mit Melli hin." Komisch, schießt es mir durch den Kopf. Wie absurd, wieso ich erstaunt bin, dass er uns beim Namen kennt. Da wäre ich nie drauf gekommen.

Erst nun merke ich, dass ich zurückgerannt bin. Ich knie mich vor Anika. Sie liegt da. Im Zwielicht des dunklen Zimmers. Durch die halbgeöffneten Vorhänge fällt ein wenig Morgenlicht auf sie. Gespenstisch. Wie eine lebensgroße Puppe, die niemand mehr braucht. "Bitte, werd' wach, bitte", flüstere ich ihr ins Ohr, "bitte...", streichele ich ihren Kopf und wage es nicht auszusprechen, was ich denke. Du darfst nicht sterben..."Kann das Elend nicht sehen", murmelt Willi neben mir, dann zieht er die Tür hinter sich ins Schloss. Ich umarme Anika behutsam. Sie ist nicht nur zum Skelett abgemagert... Dass sie überhaupt nicht reagiert... Es ist, als würde ich eine Fremde schluchzen hören. "Anika? Bitte?! Sag was! Bitte! Anika? Bitte, bitte... bitte..." Sie rührt sich nicht. Sie liegt dort. Ich drehe ihren Kopf zu mir. Ihre Augen sind geschlossen. Ich streichele ihre Wange. "Anika, bitte, sag was, bitte... bitte... bitt...", als mich kräftige Hände packen und mich in einem Ruck von ihr wegreißen.

Ein Arzt knallt wortlos seinen Koffer auf den Boden. Zwei Krankenpfleger knien sich vor Anika. Sie wird an einen Tropf gelegt. Mir kommt wieder die Puppe in den Sinn. Wie sie sich an ihrem Körper zu schaffen machen. Sie lieblos hin und her drehen. Sie untersuchen. Ich lehne mich an die Wand. Mein Halt. Ich kneife die Augen zusammen. Ich bete. Wirklich, ich schicke ein Stoßgebet zum Himmel. Zu Gott? Gott kann mich nicht kennen. Sonst hätte er nicht zugelassen, was aus mir geworden ist. Trotzdem kann ich nicht aufhören. Anika darf nicht sterben. Bitte, Anika darf nicht sterben. Es poltert. Ich öffne die Augen. Der Arzt packt seine Utensilien ein. Er nickt, erhebt sich, macht eine Handbewegung in Richtung der Krankenpfleger. "Ist sie... ist sie... to...?" Ich kann es nicht aussprechen. Aber ich muss der Wirklichkeit ins Auge sehen. Das bin ich Anika schuldig. Der Arzt mustert mich nur, wendet sich ab, schüttelt, statt mir zu antworten, verneinend den Kopf. Ich müsste erleichtert sein. Aber ich kann gar nichts fühlen. Die Krankenpfleger heben Anika nun wie einen Kartoffelsack hoch, legen sie auf die Trage. Mir scheint es, als würden sie sie wie Abfall behandeln... Ihre schwarzen Haare hängen an der Seite herunter. Ich stehe da, als wäre ich fest verankert, kann mich nicht bewegen. Vor mir ein Bild, das mir den Verstand raubt. Wie sie Anika anheben, sie durch die Tür tragen wie ein Bündel. Sie wackelt so hölzern. Ich bekomme Panik. "Ich will mit! Anika hat doch niemanden. Sie ist meine beste Freundin. Bitte! Sie hat doch niemanden, der sich um sie kümmert. Ich will mit! Mit! Mit! Verdammt!! Wir haben uns doch geschworen, immer füreinander da zu sein." Sie hören nicht oder wollen nicht hören. Die Flure sind so eng, dass sie mit der Trage links und rechts anecken. Auch die Treppe ist zu schmal. Ich kann nicht an den Pflegern vorbei. Der Arzt geht voran. Sie verdecken mir den Blick auf Anika. Ich kann sie nicht mehr sehen. Ich muss bei ihr sein. Sie braucht mich. Meine Nähe. Bestimmt spürt sie es irgendwie, wenn ich ihre Hand halte. Ich bin doch die Einzige auf der Welt, der sie vertraut. Endlich sind wir auf der Straße angelangt. Da steht der Rettungswagen. In dieser Gegend finden sich nicht mal Schaulustige. Ich laufe neben der Trage her. Anika ist bläulich, so weiß, wie ich mir ein Leichentuch vorstelle. Was habe ich nur für Gedanken?

Weder der Arzt noch die beiden Krankenpfleger beachten mich. Sie geben sich so, als sei ich gar nicht da. Sie schieben Anika in den Rettungswagen. Als ich hinten mit reinklettern will, schubst mich ein Krankenpfleger runter: "Verschwinde! Versiffte Drogenprostis steigen hier nicht ein! Hau ab! Widerlich, das Drogenpack!" Ich stolpere, falle hin, rappele mich auf, strecke die Arme aus. Natürlich umsonst. Hilflos muss ich zusehen, wie sich die Türen des Rettungswagens schließen und er losfährt. Martinshörner heulen auf. Blaulicht zuckt wie kleine Blitze über das Wagendach. Eine unbändige Wut macht sich in mir breit. Ich springe auf, renne hinterher und brülle mir die Seele aus

dem Leib. Sie sollen anhalten. Auf mich warten. Mich mit-
nehmen. Ein sinnloses Unterfangen. Keuchend bleibe ich
stehen, als ich den Rettungswagen um die Kurve verschwinden sehe.

"Scheiße! Scheiße!", fluche ich. "Verdammte Scheiße!
Penner! Penner! Was bilden die Penner sich ein? Dass sie
was Besseres sind?!", stampfe ich mit den Füßen auf und
versuche mich dennoch zu beruhigen. Ganz ruhig, ganz
ruhig, ganz ruhig. Ich habe kein Geld fürs Taxi. Selbst wenn
doch, nehmen die eine wie mich nicht mit. Weil sie Angst
haben, dass ich nicht bezahlen kann. Oder sie ausraube. Na
ja, bleibt mir nichts anderes übrig, als zu Fuß zu gehen. Ich
bin stehen geblieben. Wo ist das Krankenhaus noch? Nicht
so weit von hier. Den Weg zurück habe ich immer gefunden, wenn Ärzte mich nach einer Überdosis gezwungen
haben, mein mieses Leben weiterzuführen. Meine Füße
haben sich von selbst in Bewegung gesetzt. Hoffentlich
habe ich instinktiv die richtige Richtung eingeschlagen. Je
weiter ich mich aus unserem Viertel entferne, umso
unwohler fühle ich mich.

Innenstadt - eine große, breite Straße. Autos fahren entlang.
Auf dem Bürgersteig sind kaum Passanten. Es handelt sich
hier um eine Bürogegend. Chrom, Marmor bestimmen die
Fassaden. Der breite Gehweg ist blitzsauber. Nicht eine
leere Bierdose im Rinnstein. Obwohl ich erst eine kurze
Wegstrecke zurückgelegt habe, erscheint es mir, als hätte ich
ein fremdes Land betreten. Mir wird deutlich, dass ich mich
fürchte, unser schützendes Viertel zu verlassen. Links vor
mir hält am Straßenrand ein nobles Auto. Wohl ein
Geschäftsmann, steigt aus. Ich spüre seine verächtlichen
Blicke. Ich fühle mich so allein ausgeliefert. Denn am

Bahnhof sind "wir" in der Überzahl. Der fragliche Halt einer Familie. Ich gehe schneller. Vorbei an einem großen Mann, der neben sich einen bulligen Hund sitzen hat. Dabei höre ich ein gefährliches, leises Knurren. Wenn er könnte, würde er eine, die hier nicht hingehört, wegbeißen.

Es macht mir Angst. Die Straße, die Menschen, die Autos. Ich gehe schneller, laufe, kann nicht mehr, röchele nach Luft, habe Seitenstiche. Das Krankenhaus, bin ich jetzt erleichtert, muss dort hinten sein. Ein wenig bergauf. Ich kann nämlich einen Unfallwagen einbiegen sehen. Also bin ich richtig. Langsam gehe ich weiter. Die Seitenstiche werden immer schlimmer. Auch spüre ich, dass mein Gesicht schmerzt. Ach ja, Willi, war es mir völlig in Vergessenheit geraten, hat mich geschlagen. Egal, das vergeht.

Anika - warum ich in Gedanken an sie nach oben blicke...? Zufall. Der Himmel ist verhangen, aber für mich ungewöhnlich weit. In unserer Straße zwischen den Hochhäusern sieht man einen Streif davon. Wenn man überhaupt nach oben blickt. Denn Dunkelheit und Drogensucht sind irgendwie unzertrennlich. Es heißt ja auch nicht umsonst, wie der Volksmund sagt: "Die Sonne bringt es an den Tag." Würde für uns bedeuten, nachdenken zu müssen. Ein Alptraum. Gift, schießt es mir durch den Kopf. Habe ich noch genug bei mir? Bestimmt. Ich schaffe es sogar, den Mittelpunkt meines Lebens für Anika zu verdrängen. Ob die sie schon über den Berg haben? Ganz sicher, kann ich mir nur einreden. Ich laufe weiter. Die Angst um Anika und die Angst vor der fremden Umgebung treiben mich vorwärts. Doch je länger ich meinem Ziel entgegenstrebe, um so weiter scheint es von mir wegzurücken. Oder ich bin wahnsinnig, bilde mir es nur ein. Weil ich durch die Drogen jeden Realitätssinn verloren habe, laufe und laufe ich, mag nicht mal rauchen. Mein Gesicht ist nass. Es muss schon länger nieseln. Erst jetzt nehme ich es wahr. Meine Haare, mein Gesicht, meine Klamotten sind feucht. Nebensächlich. Weiter. Ein Wunder! Endlich, da ist es, vor mir liegt das Krankenhaus. Trotzdem muss ich noch zwei Straßen überqueren. Die Schranke zum Gelände ist offen. Ich erkundige mich beim Pförtner, wo die Notaufnahme ist. Der dicke Mann mit den grauen Haaren mustert mich. Dann endlich bequemt er sich muffig Auskunft zu geben. "Dahinten. Das zweite Gebäude links..." Ich nicke, als ich mich umdrehe, höre ich, wie er spottet. "Sonst lasst ihr euch doch immer im Rettungswagen vorfahren. Na ja, ist ja billiger, wenn ihr zu Fuß kommt..."

Ich sehne mich nach unserer Straße. Außerhalb, wie ich jetzt schmerzhaft erfahren muss, sind Menschen zu meinen Feinden geworden. Rasch laufe ich weiter, damit ich mir nicht noch mehr anhören muss. Das würde mir sonst nichts ausmachen. Wenn der Pförtner nämlich Freier in unserer Straße wäre, dann hätte ich mich schon wehren können. Aber hier fühle ich mich wie eine einsame Kakerlake auf Reisen. Ein Tritt genügt und ich bin zermalmt.

Inzwischen bin ich weit genug entfernt. Vor mir tritt ein Mann mit einem verbundenen Arm aus einer Tür. Weiter hinten überqueren Krankenschwestern die schmale Straße. Auf der anderen Seite fährt jemand im Rollstuhl. Gegenüber humpelt einer auf Krücken. Auf einmal sacken mir die Beine weg. Mir wird schwarz vor Augen. Instinktiv lasse ich mich auf eine Stufe vor einem Gebäude sacken. Mein Kopf dröhnt. Es ist, als würde sich die Erde um mich herum drehen. Ganz schnell. Ich schlage die Hände vors

Gesicht. All das, was passiert ist, war zuviel für mich. Anika. Die Aufregung und die körperliche Anstrengung, hierher zu gelangen. Ich fühle, wie mir kalter Schweiß ausbricht. Gift? Ich will gerade unter mein Hemd greifen. Aber mich bremst etwas, mich hier hemmungslos meiner Drogensucht hinzugeben. Aber ich hatte heute vorhin doch schon genug genommen. Ich horche in mich hinein. Lächerlich! Der Schrei nach Gift in mir, der ist noch nie zu überhören gewesen. Ich spüre, wie mein Atem flattert. Ich nehme die Hände vom Gesicht, öffne die Augen. Alles ist verschwommen um mich. Erst als ich mehrmals blinzele, nimmt meine Umwelt Konturen an. Sacht hebe ich meinen Kopf. Dabei konzentriere ich mich darauf, gleichmäßig zu atmen. Es hilft. Ich habe meine Schwäche überwunden. Vorsichtig hangele ich mich hoch. Meine Knie sind noch weich. Aber es geht schon wieder. Behutsam setze ich einen Fuß vor den anderen. Somit bin ich dann auch schräg gegenüber endlich an meinem Ziel angekommen.

An dem Gebäude ein Schild - registriere ich beiläufig: "Medizinische Notaufnahme". Ein Unfallwagen biegt ein, hält davor. Arzt und Krankenpfleger springen heraus. In Windeseile öffnen sie die Tür, schieben die Trage heraus. Im Laufschritt schieben sie einen Schwerverletzten, überall mit Schläuchen gespickt, in Richtung Tür. Da geht mir durch den Kopf, wie selbstlos Helfer Menschen das Leben retten. Genauso muss es gewesen sein, wenn ich mehrmals ... und nun Anika... Und ich nutze die Gelegenheit, will mit ins Gebäude. Doch die schwere Tür schnappt direkt unwiderruflich genau vor mir ins Schloss. Entmutigt lasse ich die Arme sinken. Also drehe ich mich um. Irgendwo muss der Eingang sein. Hinter einer Nische entdecke ich eine große Glasscheibe, in der Mitte eine Sprechmuschel. Dahinter sitzt jemand am Schreibtisch, trägt einen weißen Kittel. Eine Frau mit steilen Falten zwischen den Augen und glatten, langen, naturblonden Haaren. Sie dreht sich mir zu. Wie sie mich mustert, ist unverkennbar, was sie von einer wie mir hält. Wir sind hier ja quasi Stammgäste. Darum versuche ich zu lächeln und freundlich zu sein.

"Bitte, helfen Sie mir. Bitte, ich muss hier rein. Meine beste Freundin ist vorhin eingeliefert worden", klammere ich mich an einem Vorsprung unter mir an dem Gebäude fest. "Anika. Sie heißt Anika", halte ich inne, grübele: "Ihren Nachnamen weiß ich nicht mehr. Anika. Sie hat schwarze, lange Haare. Ist vorhin eingeliefert worden. Sie war ohnmächtig. Bitte, sie hat niemanden. Wir sind beste Freundinnen. Ich mache mir solche Sorgen. Ich muss wissen, ob es ihr gut geht. Bitte. Bitte, lassen Sie mich zu ihr. Bitte. Ja?" Wider Erwarten deutet die Frau mir, ein Stückchen weiter zu gehen. Ich gehorche schnell. Vor mir ist eine Glastür. Ein Summer ertönt. Ich drücke mit aller Kraft dagegen. Die Tür gibt nach. Ich trete ein, bleibe stehen und blicke mich suchend um. "Sagen wir mal, du bist ihre Schwester", kommt die Frau im Kittel auf mich zu, und ich sehe sie an und nicke zustimmend mit dem Kopf. Dabei wundere ich mich, wie nett sie zu mir ist.

Doch als ihr Blick mich streift, ist es mir plötzlich peinlich. Er signalisiert mir Mitleid, nicht Ablehnung. Unwillkürlich muss ich an mir heruntersehen. Der Gegensatz kann mir nicht deutlicher vor Augen geführt werden. Ich bin verwahrlost und um mich herum ist alles blitzsauber. Dabei ziehen mir die Gerüche von den gewissen Chemikalien in die Nase. Während die Ärztin mir andeutet, ihr zu folgen, kämpfe ich mit einer leichten Übelkeit. Wir gehen geradeaus. Um die Ecke kauert eine vom Bahnhof auf einer Eckbank. Irgendwie gibt sie mir das Gefühl, nicht allein in der Fremde zu sein. Inzwischen haben wir einen großen Raum erreicht. Wohl die Notaufnahme. Die Betten durch weiße Vorhänge abgeteilt. Patienten sind untergebracht wie in Kabinen. "Dahinten", lässt mich die Stimme der Ärztin zusammenzucken. Ich blicke sie an. Sie ist Ärztin. Den Anstecker an ihrem Kittel habe ich vorhin übersehen. Sie macht eine weitere Bewegung, ihr zu folgen. Von allen Seiten höre ich Patienten seufzen, schwer Luft holen, vor Schmerzen stöhnen. Sehen kann ich sie nicht. Dazu die vielen, weißen Vorhänge. Ich empfinde es als sehr gruselig. Die Ärztin bleibt abrupt stehen, schiebt einen Vorhang halb zur Seite und winkt mich zu sich.

Zögerlich komme ich näher, trete an das Bett. Anika lebt, ich bin zutiefst dankbar, dann glücklich. Ein Gefühl, das mich verwirrt. Anika hat die Augen geschlossen, ist kalkweiß im Gesicht. Das weiße Laken, auf dem sie liegt, die Decke, die glatt über sie ausgebreitet ist. Es scheint, als wäre sie hier aufgebahrt. Aber sie liegt doch am Tropf, versuche ich die Wirklichkeit zu begreifen. Sie ist nur noch nicht wieder bei Bewusstsein. "Kommt Anika durch?", erkundige ich mich darum angsterfüllt und sehe die Ärztin an. "Ja", lächelt sie zuversichtlich, "du müsstest doch wissen, was es bedeutet, nach einer Überdosis ins Leben zurückgeholt zu werden. Zweimal war ich deine Ärztin. Jetzt, wo du hier stehst", macht sie eine Pause, "da fällt mir auf, ich habe dich lange nicht mehr gesehen. Und die, die ich lange nicht mehr sehe, sehe ich meist nie mehr. Die sind tot." Sie betrachtet mich. Ihre Augen sind lieb. Ihr Gesicht ist aber geprägt von harten Linien. Die Lippen sind zusammengekniffen.

Ich bin verlegen, meiner Lebensretterin gegenüber zu stehen. Ich weiß nicht, wie ich mich verhalten soll. Ich fühle mich irgendwie schuldig. Dann sprudeln mir die Worte von selbst aus dem Mund: "Ich weiß nicht mal, ob ich Ihnen dafür danken soll. Es ist ein beschissenes Leben. Wirklich beschissen."

"Für sein Leben ist jeder selbst verantwortlich", erwidert sie beinahe höflich und ist plötzlich zwischen den weißen Laken verschwunden. Gleichzeitig höre ich jemanden wimmern, dann vor Schmerzen schreien, dazwischen die Stimme der Ärztin. Daraufhin sind die Schreie verstummt. Ich kümmere mich derweil um Anika und streichele ihr Gesicht, nehme ihre Hand. Die Hand ist schlaff, aber warm. "Anika?", flüstere ich ihr zu. "Anika, ich bin da. Anika, kannst du mich hören? Ich bin bei dir. Ich bin doch da. Anika, habe keine Angst. Ich bin da. Kannst du mich hören? Ich bin da. Ich bin's. Melli." Sie schlägt tatsächlich die Augen auf. Ich bin so verdattert, dass ich einen Schritt zurückgehe. Da hat Anika sich schon mit einem Ruck aufgesetzt. "Melli? Ey, mir ging's wohl nicht gut. Hast du was dabei?"

"Bist du verrückt geworden?", schnauze ich sie an, bin erstaunt über ihre klare und fordernde Stimme. "Du kannst doch nicht schon gleich wieder ballern. Eben hast du da noch wie tot gelegen. Wie tot. Ich hatte solche Angst um dich. Wie du in der Steige nicht mehr aufgewacht bist. Ich habe dich geschüttelt. Du hast keine Antwort gegeben. Dann habe ich gesehen, was los war. Ganz blau angelaufen warst du. Ganz blau."

"Ist doch alles gut gegangen. Nun rege dich mal nicht so auf. Ist doch alles gut. Alles gut. Alles gut", winkt sie ab, um mir zu zeigen, dass sie nichts mehr davon hören will. "Was soll ich hier noch?", kreischt sie unberechenbar los. "Ich will hier raus! Sofort! Mit geht es gut! Ich will was ballern. Du hast doch was zu ballern dabei? Los! Ich will hier raus! Was ballern. Wo ist hier ein Klo?"

"Du hast wie tot dagelegen. Und du redest nur vom Gift", fauche ich sie an, mache meinem Herzen Luft. "Ich..." Ich komme nicht dagegen an. "Melli! Los!", tobt sie, reißt sich die Schläuche aus den Venen. "Gib mir was. Ich brauch' was! Melli! Melli?!" Ich packe sie, will sie beruhigen. Natürlich habe ich wie schon so oft keine Chance. Da ist die Ärztin aber zur Stelle. Sie schubst mich zur Seite.

Auf einmal tauchen zwischen den Laken zwei Pfleger auf. Sie packen Anika, drücken sie aufs Bett. Die Ärztin gibt ihr eine Spritze. Anikas Körper entspannt sich. Sie lallt noch ein wenig Unverständliches, dann ist sie ruhig gestellt. Gleich darauf liegt sie da, wie ich sie gesehen habe, als ich gekommen bin. Während die Ärztin sie wieder an den Tropf legt, sagt sie: "Wenn du willst, kann du vorne im Raum warten. Deine Freundin wird noch ein paar Stunden schlafen. Wenn sie aufwacht, will sie sowieso gehen. Niemand kann sie aufhalten." Der Tonfall der Ärztin ist sachlich. Ich werfe einen Blick auf Anika. Sie liegt friedlich da. Als ich hinter der Ärztin hergehe, wird mir klar, dass sie erfahren hat, wie aussichtslos es ist, Drogensüchtigen die Tragweite ihrer Sucht vor Augen zu führen, geschweige denn einen Entzug vorzuschlagen. "Du kannst dich da hinsetzen und warten", zeigt sie mir einen Stuhl. "Möchtest du was trinken?" Ich nicke. Sie drückt mir einen Becher Kaffee in die Hand. Ich trinke, komme zur Ruhe. Plötzlich fällt die Spannung des Tages von mir ab. Gleichzeitig beginnen meine Gliedmaßen zu zucken. Ich kann die Hände nicht mehr still halten. Mir wird heiß und kalt zugleich. Gift! Gift! Ich muss was schnupfen! Schnupfen! Gift! "Ich muss mal aufs Klo", bitte ich die Ärztin. "Wo kann ich hingehen?"

"Die zweite Tür rechts", erwidert sie, ohne aufzusehen, denn sie ist damit beschäftigt, etwas einzutragen. Ich husche schnell in die Toilette, lege mir auf dem Wasserkasten eine Linie. Während ich das Gift gierig in die Nase ziehe, nehme ich wahr, dass jemand draußen randaliert. Ich wische meine Nase, ziehe hoch. Augenblicklich habe ich meinen Körper wieder unter Kontrolle. Entspannt schließe ich die Augen, recke mich und verlasse die Toilette. Erschreckt pralle ich zurück. Ein Junkie hämmert an die Glastür, brüllt, er wolle seine Freundin abholen. Die Ärztin scheint solche Szenen gewohnt zu sein. Sie sitzt am Schreibtisch, hebt nicht mal den Kopf, ist in ihre Arbeit vertieft.

Während ich mich auf den Stuhl setze, hat der Junkie sich beruhigt, geht draußen immer auf und ab. Ich hingegen rutsche nervös hin und her, weil ich nur noch ein Packen Gift bei mir habe. Ich kann mich nicht entscheiden zu gehen, Kohle anzuschaffen oder auf Anika zu warten. Wenn es noch Stunden dauert, bis sie wieder klar im Kopf ist, dann braucht sie dringend einen Schuss. Kann ja sein, geht es mir durch den Kopf, dass sie noch genügend Beruhigungsmittel im Körper hat. Dann ist sie noch breit genug, wie wir auch sagen, wenn wir genügend Gift im Körper haben.

Nun ertappe ich mich dabei, dass ich dauernd aufgestanden bin, mich hingesetzt habe, ein paar Schritte gegangen bin.

Drogen nehmen, Drogen kaufen, Geld dafür anschaffen. Als Sklavin der Droge habe ich diesen Kreislauf aufrecht-zuerhalten. Immer wieder kostet sie die ganze Kraft. Auch wenn man glaubt, sie nicht mehr aufbringen zu können, schafft man es dennoch. Gift - es peitscht uns weiter. Ich blicke auf. Es scheint mir, als würde meine Umgebung aus dem Nebel auftauchen. Der Randalierer ist verschwunden. Die Ärztin sitzt da in gleicher Position. Ich halte es hier nicht mehr aus. Gift! Ich muss los. Ich stehe auf, gehe an der Ärztin vorbei. Sie lässt ihren Kugelschreiber sinken und blickt mich an. Gütig. Ich ertrage es nicht, weil ich mich wieder schämen muss. Wenn sie mich beschimpfen würde - das bin ich gewöhnt. Das könnte ich ertragen. Aber so? "Ich gehe jetzt lieber", sage ich darum leise, blicke vor mir auf den Boden, "wenn Anika zu sich kommt, werde ich wohl wieder hier sein. Können Sie ihr das bitte sagen? Sie soll auf mich warten. Wenn irgendwas dazwischen kommen sollte, dann weiß sie ja, wo sie mich findet. Bitte? Ich möchte nicht, dass sie sich verlassen fühlt. Frau Doktor? Bitte?"

"Jaja, gut. Warum?", sieht sie mich flüchtig an. "Warum? Warum werft ihr eurer junges Leben weg? Schwerkranke, die dem Tod geweiht sind, die winseln um ihr Leben. Du und deinesgleichen zerstören es absichtlich. Und ich stehe hier auf verlorenem Posten. Ich hatte schon bis zu dreimal, wenn ich Tag- oder Nachtschicht hatte, einen und denselben Patienten hier, den ich wiederbeleben musste. Wie du und deine Freundin machen sie sich mit Drogen kaputt, leben sie auf der Straße, sind verdreckt, verlaust..." Sie hält inne.

Ich spüre ihren Blick, halte den Kopf gesenkt, will sie nicht ansehen, will auch nicht hören, was sie gesagt hat. Es prallt an mir ab. So drehe ich mich einfach um und gehe. Obwohl ich mich dagegen wehre, berühren mich ihre Worte im tiefsten Inneren. Die Ärztin hat alle Hoffnungen, uns zu helfen, trotzdem noch nicht ganz begraben. Schon liegt meine Hand auf dem Türdrücker. "Es wundert mich, wie lange das eure Körper mitmachen", höre ich sie noch sagen. "Trotzdem wünsche ich euch, dir, dass etwas in deinem Leben passiert, was dich ein für allemal zur Besinnung bringt. - Das wundert mich jetzt aber...", erhebt sie plötzlich ihre Stimme, "...du hörst mir sogar zu. Du bist nicht aggressiv..."

Die Art und Weise, wie sie zu mir gesprochen hat, ihr fürsorglicher Tonfall, das wühlt mich zutiefst auf. Darum kann ich nicht anders, als mich ihr zuzudrehen. Aber ich vermeide es, sie anzusehen. Dabei muss ich lächeln und ihr antworten. "Frau Doktor. Sie sind gar nicht böse. Sonst sind wir ja für alle der letzte Dreck. Aber Sie behandeln mich nicht so. Was Sie eben gesagt haben. Sie haben es gesagt, wie eine Mutter es zu ihrem Kind sagen würde. Ja, das haben Sie." Damit bin ich blitzschnell aus der Tür. Die kühle Luft ist angenehm. Ich laufe schnell weiter. Die Ärztin hat mit ihren Worten etwas in mir ausgelöst. In mir gärt sie Sehnsucht. Ihre Worte, der Tonfall. Als wäre es der Hafen, den ich immer gesucht habe. Wenn ich ehrlich zu mir wäre, flüchte ich vor meiner Sehnsucht. Aber ich kann ja nicht ehrlich sein. Als ich das Klinikgelände verlassen habe, laufe ich nach links. Den Weg zurück finde ich automatisch. Vorwärts. Nichts wie weg!

Die Hölle hat mich wieder

Hoffentlich bin ich bald wieder in unserer Straße angelangt. In unserem Viertel. Ich laufe und laufe. Um mich herum nehme ich nichts mehr wahr. Gift!! Gift!! Gift!! Wie eine grelle Neonröhre in der Finsternis. Ich bin auf dem Affen! Mir ist, als müsse ich auf einem Affen reiten. Mir bricht der Schweiß aus. Überall kriechen Ameisen über meine Haut, so kommt es mir vor. Mir wird übel. Ich schlackere mit den Armen. Nichts, gar nichts habe ich mehr an mir unter Kontrolle. Blindlings muss ich weiter gelaufen sein...

... denn plötzlich finde ich mich in unserer Straße wieder. Wie ich hierher gefunden habe? Ich kann mich nicht entsinnen. Ob Fußgängerampeln rot oder grün waren. Ein Schutzengel muss mich geführt haben, dass ich unversehrt geblieben bin. Jedenfalls kann ich mich an nichts erinnern. Als würde jemand mit einer Peitsche auf mich einschlagen. Gift!! Freier!! Schnell einen Freier machen. Schnell!! Schnell!! Ich zittere am ganzen Körper. Als ich mich orientiere, stelle ich fest, dass ich traumwandlerisch meinen Platz vor der Steige gefunden habe. Aber ich kann nicht stehen. Ich muss mich auf die Stufe hocken. Ich kann auch nicht sitzen. Wieder sind mir meine Gliedmaßen im Weg. Gift!! Ich taste in meinen Beutel!! Das Gift ist weg!! "Melli?! Melli?!! Ey!! Ey!! Melli?!" Ich höre, wie mich jemand ruft. Aber etwas lähmt mich, so dass ich nicht reagieren kann. Dann erkenne ich Jule. Sie beugt sich zu mir herunter. "Melli? Was ist los?"

"Jule... Jule", bettele ich sie an, "bin mehr als affig, habe mein Gift verloren. Leihst mir einen Zwanziger? Kriegst nachher wieder! Ich bin mehr als affig. Ich kann es nicht mehr aushalten. Nicht mehr. Nur 20. Kriegst du gleich wieder, wenn ich eine Steige gemacht..." In diesem Augenblick packen mich Männerhände. Reagieren kann ich sowieso nicht. Der Mann schleppt mich mit. Ich lasse es geschehen. Wie er mich in ein Auto verfrachtet. Dann heult der Motor auf. Aber mir ist sowieso alles egal. Egal. Gift!! Gift! Gift!! Ich will, dass der Schrei in mir verstummt. Dass ich normal atmen kann. Dass ich Beine, Arme, Füße bewegen kann. Dass ich aufhöre, unkontrolliert zu zittern. Dass ich nicht mehr schweißgebadet bin. Dass meine Haut nicht wie Feuer brennt. Alles mache ich dafür! Alles! Alles! Alles! "Ich brauche Gift!!", flehe ich. "Wir können zusammen was kaufen gehen. Damit du nicht denkst, ich verpiss' mich. Ja? Ja? Gib mir Geld! Dann kannst du alles von mir haben. Alles!! Alles!! Lass mich erst was nehmen. Ich mache dann alles, was du willst. Alles! Alles! Ja?", laufen mir Tränen über das Gesicht und ich muss hemmungslos schluchzen.

Der Mann neben mir antwortet nicht, kennt keine Gnade. So blitzartig mir die Tränen in die Augen geschossen sind, so sind sie versiegt. Hat es damit zu tun, dass das Auto mit einem Ruck hält. Gleichzeitig schiebt sich seine Faust vor meine Nase. Die sich ganz langsam öffnet. Ein Packen Gift! Vor mir das Himmelreich! Ich reiße es ihm aus der Hand. Behutsam falte ich das Papier auseinander. Schon der Anblick von dem Pulver ist für mich wie eine Erlösung. Meine Hände zittern darum auf einmal nicht mehr. Ich streue mir eine Linie auf meinen Handrücken. Dann klaube ich den Strohhalm aus meiner Lasche unter dem Shirt. Gierig ziehe ich das Pulver in meine Nase, lecke die Krümel vom Papier ab und schließe die Augen. Unterwürfig fiebere ich der Wirkung entgegen. Bis eben war mir noch so, als wären alle Erinnerungen in meinem Kopf gelöscht. Nun, da sich das Gift durch meine Schleimhäute frisst, spüre ich, wie sich meine Gedanken zu ordnen beginnen. Anika.

Krankenhaus. Ärztin. Es ist schon dunkel draußen. Anika wartet... Wieso fischt mich der Freier neben mir von der Straße ins Auto und schenkt mir Gift? Das macht der doch nicht aus reiner Nächstenliebe? Und während ich ihm langsam den Kopf zudrehe, höre ich: "Die Ware ist gut, nicht? Knallt schön, nicht?"

Die Stimme! Neben mir hockt der Bulle. Er hat mein Auf-dem-Affen-sein für sich ausgenutzt. Der Bulle! Der Bulle! Voller Panik rüttele ich an der Autotür. Vergebens. Verriegelt. Da hat der Bulle mich schon gepackt und lacht höhnisch. "Brauchst dir keine Mühe geben. Die Türen sind verriegelt. Ich habe dir gesagt, ich will meinen Spaß. Ich mag so verkommene Subjekte wie dich. Ich mag es. Es macht mich richtig an. Komm, mach's mir gut. Ich werde dich nachher auch noch schön verprügeln. Ich mag es, wenn du Todesangst hast. Ich mag es so. Ich finde es so gut. Ah, so gut. Es macht mich so geil. Ja, ich bin pervers. Und du, du bist Opfer. Ja, mein süßes, kleines Opfer..."

Die Todesangst legt sich wie ein Ring um meine Brust. Unwillkürlich steigen mir Erinnerungen auf. Maren, die von Freiern im Auto vergewaltigt worden ist und eines Tages tot von einem Penner in der Grünanlage gefunden wurde... Jetzt bin ich dran... "Bitte", flehe ich, aber er hat mich im Griff. Ich kann mich nicht rühren. Es ist auch besser, wenn ich mich nicht bewege, mich nicht wehre, das würde ihn nur noch mehr reizen.

"Bitte nicht", winsele ich. Hätte nie geglaubt, dass ich so an meinem beschissenen Leben hänge. "Bitte, nein, bitte, lass mich, bitte. Ich tue alles, was du willst. Alles. Bitte. Alles! Bitte..." Dabei laufen mir die Tränen über das Gesicht. "Es gefällt mir, wimmere weiter um dein Leben", erwidert er leise und umklammert mich, als wäre ich in einen Schraubstock gespannt. Flucht ist unmöglich, hämmert es in meinem Kopf. Es ist aus mit dir! Aus! Aus!

Plötzlich lockert er seinen Griff. Ich versuche mich unwillkürlich zu befreien. Ich merke nur, wie er mir blitzschnell etwas um den Hals legt. Es fühlt sich rau an. Einen Strick! Ich trampele voller Panik mit den Füßen. Ich fühle, wie der Scheißbulle langsam zuzieht. Ich bekomme kaum noch Luft. Gleich explodiert mein Kopf. Gleich. Gleich. Ich bete wieder, das zweite Mal heute, zu Gott. Um mein Leben. Der Bulle lacht - und stöhnt. Weiß Gott, der Typ ist pervers. Er holt sich dabei einen runter und lockert den Strick ein wenig. Ich schnappe nach Luft und kreische: "Nein!! Nein!! Lass mich!! Lass mich leben!! Bitte!! Lass mich!! Ich will nicht sterben!! Lass mich!! Bitte!! Ich habe dir doch nichts getan!! Bitte!! Nein!! Bitte!! Nein!!"

Wie Schlachtvieh hält er mich an den beiden Seilen fest. Den Kopf zerrt er nach hinten. Jederzeit bereit zuzuziehen. Mich zu strangulieren. Doch er hält das Seil so auf Spannung, dass ich noch so eben Luft kriege. Er macht dieses "Spiel" nicht das erste Mal. Ich schnappe nach Luft. Mein Atem klingt pfeifend, röchelnd zugleich. Ich habe die Augen zusammengekniffen. Auf einmal höre ich Musik aus dem Radio. Sterben - mit musikalischer Untermalung. Vorsichtig öffne ich die Augen. Drehen kann ich den Kopf nicht. Vor mir starre ich auf eine beschlagene Windschutzscheibe. Währenddessen höre ich das perverse Schwein neben mir stoßweise atmen. Das gewisse Stöhnen ist mir ja sehr geläufig. Daran kann ich mir ausrechnen, dass er gleich zu seinem Orgasmus kommt. Obwohl ich chancenlos bin, muss ich überlegen, wie ich mich aus dieser Todesfalle befreien kann. Er benutzt doch die eine Hand. Als ich mich vorsichtig bewege, schnellt der zweite Arm wieder um mich wie ein Zange. "Schätzchen", lacht er dabei hämisch, "ich habe dich in meiner Gewalt. Du bist mir ausgeliefert. Ich kann mit dir machen, was ich will. Schöne Spiele werden wir machen. Schöne Spiele. Wie sie mir gefallen. Eben habe ich mich ja nur abreagiert... Das wird noch richtig zur Sache gehen... Oh ja..."

Blankes Entsetzen macht mich stumm. Wenn er mich nur nicht so quälen würde. Aber darum hat er mich schließlich von der Straße entführt. Ja, es ist eine Entführung. Niemand hat es als solche erkannt. In unserer Straße erkennt niemand gefährliche Situationen. In einer normalen Gegend hätte man gewiss schon längst die Polizei alarmiert. Meine Gedanken werden zäh wie Brei. Gift verstärkt den momentanen seelischen Zustand. Wie bei mir die Todesangst. Die Hölle. Wenn ich nur den Verstand verlieren würde. Doch ich will leben und sterben zugleich. Die Scheiben sind beschlagen, ich versuche mich an irgendetwas festzuhalten, was belanglos ist. Plötzlich sehe ich bunte Lichter vor meinen Augen tanzen. Schneller und schneller werden sie. Dann rasen sie im Kreis. Ich kneife die Augen zusammen, schüttele den Kopf, will das Hirngespinst verscheuchen. Plötzlich, als hätte jemand einen Schalter gedrückt, ist es dunkel vor mir. Ich blinzele, öffne und schließe mehrmals die Augen. Es bleibt dunkel. Der Wahnsinn ist vergangen. Gleichzeitig ergreift mich Panik. Das Bullenschwein hat in der Zwischenzeit nichts mehr gesagt. Er hält mich wie man einen Hund am Halsband. Nein, wie Schlachtvieh! Wo sind wir, frage ich mich. Er wird schon dorthin gefahren sein, wo uns niemand entdeckt. Dieses perverse Schwein macht das nicht das erste Mal. Nicht das erste Mal. Wie viele hat er schon so umgebracht? Er sagt nichts, macht nichts. Das ist umso gefährlicher. Wenn, dann soll er mich gleich umbringen. "Bitte", flehe ich wieder, "bitte, lass mich doch gehen. Bitte. Oder bringe mich gleich um. Bitte, mach, was du willst mit mir. Aber lass mich nicht so lange leiden. Hast du keine Frau?" Noch eben spüre ich einen Lufthauch. Dann schlägt er mir mit der Faust in Gesicht. Soll er mich doch totschlagen. Ich würde gerne das Bewusstsein verlieren. Dann merke ich wenigstens nicht mehr, wenn ich sterbe. Ich schmecke Blut. Lieber Gott, lass mich doch sterben. Bitte, lass mich sterben...

Ich höre das Bullenschwein neben mir lachen. Er packt mich im Nacken und hält meinen Kopf in die Höhe. Dann drückt er mein Gesicht in seinen Schoß. Ich habe keine andere Wahl. Er schiebt mir seinen Schwanz in den Mund, um anschließend zuzustoßen. Ich könnte daran ersticken. Aber ich versuche mich abzustellen. Ein Verhalten, wie ich es mir bei Freiern angeeignet habe. Bis mir auf einmal ein Gedanke flüchtig, flüchtig durch den Kopf geht: Ich könnte zubeißen, zubeißen... Ich könnte... Allerdings würde er danach den Strick zuziehen. "Ja, gut, ah, gut, ja, gut...", stöhnt er wieder und wieder. Diesen Ablauf der Worte könnte ich herunterbeten. Freier sind alle gleich... Die Todesangst in mir erlangt erneut Oberhand. Es ist der Moment, in dem ich mir schwöre, wenn ich hier lebend rauskommen sollte, werde ich mit den Drogen aufhören. Nie wieder will ich so etwas erleben. Wie jetzt. Den Tod vor Augen. Ich muss mein Leben ändern. Ändern. Fieberhaft grübele ich, wie ich meine Haut noch retten kann. Dabei habe ich keine Chance. Nicht eine winzige. Ich bin ihm ausgeliefert. Er drückt meinen Kopf. Ich verschlucke mich.

Das Dreckschwein ist sogar überaus gnädig. Er lockert den Strick und ich darf husten. Keuchend ringe ich nach Luft. Dabei hämmert es in mir. Jetzt wird er mich gleich weiter peinigen. Doch nichts dergleichen geschieht. Der Strick, stelle ich fest, hängt über meiner Schulter wie eine Stola. Ich wage es nicht, das abartige Schwein anzusehen. Wahrscheinlich gehört es zu seinem perversen Spiel, mir das Gefühl zu geben, dass er mich in Ruhe lässt. Mein Mund ist ausgetrocknet.

"Ich habe Durst!" Während ich das sage, kneife ich die Augen zusammen, weil mich sonst der Mut verlassen würde zu reden. "Ich habe schrecklichen Durst. Habe ich wirklich. Durst", fühle ich, wie ich am ganzen Körper zu zittern beginne. Als würde ich unter Strom stehen. "Durst", flüstere ich wieder. "Durst, Durst...", traue ich mich nicht, die Augen zu öffnen. Ich wage es nicht, weil ich Angst habe, ihn zu reizen. Ich habe mich in die Ecke gekauert. Kann den Strick um meine Schultern fühlen. Schrecklich. Grausam. Das hier würde mir niemand glauben. Einer drogensüchtigen Nutte glaubt doch niemand. Der Bulle neben mir, dem ja. Der kann sich alles ausdenken. Selbst, wenn ich nachher auf einem Hinterhof gefunden werden sollte. Tot, den Schädel eingeschlagen. Oder erwürgt. Oder... wie auch immer. Nackt. Tot eben. Tot. Auf ihn würde niemand kommen. Niemand. Niemand. Die Schmiere würde doch den Mörder einer drogensüchtigen Nutte nicht suchen. Eine Kakerlake weniger.

Da greift die Hand nach mir. Ich höre mich gellend schreien. Der Bulle zieht langsam den Strick von meiner Schulter. Langsam. Ich schreie weiter. Das Bullenschwein versetzt mir links und rechts eine Ohrfeige. Ich bin abrupt ruhig und schlage mir die Hände vors Gesicht. "Hier", sagt er neben mir, "hier. Ist noch Gift. Statt Geld. War ganz nett mit dir. Ich mag dieses Spiel. Wir sehen uns wieder. Rechne damit: Beim nächsten Mal gehst zu vielleicht drauf." Behutsam nehme ich die Hände vom Gesicht. Kann es tatsächlich sein, dass er mich gehen lässt? Oder ist es nur ein Trick? Meine Gedanken purzeln durcheinander. "Verschwinde!! Die Tür ist offen!" Tatsächlich! Wie von Sinnen reiße ich die Tür auf. "Vergiss mich nicht!", höre ich ihn noch zischen. "Denn wir sehen uns wieder."

Ich taumele aus dem Auto. Ins Dunkle. Stockdunkle. Betonboden! Ich renne los. Parkhaus! Ich stolpere, falle hin, rappele mich auf, laufe. Laufe. Laufe. Vorbei an parkenden Autos. Wie komme ich hier raus? Dahinten - Neonlicht! Ich renne um mein Leben. Da ist eine Tür. Ich knalle beinahe dagegen. Ich rüttele am Drücker. Endlich geht die Tür auf. Endlich! Blitzschnell schlüpfe ich durch den Spalt. Ich zucke zusammen, als hinter mit die Tür mit einem Knall zuschlägt. Weiter! Ich keuche. Bekomme kaum Luft. Weiter! Weiter! Ich höre einen Motor aufheulen. Der Bulle! Er sucht mich. Der Bulle! Unwillkürlich verkrieche ich mich hinter einem Auto. Ich warte. Höre mein Herz hämmern. Das Motorengeräusch ist schon lange verstummt. Bis auf einen eigenartigen Singsang. Der Wind kriecht durch Ritzen, über Parkflächen. Plötzlich bin ich sicher, dass der Bulle mir nirgendwo mehr auflauern wird. Ich krieche aus meinem Versteck und laufe weiter. Die Treppen hinunter. Weiter hinunter. Es hört gar nicht auf. Der Bulle muss mit mir auf dem Dach gestanden haben. Es stinkt nach Auspuffgasen. Plötzlich stehe ich auf der Straße. Menschen! Ich habe das Gefühl, als würden sie mich alle schützend in die Arme nehmen. Ich weiß, wo er sich mit mir aufhielt. Im Parkhaus hinter dem Bahnhof. Ich laufe weiter, weiter... Ich stehe unter Schock. Ich fühle nichts, gar nichts. Stelle nur fest, dass ich jetzt gehe. Mechanisch. Anika, denke ich, wo mag sie nur sein? Sie wartet auf mich. Das Bullenschwein hat mir wenigstens noch Gift mitgegeben. Wenigstens das. Sachlich sind meine Gedanken. Ich habe keine Gefühl. Überhaupt kein Gefühl. Leer und hohl. Ich fühle keine Schmerzen. Ich fühle nichts. Nur, dass sich meine Beine weiter fortbewegen. Nur das. Es ist unheimlich still. Das Treiben registriere ich am Bahnhof, kann aber nichts hören. Es ist, als würde die Welt um mich herum stumm sein! Menschen bewegen ihre Münder. Unser Viertel gibt keinen Laut mehr von sich. Bin ich taub, das frage ich mich. Laufe weiter. Wenig später bleibe ich abrupt stehen: Lärm! Ich nehme Lärm wahr. Eben noch konnte ich nichts hören, nun dringt ein ungeheures Dröhnen ins eine Ohr hinein, durch meinen Kopf - und saust aus dem anderen Ohr wieder heraus.

Ich bin in unserer Straße, flüchte mich an meinen Platz vor der Steige. Als ich mich auf die Treppe kauere, merke ich, dass es draußen ganz nass ist, weil ich mir geistesabwesend durch das Gesicht wische. Ich weine. Aber ich spüre nichts. Gar nichts. Doch. Dass der Lärmpegel in meinem Kopf geschrumpft ist. Anika? Wo ist sie? Ich vermisse sie. Sie ist mein einziger Halt. Ihr kann ich sagen, was mir passiert ist. Nur ihr. Mir wird augenblicklich ganz eisig. Lebe ich noch? Ich habe wieder die Hände vors Gesicht geschlagen. Als würde ich mich vor mir selber verstecken... Ich fühle eine Hand auf meiner Schulter. Merke, wie meine Schultern zucken. Ich weiß nicht, wieso, und überlege kühl. Ja, weil ich weine, nein, schluchze... darum zucken meine Schultern, darum... "Melli? Melli? Melli? Melli?" Eine Stimme, die ich kenne. Aber nicht Anikas. Eine Stimme, die mir keine Angst macht. Eine Stimme, bei der ich mich aufzusehen traue. Wie unter einem Schleier erkenne ich Jule. "Was ist los? Was ist los? Was hast du? Warum weinst du? Warum weinst du denn?", legt Jule tröstend den Arm um mich. Ich wische mir übers Gesicht, hebe den Kopf und sehe sie an. "Mein Gott", ruft Jule. "Mein Gott! Was ist passiert? Wie siehst du denn aus? Wer hat dich so zugerichtet. Dein Gesicht ist ganz blau. Und dein Hals. Dein Hals! Oh, wie schrecklich! Wer hat das getan? Mein Gott! Ich hole einen Arzt!"

"Es ist nichts. Nichts. Lass mich! Das regele ich schon. Regele ich schon. Ich weiß nicht, was du meinst. Weiß nicht. Weiß nicht, was du meinst, was du meinst. Wirklich", höre ich mich stammeln. "Bitte hole mir eine Cola, bitte." Ich habe etwas in mir, was mir hilft, dass ich überlebe, nicht untergehe. Darum versuche ich von mir und meiner schrecklichen Lage abzulenken. Ich konzentriere mich auf Jule, wie sie über die Straße läuft, mit einer Coladose in der Hand zurückkommt, wie sie zurecht gemacht ist. Es ist völlig klar, warum sie hier vor der Steige steht. "Jule! Jule", starre ich sie an, obwohl es mich nichts angeht, wirklich nichts. Aber ich brauche das nun, kann nicht anders, als mich in ihr Leben einmischen. Als sie mir die Cola in die Hand drückt, reiße ich begierig die Dose auf und setze das eisige Metall an meine Lippen. Jeder Schluck ist ein Genuss, so ausgedörrt bin ich. Während ich die leere Dose einfach neben mich fallen lasse, mustere ich Jule. "Du gehst für Toni ackern? Du gehst doch. Du bist so jung. Blutjung gegen mich." Was rede ich da für einen Blödsinn? Ich habe hier doch angeschafft, da war ich sogar noch jünger. "Ach, mach, was du willst. Ich habe es nicht so gemeint. Es geht mich auch gar nichts an."

"Nicht so schlimm. Egal. Du brauchst Hilfe", redet sie lieb auf mich ein. "Bitte, du musst zum Arzt und dann machst du eine Anzeige bei den Bullen. Wer war das? Er hätte dich umbringen können. Du hättest..."

"Nein, nein. Den Kerl schnappe ich mir schon. Das mache ich anders. Bitte, wenn du mir helfen willst, suche Anika. Ich brauche sie jetzt", schlage ich mir wieder die Hände vors Gesicht, als könnte das mein Elend lindern. Wenigstens habe ich etwas in der Tasche, was das Bullenschwein mir gegeben hat. Die Ware, die schön knallt. Sich zumachen. Aber ich habe mir doch geschworen, wenn ich da heil rauskomme, dann will ich kein Gift mehr nehmen. Ich habe es geschworen. Gift. Andererseits: Ich kann dann alles vergessen. Die Seele chemisch reinigen. Oder ich mache mich so zu. Dass ich nie mehr aufwache. Nie mehr. Es geht mir so schlecht. So schlecht. Ich kann es nicht fühlen, wie schlecht es mir geht. Ich kann nur denken, es geht mir schlecht. Ich kann es nicht fühlen. Jule streichelt meinen Rücken. Es ist mir angenehm. Wenigstens das spüre ich. "Bitte", höre ich mich sagen, "wenn du mir helfen willst, suche Anika."

"Ja, gleich", verspricht sie, "ich mache das gleich für dich. Komisch, gesehen habe ich sie heute auch noch nicht..."

"Kannst du auch nicht", erwidere ich, "kannst du wirklich nicht. Sie hatte eine Überdosis. Krankenhaus und dann die übliche Nummer. Ist aber alles in Ordnung. Ich wollte sie abholen. Sie wird bestimmt traurig sein, dass ich nicht da war. Aber wir werden uns hier schon finden. Wo denn sonst?"

"Na klar, stimmt..." Während sie das sagt, kommt ihre Hand mir näher, dabei steckt sie mir eine brennende Zigarette zwischen die Lippen. "Danke", nuschele ich und ziehe den Rauch in die Lungen, betrachte ihre voreinander verschränkten Beine neben mir. Nur ihr Fuß wippt. "Melli, ich muss dir was sagen, wegen Toni. Wir lieben uns. Wirklich...", verstummt sie. Still wie ihr Fuß. "Du stehst doch auch hier", hebt sich ihre Fußspitze wieder. "Wenn du jemanden lieben würdest, würdest du doch trotzdem hier stehen. Andere Paare arbeiten doch auch beide und schmeißen ihr Geld zusammen. Das ist doch ganz normal. Und ich muss dir sagen, dass das Hier, unsere Straße, mir auch gar nicht so fremd ist. Ich kenne das ganz genau. Weißt du, meine Mutter ist auch eine Nutte. Oft hat sie auch Freier mit nach Hause gebracht."

Ich denke unwillkürlich daran, dass scheinbar ausnahmslos alle in ihrer Kindheit etwas durchleben mussten. Es ist genau das Etwas, das sie in dieses Viertel treibt. Jule hockt sich neben mich, raucht und sieht mich an. "Ich kenne meinen Vater auch nicht", erzählt sie sachlich weiter, als würde es nicht von Belang sein. "Weißt du, und die lieben Onkels von Mama. Ja, das war normal. Mama war auch ganz nett zu mir. Sie hat mich nicht ins Heim gegeben. Aber ich bin dann doch von zu Hause abgehauen. Die lieben Onkels, das war mir zu nervig. Immer triffst du einen Neuen im Flur. Also bin ich weg. Na gut. Klar, nerven mich die Sozialarbeiter dauernd, hör auf damit. Ich mache das doch freiwillig. Also: Was wollen die von mir? Ich nehme keine Drogen. Mama hat es doch auch gemacht. Macht es jetzt auch noch. Wenn sie knapp bei Kasse ist. Und", lächelt Jule, sie hat noch ein unschuldiges Lachen, "ich habe mal was im Fernsehen gesehen. Wie haben sie es gesagt? Es wird einem vorgelebt, wie man später wird. Saufen deine Eltern, kennst du es nicht anders, und du säuft auch...", verstummt sie. Der Grund natürlich ein Freier. Da ist wieder ihr Lächeln. "Ich mache mal eben eine Steige", ruft sie mir fröhlich zu, "wenn ich wieder da bin, dann suche ich Anika."

Irgendwann wird auch ihr Blick gebrochen sein. Irgendwann. Nicht, dass ich es ihr wünsche. Oh nein. Doch sie wird bei diesem Leben nicht an dem Gift vorbeikommen, schiebe ich meine flüchtigen Überlegungen beiseite. Durst treibt mich hoch. Schwankend stehe ich auf. Alle Knochen schmerzen. Auf wackeligen Beinen mache ich mich auf, schräg gegenüber in die Spelunke. Instinktiv handele ich richtig. Denn dort fragt keiner, warum ich so aussehe. Ich habe meine liebe Mühe, die Tür zu öffnen. So schwer. Ich habe keine Kraft. Endlich habe ich es geschafft und quetsche mich durch einen Spalt hinein. Rauch hüllt mich ein. Es stinkt nach Schnaps. Spielautomaten geben ihren Singsang von sich. Ein schmuddeliges, dunkles Loch. Hier ist es rund um die Uhr Nacht. Bis auf ein paar rote Lampen über dem Tresen.

Ich gehe dorthin und frage höflich nach einer Cola. Die rothaarige aufgedunsene Barfrau knallt mir eine Dose auf den Tresen, nimmt das Geld. Ich verkrieche mich schnell in eine Ecke, aber ihr Blick verfolgt mich, dann stemmt sie ihre Arme in die Hüften und keift. "Ich will euch hier nicht! Das wisst ihr! Frage ja nicht nach dem Toilettenschlüssel! Ich will euch Drogenmädchen hier nicht! Ich habe schon genug Ärger mit den Ämtern. Ich will nichts mit Drogen zu tun haben. Die Schmiere muss hier nicht auch noch einfliegen." Ich nicke zustimmend und mir fällt auf, dass die Rothaarige einen Stimmungsschlager, der laut aus der Musikbox dröhnt, übertönen muss. "Herzilein, du musst nicht traurig sein. Ich lass' dich heut nicht allein..."

Vier Männer sitzen am Tresen. Regungslos, als seien sie ausgestopft. Allerdings stehen Bier und Schnaps vor ihnen. Ich beschließe zu gehen. Mir macht es nichts aus, abgewiesen, rausgeworfen zu werden. Plötzlich stellt sich mir die Rothaarige in den Weg. "Wer war das?", will sie wissen. "Wer hat das mir dir gemacht?", zeigt sie mit ihren langen, künstlichen Fingernägel auf mein Gesicht, den Hals. "Nichts, nichts, nichts", versuche ich von mir abzulenken. Doch die Rothaarige ist eine, die sich nicht so einfach abwimmeln lässt, die kennt das Leben. In allen Schattierungen, die es gibt. "Ist alles in Ordnung", will ich sie zur Seite schieben. Doch sie versperrt mir den Ausgang. Mir fehlt die Kraft, mich zu wehren, wie ich es sonst getan hätte. Also bleibt mir nichts anderes übrig, als die Worte der Alten über mich ergehen zu lassen. "Nichts ist in Ordnung. So wie du aussiehst", flattern ihre Augenlider. Die Wimpern sind von Tusche verklebt, sehen aus wie Drähte.

"Lass mich. Ich muss los?!", werde ich dennoch wütend. Was habe ich mit dieser abgewrackten Tresenschlampe zu tun? Doch sie greift nach meinem Arm. Ich zucke zurück und versuche mich freizumachen. Aber sie hält mich fest. Ich schreie vor Schmerzen. Ich schreie. Ich schreie. Schreie! Mein Gefühl ist wieder da. Meine ganzer Körper wie eine Wunde. "Komm mit. Ich wohne oben," schiebt sie mich behutsam in die Richtung. "Du legst dich hin. Wir holen einen Arzt. Ich kenne einen, der schweigt. Weißt du, der schweigt. Er hilft dir so. Der macht das ohne Kohle. Ist ein Freund von mir." Inzwischen schreie ich nicht mehr. Dafür muss ich unaufhörlich wimmern. Irgendwie mag ich die

Frau doch, sie hat etwas Herzliches, vermittelt mir Stärke, Durchsetzungsvermögen. Sie tickt mich an, zeigt mir die Stiege, die ich hinaufgehen soll. Mühselig hangele ich mich von Stufe zu Stufe. Ich bin so schwach. Vielleicht sind das die Nebenwirkungen, weil ich wie eine Wilde durchs Parkhaus gerannt bin. Wie soll ein von Drogen ausgehöhlter Körper das alles verkraften? Endlich geschafft! Ich stehe in einer Kammer, ein bisschen größer als die Zimmer in den Steigen. "Übrigens", höre ich sie hinter mir sagen, "ich bin Uschi. Wie heißt du?"

"Melli", drehe ich mich zu ihr um, sie deutet vor mir auf ein breites Bett und sagt: "Da kannst du dich hinlegen. Hier bist du sicher. Niemand wird dir etwas antun. Niemand. Da drüben die Tür, da ist das Bad. Kannst baden, duschen, wie du willst. Na ja, wenn ich dich so ansehe. Ein heißes Bad kannst du nun wirklich gebrauchen." Ich nicke und gehe durch eine Schwingtür. So groß hätte ich es dahinter gar nicht vermutet. Es riecht gut. Das ist nebensächlich. Mir ist so, als wären Körper und Seele durch einen Reißwolf gedreht worden. Ich bekomme schlecht Luft, mein Hals ist von innen zugeschwollen. Schließlich blicke ich in den Spiegel. Mein Gesicht ist übersät mit blauen Flecken, meine Augen sind verquollen. Bin ich das? Ja, ich bin es! Langsam ziehe ich meine Sachen aus. Ein Blick. Gift. Wenigstens bin ich nicht allein. Das Gift ist bei mir. Wie ein Paar, das verdammt ist, zusammen zu sein, und wenn was passiert, dann auch mit mir untergeht. Aber irgendetwas hindert mich daran, mich darauf zu freuen. Mich zuzumachen. Ich muss wieder weinen, kühle mein Gesicht mit kaltem Wasser. Er ist sehr wohltuend. Mein Blick geht durchs Bad. Ich ertappe mich dabei, dass ich danach suche, was ich mitgehen lassen kann, wie bei Freiern üblich, wenn die mich mit nach

Hause nehmen. Trotzdem beschleicht mich ein Gedanke: Wie tief bin ich gesunken? Wieso habe ich nun sogar ein schlechtes Gewissen? Nur, weil ich professionell meinen Blick schweifen lasse und mich frage, was ich klauen kann? Es ist die letzte Ehre, die ich noch in mir habe, die mir diese Fragen durch den Kopf ziehen lässt. Uschi. Sie hat mich aufgenommen, weiß natürlich, dass ich ein Junkie bin. Trotzdem hat sie mir spontan ihr Zimmer überlassen, ein Bad, sogar ihr Bett. Sie holt meinetwegen einen Arzt. Und ich denke nur daran, wie ich sie beklauen kann? Wegen der Droge. Gift manipuliert mich. Ich kann nicht anders, dennoch wende ich meinen Blick, dabei hatte ich schon durchgerechnet. 200 hätte mir das gebracht, wenn ich es auf der Straße verkauft hätte. Jawohl.

"Du kannst alles benutzen, was du möchtest", höre ich Uschi rufen, "ich habe dir einen Schlafanzug hingelegt. Bitte nimm keine Drogen hier. Bitte. Ich rufe jetzt den Freund, den Arzt an. Der kann dir statt der Droge auch eine Spritze geben. Lege dich hin. Ich habe dir was zu trinken ans Bett gestellt. Zigaretten auch. Du kannst sicher nichts essen. Wie sie alle nichts essen können. Mir machst du nichts vor. Ich weiß nur zu gut Bescheid...."

Dann klappt eine Tür. Sie hat mich allein gelassen. Was bedeutet das? Ich kann nicht weg. Sonst müsste ich an ihr vorbei. Die Wohnung ist ja direkt über der Kneipe. Warum ist sie so nett zu mir? Was will sie dafür haben? Nichts gibt es in dieser Gegend umsonst. Nichts. Alle wollen berechnend ihren Vorteil aus einer Situation ziehen. Darum gleitet mein Blick abermals über die vielen Parfümflaschen. Die Ohrringe. Mehr als 200. Dann lasse ich mir Wasser in die Wanne laufen. Wann habe ich zuletzt ein Bad genommen?

Ich kann mich nicht erinnern. Bei Freiern habe ich nur zum Schein Wasser einlaufen lassen und alle Utensilien zusammengerafft, die Gelegenheit abgewartet, um mit meiner Beute zu verschwinden. Meine Knie werden nun weich. Ich kann immer noch nicht realisieren, was mir mit dem Bullenschwein widerfahren ist. Der Schock sitzt tief. Vorsichtig bewege ich mich. Jeder Muskel schmerzt.

Mein Blick fällt wieder in den Spiegel. Ich kann mich nicht erkennen. Oder ich habe mich anders in Erinnerung. Jetzt, da mein Gesicht blau und verbeult ist. Dazu die gedämpfte Beleuchtung. Das Wasser dampft. Wenn ich wirklich mal irgendwo gebadet habe, dann war ich immer auf dem Sprung. Markus hatte mal vier Wochen bei einem Freier Unterschlupf gefunden. Da haben wir, wenn der alte Sack nicht da war, gebadet. Aber nun, nun treibt mich keiner. Ein Wunder. Trotzdem kann ich es nicht genießen. Der Gedanke, immer auf der Hut, auf der Flucht zu sein, sitzt tief. Jetzt tauche ich ins warme Wasser ein, strecke mich unter dem Schaum aus. Mir wird ganz heiß. Wohlig. So, als würde mich jemand ganz fest in den Armen halten. Mich beschützen. Ich fange wieder zu weinen an. Die Spannung, alles scheint sich zu lösen. Wie von selber kommen die Szenen, die ich erlebt habe. Die Todesangst kehrt zurück. Abgeschwächt. Ich schließe die Augen und ich kann es sogar ertragen, was vor meinem geistigen Auge wie ein Film abläuft. Wie das Bullenschwein mich foltert. Dabei liege ich geschützt unter dem Schaum. Es riecht gut. Die grausigen Szenen, die immer blasser und schneller werden. Ich spüre, dass ich sie betrachte. Doch ich durchlebe sie nicht noch mal, sehe sie mir an und dabei wird mir klar, dass ich heil aus dem Auto gekommen bin. Ich habe es geschafft. Ich lebe... Gleichzeitig muss ich auch an meinen Schwur denken: "Wenn ich dort jemals lebend herauskomme, dann werde ich mit den Drogen aufhören." Er hat gesagt, er wird mich wieder holen. Womit hat das perverse Bullenschwein gedroht? Es kann das nächste oder ein anderes Mal sein, dass ich "dabei" drauf gehe... Und es ist ja nicht schwer, mich zu finden. Unsere Straße. Unser Viertel ist überschaubar. Jeder hängt irgendwann irgendwo herum. Er ist ein mieses Bullenschwein... Ich räkele mich im Schaum. Mieses Bullen...

Während ich so vor mich herdenke, fällt mir plötzlich etwas auf. Bullenschwein? Ich habe weder seinen Ausweis noch den Kerl vorher im Viertel gesehen. Wir kennen doch die Zivilfahnder, die Bullen. Wenn mal ein Neuer dazu kommt, ist er immer zuerst mit Kollegen auf Streife. Der Neue, überlege ich, muss doch in sein Revier eingewiesen werden. Besonders, wenn das so ein Viertel ist wie unseres. Ja, und Willi kannte ihn auch nicht, der kennt die von der Schmiere. Wenn der sich nur als Bulle ausgibt? Eine Art Vorspiel? Um dann seine Perversionen auszuleben? Wenn er nur ein Freier ist? Aus einer anderen Stadt? Wer weiß? Ich lese nie Zeitung. Vielleicht wurde schon darüber berichtet? Vielleicht sind schon Mädchen ermordet gefunden worden?

Schauder laufen mir bei der Vorstellung über den Rücken. Ich will mir das nicht weiter ausmalen. Das Bullenschwein ein gesuchter Prostituiertenmörder? Ich schüttele den Kopf, verscheuche diese schreckliche Phantasie. Ich steige aus der Wanne und sehe an mir herunter. Bringt er mich beim folgenden Zusammentreffen grausam um? Die Todesängste bekomme ich gleich in den Griff, tröste ich mich. Gift ist momentan gewissermaßen mein "Sanitäter". Heute nach dem schrecklichen Zwischenfall ein Muss.

Meine Psyche schreit danach. Affig bin ich noch nicht. Die Ware, die das Bullenschwein mir großzügig überlassen hat, ist wirklich gut. Knallt schön, hat er gesagt. Kann ich nichts dagegen tun, dass mir sein Tonfall ins Gedächtnis gerufen wird? Wenn er doch nur ein normaler Freier wäre... Ich trockne mich ab. Wenn er doch nur ein normaler Freier wäre, würde er gar nicht an so guten Stoff kommen. Darüber möchte ich gar nicht weiter nachgrübeln. Wirklich nicht. Ich entdecke einen Bademantel und kuschele mich hinein. Ein wundervolles Gefühl. Einfach einen Bademantel auf sauberer Haut. Gift, bin ich beruhigt, habe ich ja genügend dabei.

Es klopft an der Tür. Dieses Geräusch! In Panik verstecke ich mich hinter dem Duschvorhang. Als die Tür aufgeht und Uschi den Kopf durch den Spalt steckt, schlage ich den Vorhang beiseite. "Komm, Melli", fordert sie mich sanft auf, "der Arzt ist da. Du brauchst keine Angst zu haben. Das ist ein Freund von mir. Wirklich. Komm raus. Wir wollen dir nur helfen." Während ich gehorche, bin ich mir sicher, dass Uschi es gut mit mir meint. Aber das Misstrauen Menschen gegenüber ist wie eine unüberwindbare Hürde. Zuviel ist geschehen. Außerdem schießt es mir heiß durch den Kopf, wo Anika wohl ist. Sie wird sich sicherlich große Sorgen machen. Jedenfalls gebe ich mir einen inneren Ruck und verlasse das Bad. Wie ein kleines Mädchen, das Angst hat. Ein großer Mann lächelt mich an. Ein Arzt? Vielleicht aus unserem Viertel? Bestimmt haben sich hier auch Ärzte niedergelassen. Ich bin ja blind für solche Beobachtungen. Ich nehme allen Mut zusammen und mache zwei Schritte auf ihn zu, den Bademantel eng um mich geschlungen. Meine Klamotten über dem Arm, die Schuhe in der Hand. Auf der Brust verwahre ich den Beutel mit dem Gift.

"Hallo", gucke ich ihn scheu an, entdecke dahinter Uschi, was mich beruhigt, so muss ich nicht mit ihm allein sein. "Na, dann wollen wir mal. Ich heiße Olaf", begrüßt er mich, öffnet seine Ärztekoffer. "Mein Gott", betrachtet mich Uschi, Fassungslosigkeit zieht über ihr Gesicht wie ein Schlechtwettergebiet, "das ist ja schrecklich. Mein Gott, mein Gott, mein Gott. Wer tut das den jungen Dingern bloß an? Es sind ja eigentlich noch Kinder. Was laufen hier nur für Drecksäcke rum, die so was mit den Mädchen tun? - Du kannst Olaf vertrauen." Bei den letzten Worten nickt sie mir aufmunternd zu, dreht sich um und verlässt das Zimmer, zurück bleibt eine süße Parfümwolke.

Ich stehe da wie versteinert, presse die Arme mit meinen Kleidungsstücken an mich. Die Schuhe fallen mir aus der Hand, knallen auf den Boden. Den Arzt irritiert das nicht, er dreht sich um, sucht in seinem Koffer. "Bitte setz dich in den Sessel. Leg deine Sachen darüber. Niemand nimmt dir etwas weg oder will dir ein Leid zufügen. Ich will dir nur helfen", macht er eine Pause. "Du brauchst den Bademantel nicht aufzumachen, wenn du nicht willst."

Einverstanden werfe ich meine Klamotten auf den Boden und setze mich hin. Der Arzt dreht sich mir zu, zieht sich einen Hocker heran, mustert mich von oben bis unten. Verschämt blicke ich erst gegenüber an die Wand, dann sehe ich ihn mir genauer an. Er ist älter, wirkt gütig, seine Haare sind lang und zum Zopf gebunden, er ist sportlich, edel gekleidet. Keiner von uns. Wer ist das? Einer, der auf Uschis Anruf sofort hierher kommt? Das wage ich nicht zu fragen, stattdessen ist es mir wichtig klarzustellen, dass er keine Bezahlung erwarten darf: "Ich habe kein Geld, auch keine Krankenversicherung."

"Das wird von der Sozialbehörde übernommen", erwidert er, seine Stimme ist angenehm, er lächelt mich an. "Wir machen jetzt eine Salbe auf deine Hämatome. Das wird deine Schmerzen lindern. Du musst sie mehrmals täglich auftragen", greift er in seinen Koffer und dreht eine Tube auf. "Ich brauche dich wohl nicht zu fragen, wer dir das angetan hat?" Entschieden schüttele ich den Kopf, er nimmt es gelassen, hakt nicht nach, scheint mit der Szene vertraut. "Entschuldigen Sie. Soll ich Sie sagen?", verhaspele ich mich. "Natürlich kannst du du sagen", entgegnet er ruhig. Während mir seine große fleischige Hand näher kommt, zucke ich zusammen, weiche ihr aus.

"Ich bin zweifellos ein Mann. Und ich habe natürlich auch eine Männerhand. Aber ich vergreife mich nicht an dir", kommentiert er mein Verhalten abgeklärt, "ich bin Arzt und kein Freier", verteilt er behutsam die Salbe auf meinem Gesicht, tastet meinen Hals ab. "Du hast Glück gehabt. Hätte auch leicht ganz schlimm für dich enden können. Ich lasse dir Tabletten hier", richtet er sich auf und dreht mir den Rücken zu. "Es wird schon alles wieder gut. Was soll ich dir sonst sagen?" Da dreht er sich kurz um und blinzelt mir zu. "Hast du noch mehr Verletzungen? Bestimmt. Gewiss bist du auch lange nicht beim Arzt gewesen. Komm. Mach mal den Bademantel auf", ermuntert er mich, dabei hält er den Kopf gesenkt und kramt in seinem Arztkoffer. "Ja, ist gut", nuschle ich und lasse den Bademantel fallen. Ich schäme mich plötzlich, weil ich spindeldürr bin. "Stehst du bitte auf?" Ich nicke und gehorche, dabei wird mir schwarz vor Augen, mir sacken die Beine weg. Ich habe das Gefühl, dass ich falle und falle... wie im Traum. Jetzt scheint mich etwas aufzufangen. Hände unter meinen Achselhöhlen. "Ich gebe dir jetzt erst mal eine Spritze. Du hast einen schweren

Schock", sagt der Arzt. Ich öffne die Augen, erst ist es ganz dunkel um mich herum, dann hell, als würde Licht eingeschaltet werden. Der Arzt hält mich, hebt mich hoch, legt mich aufs Bett und ich beginne wieder am ganzen Körper zu zittern. "Du brauchst Ruhe", erklärt er mir und dreht sich zum Koffer, "ich gebe dir eine Spritze. Dann hört das Zittern auf. Du brauchst wirklich Ruhe, wenn du dich ausgeschlafen hast. Morgen wird es dir besser gehen. Trotzdem muss ich dir ja nicht vor Augen halten, dass bei deinem Lebenswandel dein Leben täglich am seidenen Faden hängt", gibt er mir die Spritze. "Stimmt. Jaja", stammele ich, "jaja. Ja. Aber Gift ist stärker."

"Du wirst durchschlafen", ignoriert er meine Reaktion, räumt seine Utensilien wieder ein und setzt sich an den Rand des Bettes. Mir wird ganz warm, ich ziehe die Decke bis zum Hals und werde schläfrig. Ich höre noch das Klappen des Arztkoffers, dann sacke ich ganz weit weg...

Musik... Musik? Stimmengewirr. Musik? Woher? Träume ich? Wo bin ich? Was ist passiert? Sofort bin ich wach. Was ist passiert? Ich kann mich nicht erinnern. An nichts. Schlagartig überstürzen sich die Bilder in meinem Kopf. Als hätte mein Gehirn eine Weile gebraucht, das Grauen zu sortieren. Wie ein Rammblock, gegen den ich mich mit aller Kraft anstemmen muss. Dennoch quäle ich mich hoch, fühle mich benommen, bin nun hellwach. Von unten dröhnt Stimmungsmusik. Betrunkene grölen, streiten. Uschi. Olaf, der Arzt. Die Tabletten. Da liegt die Salbe. Gift! Gift! Gift! Wie eine Wahnsinnige treibt mich die Sucht aus dem Bett. Ich wanke ins Bad, mit zittrigen Fingern lege ich mir eine Linie Gift, ziehe es in die Nase, dann krieche ich wieder ins Bett.

Auf einmal erfasst mich eine Unruhe, mein Herz rast. Gedankenfetzen trommeln auf mich ein. Anika. Dieses perverse Schwein. Oh Gott, Anika wartet auf mich. Sie macht sich Sorgen. Ich muss sie vor dem Perversen warnen. Ich kann hier nicht liegen bleiben, stehe auf, gehe wieder ins Bad, kann nicht anderes, als den Blick schweifen lassen... Nein, ich werde nichts mitgehen lassen. Das ist hinterhältig. Das kann ich Uschi nicht antun, dass ich mich so verhalte, wie man es von einem Junkie erwartet. Dass ich die Bude ausräume. Ich wasche mein Gesicht, es ist grün und blau, als wäre ein Trecker darüber gefahren. Schnell klaube ich meine Sachen vom Boden auf. Alles stinkt vor Dreck. Die Socken sind voller Löcher. Die Schuhe verschmutzt. Ekelerregend, wie ich herumlaufe. Aber es geht ja nicht anders. Baden, ein sauberes Bett, schlafen. Das Gestern. Das Gift beginnt zu wirken. Ich gebe mich dem hin, Vergangenheit, Gegenwart, weggezaubert von der Droge. "Melli?" Uschi steht vor mir. "Wo willst du hin?"

"Ich muss gehen. Meine Freundin wartet auf mich", antworte ich schroff und wende mich ab. "Du kannst dich wenigstens bei mir bedanken." Sie baut sich vor mir auf. Riecht nach Schnaps. Ihr Lippenstift ist verschmiert, die Augen rot. Uschi ist dick. Das fällt mir erst jetzt auf. "Ja, danke", fühle ich mich dazu genötigt, doch etwas zu sagen. Inzwischen tasten mich ihre Augen ab. Diesen Blick kann ich genau einschätzen. "Uschi", beeile ich mich zu versichern, "ich habe nichts mitgenommen. Du kannst mich auch durchsuchen. Oder geh ins Bad. Sieh hier. Es ist alles da. Wir sind nicht alle so, wie ihr annehmt. Ja, es war sehr nett von dir, wie du mir geholfen hast. Aber meine Freundin Anika macht sich große Sorgen. Wir gehören zusammen. Wir sind immer zusammen. Wirklich, wir machen alles zusammen. Verstehst du, Uschi?", mache ich einen Schritt nach vorne. "Ja, ist schon gut", erwidert sie leise, "hast du dir keine Gedanken gemacht, warum ich Olaf geholt habe? Warum du hier schlafen durftest?" Wozu? Ich überlege, zucke hilflos mit den Schultern, will es gar nicht erklärt haben, will nichts wie weg hier.

"Ich war selber mal drauf", stiert sie mich an und ich kann nicht anders, als ihr zuzuhören. "Fünf Mal habe ich entzogen. Dann habe ich es geschafft. Harte Drogen nehme ich nicht mehr. Aber dafür bin ich seit 15 Jahren auf Alkohol umgestiegen. Oh ja...", wird ihre Stimme schrill. "Wenn du es so siehst, dann habe ich sogar Karriere gemacht. Oh ja. Ich habe eine eigene Kneipe. Mit Hängen und Würgen kratze ich Monat für Monat die Kosten zusammen. Darum wohne ich auch oben." Während sie so erzählt, wird mir unmissverständlich klar, dass ich ruhig verschwinden kann. Ich drängele mich an ihr vorbei. Daraufhin lacht sie hysterisch: "Einen Baum, eine Wiese gucke ich mir manchmal im Fernsehen an. Mein Leben spielt sich ja hier ab, wenn du es Leben nennen willst. Na ja, manchmal träume ich davon, normal zu sein. Ein Mann, ein Häuschen. Gibt nicht viele in der Gegend, die noch träumen können." Ganz klar, folgere ich emotionslos, Uschi gehört zur ersten Generation der Junkies. Mitleid kann ich nicht empfinden. Gift hat alles in mir betäubt, deshalb drehe ich ihr ungerührt den Rücken zu, steige die Treppe hinunter. "Olaf wollte dich noch mal sehen. Kannst mir Bescheid sag...", erstirbt ihre Stimme in Musik und Gegröle aus der Kaschemme, womit ich schon aus der Tür bin...

Für einen Moment bleibe ich stehen, schließe die Augen und atme tief durch. Die Luft ist kalt, nass, aber sehr angenehm. Es ist finster, also ist es Nacht. Neonlichter flackern in und über den Spelunken, über und neben den Absteigen. Davor reihen sich die Mädchen auf. Wie Puppen. Als würde man mit ihnen ein Spiel machen können. Verschieben nach links, nach rechts. Als könnte man um sie würfeln. Gerade will ich mich auf die Suche nach Anika machen, als mir jemand von hinten zaghaft auf die Schulter tippt. Erst zucke ich zusammen, dann erkenne ich Bernd, einen Stammfreier. "Melli, hast du Zeit?" Während er das fragt, rechne ich schnell, wie hoch mein Drogenvorrat noch ist. Genug. Wenn ich Anika nachher finde, werden wir sehen, wie viel Gift wir noch benötigen. Während ich Bernd einen flüchtigen Blick zuwerfe, schlage ich ihm vor: "Kannst du später wiederkommen? So in zwei Stunden? Ich habe was Wichtiges zu erledigen. Ich kann jetzt nicht."

"Gern", verstummt er, zupft an seinem karierten Hut, reißt die Augen auf. "Wie siehst du denn aus? Hattest du einen Unfall?"

"Ja, so ähnlich", erwidere ich extra gelangweilt, sein Mitleid kann ich später für mich noch finanziell ausnutzen. Drüben entdecke ich Babs, winke ihr zu, kehre Bernd den Rücken und verabschiede mich. "Bis später." Die Straße hat mich wieder...
"Babs?", rudere ich mit den Armen und gehe zu ihr. "Hast du Anika gesehen?" Es dauert, bis sie mich richtig wahrnimmt. "Jaja, habe ich. Ja." Sie lehnt sich neben die Steige. Das beruhigt mich ungemein.

Jetzt laufen Bullen vorbei. An der Ecke werden Ausländer in einen Polizeibus verfrachtet. Dann scheinen sie eine Steige zu durchsuchen. Ach ja, fällt mir ein, da schließen die albanischen, türkischen Zuhälter Frauen aus Osteuropa ein. Ostfrauen. Die kriegen kaum Kohle. Die Pässe werden ihnen abgenommen. Die Mädchen wurden aus den bettelarmen Ländern unter falschen Vorstellungen hierher gelockt. Nun hat die Schmiere wohl einen Tipp bekommen, dass sie hier einfliegen. Das geschieht den Ausländern recht. Die Mädchen werden unter Drogen gesetzt. Mit Gewalt gezwungen, anschaffen zu gehen. Wir machen es dagegen freiwillig. Nicht ganz. Gift hat uns in der Hand, treibt uns soweit. Uns lassen die Ausländer aber in Ruhe. Wir sind zu weit unten. Keine Ware, mit denen viel Geld zu machen ist. Zu abstoßend, zu unberechenbar. "Ich glaube, Anika macht eine Steige", ruft Babs mir noch zu. Wie aufs Stichwort erscheint Anika davor und sofort fallen wir uns in die Arme. "Melli, endlich. Ich hatte solche Angst um dich. Melli, ach, Melli, meine Melli..."

"Ich hatte auch solche Angst um dich, Anika. Wegen der Überdosis. Ich..."

"Komm, lass uns was trinken gehen", ergreift sie meine Hand und zieht mich mit sich, jetzt erst registriert sie mein verbeultes Gesicht, woraufhin sie ruckartig stehen bleibt. "Wie siehst du aus? Wo warst du? Wer hat das mit dir gemacht? Ich mache ihn platt. Abstechen! Diese Schweine! Abstechen!! - Na ja", legt sie den Arm um mich, "komm. Kannst mir gleich in Ruhe erzählen."

"Ja, klar. Wir reden gleich über alles." Ich bin froh, mit ihr zusammen zu sein. "Ich habe mir solche Sorgen gemacht." Dabei guckt sie mich flüchtig an. "Im Krankenhaus hat die Ärztin zu mir gesagt, dass du mich abholst. Als du nicht da warst, habe ich noch auf dich gewartet. Dann bin ich allein zurück. Ich habe dich überall gesucht. Niemand wusste, wo du steckst. Keiner hatte dich gesehen. Wirklich, wenn du heute nicht aufgetaucht wärst, dann wäre ich zur Schmiere gegangen. Hätte eine Vermisstenanzeige aufgegeben. Anika greift nach meinem Arm. "Und? Kannst du mir mal sagen, welches Schwein das da war?"

"Nicht hier. In Ruhe", vertröste ich sie auf gleich. Inzwischen sind wir unsere Straße hinuntergegangen. "Komm, wir gehen zu Winni. Ich habe Kohle. Ich hatte Glück. Ich konnte einen besoffenen Freier abziehen. Dreihundert."

"Und ich...", lache ich sie an und drücke sie, "...ich habe gutes Gift. Wenigstens das. Noch drei Packen. Ich erzähl' dir gleich alles, wenn wir bei Winni sind." Wir halten uns an den Händen. Freundinnen, verloren, inmitten der Verlorenen. Wir bahnen uns den Weg. Laufen Zickzack. Vorbei an Gestalten, die unser Viertel dominieren, an Sexläden, Spielhallen. An der Ecke der türkische Supermarkt. Dort ist noch geöffnet. Gemüse ist davor gestapelt. Verschleierte Frauen tragen ihre Einkäufe bei sich. Haben ihre Babys und Kleinkinder dabei. Die Ausländerinnen blicken weder nach links noch nach rechts. Als würden sie das Elend um sich herum gar nicht wahrnehmen. Ich habe solche Frauen noch nie lächeln gesehen. Noch nie. Anika bietet mir eine Zigarette an: "Melli? Möchtest du?"

"Ja", lächele ich glücklich, weil wir uns endlich wiederhaben. Sie zündet für mich eine mit an, steckt sie mir zwischen die Lippen. Wir ziehen, pusten beide den Rauch aus und grienen uns an. Verschwörerisch. Gemeinsam sind wir stark.

Kurz darauf sind wir in der Spelunke von Winni angelangt. Wie immer steht die Tunte fett und feist hinterm Tresen. An den schwammigen Armen hängen Goldketten. Dicke Ringe auf den Wurstfingern. Eine glitzernde Kette baumelt auf der wabbeligen Brust. Gestalten dicht gedrängt. Auf den ersten Blick scheinen Nationalitäten miteinander zu verschmelzen. Stimmengewirr so laut wie das Dröhnen der Musik. Rauchschwaden hängen an der Decke. Nur der Tresen, hinter dem die geldgierige Tunte steht, ist hell beleuchtet. Im Licht tummelt sich Rauch wie ein graubrauner Wirrwarr. Es scheint, als wären wir selber Statisten, die in dieses Bild gehören. So wie die Geächteten, die sich hier zusammenrotten. Ein explosiver Dunstkreis. Wir kauern uns in eine Ecke. Über unser Umfeld sehen wir natürlich hinweg. Sich den Umständen anzupassen, das Beste daraus zu machen - so schlagen wir uns durch. Anika nimmt meine Hand. Bevor sie mir etwas sagen kann, klopfe ich auf meinen Brustbeutel. "Ich habe eine ziemlich reine Ware. Wir können gleich was nehmen. Du und ich. Wir haben genug für die Nacht. Ich hab's schon genommen. Ballert richtig. Heute Nacht", umarme ich sie, "machen wir uns richtig zu, nicht?"

Anika lächelt mich an, nur ihr Mund verzieht sich, ihr Blick ist starr auf mich gerichtet. Wir sind uns einig und nicken uns zu, deuten an, nach hinten zu gehen. Darauf bedacht, auf keinen Fall den Körperkontakt zu verlieren, bahnen wir uns den Weg zum Klo. Durch die Tür, den schmalen Gang entlang, stolpere ich über eine Bierdose. Die Toilette ist besetzt. Anika rüttelt am Drücker, hämmert gegen die Tür. "Ey, mach schnell, ey!!", brüllt sie. "Mann, hör auf damit", sage ich und lege beruhigend den Arm um sie, "du kennst das doch, da macht jemand sich gerade was weg."

"Jaja", erzittert sie, "ich weiß, ich weiß, Mann! Ich muss jetzt was drücken, wirklich! Ich bin plötzlich affig. Ich brauche immer mehr. Verdammt. Ich hatte doch vorhin schon was. Aber die Ware war schlecht. Das hat überhaupt nicht geknallt." Wir lehnen uns an die Wand. Am Ende flimmert bläulich eine Neonröhre. Um die Ecke im Herrenklo rauscht der Wasserkasten. Zischlaute von Männern deuten auf Ausländer hin. Die Tür knallt. Mein Blick fällt gegenüber auf die Wand. Alles ist beschmiert. An der Oberseite ist das alte Gemäuer durchnässt und schwarz. Schimmel. Gestank von Exkrementen, Fäulnis steigt mir in die Nase. Ich ersticke aufkommenden Ekel in mir. "Oh Mann!! Wie lange dauert das denn noch?", faucht Anika und trampelt mit den Füßen.

Endlich geht die Klotür zögerlich auf. Ein Mädchen. Nicht älter als 12. Ein Kind, das, genau wie wir damals, sich ins Bahnhofsviertel geflüchtet hat. Lautlos, ohne aufzusehen, huscht sie davon. Wir stellen uns in die verdreckte Toilette. Das übliche Ritual. Danach weicht alles von uns. Dreck und Gestank. Mechanisch klauben wir unsere Utensilien zusammen und drängeln uns wieder durch die Kaschemme. Wir lehnen uns in eine Ecke, bleiben uns gegenseitig umarmend so stehen. Wie lange wir ohne etwas zu sagen so gestanden haben? Keine Ahnung, jedes Zeitgefühl geht verloren. Als sich der erste Kick der Droge verflüchtigt, finden wir wieder Worte. Auch die Musik, die Geräusche werden wieder gegenwärtig. "Das Zeug ist ja eine Superware. Knallt richtig. - Was ist dir jetzt genau passiert?", knüpft Anika ohne Übergang an dem Grund an, weshalb wir eigentlich hier sind. "Ohne dich war es schrecklich. Wir waren noch nie so lange getrennt", drückt sie ermunternd meine Hand. "Was war los? Erzähl!" Irgendwie aus dem Zusammenhang gerissen fange ich an. Sobald ich zum Ende gekommen bin, sieht Anika mich an. Nicht fassungslos. Schließlich malen wir uns aus, wie wir den Perversen in eine Falle locken und ihn umbringen werden. Wir arbeiten viele verschiedene Versionen aus und unterhalten uns nüchtern darüber, als hätte bloß einer sein Auto falsch geparkt und würde deshalb von uns angezeigt werden. Andererseits spricht keiner von uns aus, dass wir gar nicht dazu fähig wären, einen Mord erstens zu organisieren und zweitens durchzuführen.

Auf einmal steht Markus bei uns in der Ecke, auch ihm muss ich noch mal erzählen, was mir widerfahren ist, damit er die anderen warnen kann. Schließlich spielt er sich als Beschützer auf, will Rache üben, fragt mich, was er für ein Auto fährt. Es gelingt mir nicht, mich daran zu erinnern. Todesangst hat meine Wahrnehmungen getrübt. Ich muss im Trüben fischen. Außerdem habe ich mit dem Gift das Ereignis schon gut verdrängt. Darum zucke ich ratlos mit den Schultern und meine: "Wenn es mir einfällt, sage ich es dir."

"Gut, weißt ja, wo du mich findest. Also, ich halte die Augen offen", verspricht Markus noch und hat dabei erneut Winni im Visier. Natürlich kann er nicht anders, weil nicht nur er davon überzeugt ist, dass Winni den geliebten Roman in den Tod getrieben hat. Erst geht so ein Unglück wie ein Lauffeuer herum. Das erstickt jedoch mit der Zeit, weil unser Alltag keinen Raum lässt. Gift, Geld, Freier... "Du, Anika", fällt mir deshalb urplötzlich ein, "lass uns mal zur Steige gehen. Mein Stammfreier wollte noch wiederkommen." Anika und ich geben uns das Zeichen zu verschwinden, doch als wir eben zur Tür wollen, bricht ein Tumult los.

Wir blicken uns um. Im Halbdunkel erscheint es wie ein wogendes Menschenknäuel, begleitet von Schreien. Über dem Tresen wackeln die Lampen. Flüchtig streift das Licht Augen, Münder, Arme, Hände. Irgendwas, so glaube ich, muss mit der fetten Tunte passiert sein. Das Knäuel spaltet sich ruckartig und gibt den Blick auf zwei Männer frei, die etwas über den Boden schleifen. Dieses Etwas ist Markus. Er brüllt irre. Jemand schlägt ihm etwas aus der Hand. Ein Messer fällt zu Boden. Darum hat Markus Winni also so merkwürdig fixiert, ist wie ferngesteuert auf ihn losgegangen. DAS hat ihn getrieben, sich von der feisten, heimtückischen Tunte zu befreien. Für jedermann sichtbar hat er auf ihn eingestochen. Hat ihm in einem dunklen Torweg aufgelauert. Alle sollten es sehen, wie er seinen Roman rächt! Anika ergreift meine Hand, wirft einen Blick auf das Geschehen und dreht sich um.

"Komm!", zerre ich sie schnell vor die Tür. "Damit haben wir nichts zu tun. Gleich läuft hier die Schmiere auf. Schnell! Komm!" Wir laufen über die Straße, hocken uns auf die Stufen im Hauseingang gegenüber. Wir sagen nichts, blicken uns nicht an, halten uns aneinander fest und rauchen. Starren auf die Tür zur Kaschemme, als würden wir auf die Fortsetzung einer spannenden Fernsehserie warten. Die Tür wird aufgestoßen. Augenzeugen machen sich aus dem Staub, bevor die Polizei auf der Bildfläche erscheint. Alle haben Dreck am Stecken, werden vielfach mit Haftbefehl gesucht. "Dass Markus das wirklich macht", sage ich, während wir den Blick von der Tür nicht lösen können. "War irgendwie klar", erwidert Anika lakonisch, "hätte ihn auch keiner von abhalten können. Hoffentlich hat er Winni abgestochen. Der Mistkäfer hat es verdient. Wirklich."

Blaulicht ist in unserem Viertel so etwas wie eine ständige Beleuchtung. Polizeifahrzeuge, Unfallwagen rasen heran, so schnell wie es in engen Straßen möglich ist. Die Krankenwagenbesatzung beeilt sich nicht sonderlich, die Kaschemme zu betreten. Kurz darauf wuchten sie die fette Tunte auf der Trage heraus. Man kann den Rettungskräften ansehen, wie schwer das ist. Winni - ein schwabbeliger Koloss. Der Arzt hält eine Flasche in die Höhe. Winni muss also noch leben, sonst würde er nicht am Tropf hängen. Sie stemmen ihn in den Unfallwagen, der sogar unter der Last schwankt. Blaulicht zuckt, als der Wagen davonfährt.

Seitlich können wir nun zusehen, wie Markus sich widerstandslos von der Polizei festnehmen lässt. Sein Gesicht ist versteinert. Er zittert am ganzen Körper, als er in ein Polizeifahrzeug verfrachtet wird. "Markus", kommentiert Anika, "er konnte wohl nicht anders. Gewalt ist die einzige Sprache, die sie verstehen. Na ja, wenn die Tunte am Leben bleibt, ist es schwere Körperverletzung. Einen Pflichtverteidiger bekommt er auch. Nur die setzen sich bei dem Hungerhonorar nicht wirklich für Täter ein. Das ist nun mal so. Dreck ist Dreck, bleibt Dreck. Aber ein guter Anwalt könnte die Umstände, warum er so gehandelt hat, glaubhaft darlegen. Ein Pflichtverteidiger, der macht keinen Finger krumm. Nur, wenn sie damit in die Zeitung kommen. Wenn sich Fernsehen und Presse darauf stürzt. Wenn Markus ihn zersägt oder auf andere spektakuläre Weise abgemurkst hätte. Aber so, das passiert doch dauernd. Nur abstechen?", zündet sich Anika eine Zigarette an. "Ich weiß das, weil ich doch aus dieser 'angesehenen' Anwaltsfamilie stamme. Lügenkutte nennen die Anwälte ihren Talar. Wenn sie ihre Mandanten mit irrwitzigen Argumenten rauszupauken versuchen. Es klappt sogar sehr oft."

"Ist wohl so", murmele ich. Weil ich keine Ahnung davon habe, wird mir plötzlich bewusst, wie klug Anika ist. "Tante Gnadenlos", denke ich laut über Winni nach, "ich habe wirklich niemanden gekannt, der ihn mochte. Trotzdem war sein Laden immer voll. Irgendwie hat er die Fäden gezogen. Irgendwie. Er hat Macht. Ja, das hat er..."

"Weißt du eigentlich", fällt mir Anika ins Wort, "warum Markus so schrecklich stottert?"

"Der kommt ja aus dem Osten, ehemalige DDR. Weiß nicht warum. Warte, mir fällt's ein. Er hat, glaube ich... er hat mal erzählt... ja, warte mal, ja, er hat erzählt, dass er als kleiner Junge von seinem Stiefvater geschlagen und in einem Verschlag gefangengehalten wurde. Irgend so was Schreckliches..."

"Kann ja sein", zieht Anika ihre dürren Schultern in die Höhe, "ich glaube ihm sogar. Aber du weißt auch, andere spinnen sich auch oft was zusammen. Damit sie Mitleid erregen. Markus glaube ich. Er hat auch sonst nie ein Wort darüber verloren", umarmt mich. "Komm, Melli. Wir nehmen uns bei Willi ein Zimmer. Wir haben genug Geld. Kannst ja gucken, ob dein Freier da noch rumirrt. Den kannst du dann ja noch abgreifen."

"Da hinten...", klammere ich mich an Anika, ziehe sie in den Hauseingang, "...da geht das perverse Schwein." Mir laufen Wellen über meinen Körper und ich erzittere. Todesangst schnürt mir die Kehle zu. Mein Herz rast. "Wo?!", schüttelt mich Anika. "Wo?! Los, zeig mir. Wo denn? Ich kann niemanden sehen. Wo denn? Ich sehe niemanden. Ehrlich! Du hast ja Paranoia! Na ja, ist ja kein Wunder."

"Er ist weg. Nicht mehr da. Um die Ecke? Ich weiß nicht. Aber er war da! Ich habe ihn gesehen, Anika. Wirklich. Ich habe Angst. Ich habe Angst. Angst. Es war so schrecklich... weißt du, was ich mir geschworen habe, wenn ich da heil rauskomme? Dann... dann... dann nehme ich nie mehr Gift." Tränen laufen mir übers Gesicht. Statt auf diesen für uns ungeheuerlichen Schwur einzugehen, hält Anika mich ganz fest. Langsam weicht die Todesangst von mir, als würde ein schwarzes Tuch von mir gezogen werden. Dazu fühle ich mich bei Anika sicher. Ich bin nicht allein, bin dem Dreckschwein nicht ausgeliefert. Er hat mich nicht entdeckt, und selbst wenn, dann wäre ich nicht allein gewesen.

War er das eben, zweifele ich plötzlich, oder hat mir die Angst einen Streich gespielt? Doch, bin ich sicher. Er war da. Ich habe ihn gesehen. Flüchtig. Genau so flüchtig, aber umso intensiver. Als würde er mir den Strick um den Hals zuziehen... Ich könnte den Perversen nicht mal beschreiben, obwohl ich schon mal mit ihm in der Steige war. Wohl, weil ich es mir nicht ins Gedächtnis rufen will. Trotzdem muss ich nachdenken: War er groß? Klein? Kraft hat er auf jeden Fall. Und eine Stimme, die einem durch Mark und Bein geht. An der Stimme könnte ich ihn sofort erkennen, überlege ich wirr. "Beruhige dich", tröstet Anika mich jetzt, hilft mir, meine konfuse Phantasie zu verdrängen, "ich bin ja bei dir. Solange sie mich nicht in ihrer Gewalt haben, habe ich keine Angst vor solchen Kranken. Die sind ganz schwach. Sie suchen sich noch Schwächere und kosten die Macht, die sie über sie haben, aus. Nur dann, nur dann fühlen sie sich stark. Man muss die nur richtig erwischen. Im normalen Leben sind das meistens Waschlappen. Mit Sicherheit führt der ein Doppelleben und er glaubt sich hier in unserem Viertel auch unentdeckt. Weil wir unglaubwürdig sind, fühlt er sich sicher. Aber wir werden uns was einfallen lassen. Oh ja. Irgendwie wird es sich schon ergeben. Wenn wir der Schmiere..."

"Die glauben uns doch nicht", falle ich ihr aufgebracht ins Wort und mache mich frei. "Ja, das war keine gute Idee. Natürlich glauben sie uns nicht", gibt sie mir einen Stoß, "komm, wir nehmen die Abkürzung zur Steige. Wir müssen die anderen vor dem Mistschwein warnen. Komm!" Schnell huschen wir, wie die Ratten. Hektisch tastet mein Blick alle Freier neben und vor mir ab. Ich fühle mich mehr und mehr erleichtert. Auf einmal spüre ich, dass ich in Sicherheit bin, denn ich kann meinen Peiniger nirgends entdecken. Dafür stehen Babs und Jule in üblicher Haltung vor der Steige. Das alltägliche Bild gibt mir zusätzlich Rückhalt. "Guck mal, was mir passiert ist", sage ich zu Jule und stelle mich zu ihr und Babs, zeige auf meine Prellungen, "hier rennt ein Perverser rum. Weißt du? Ein Perverser. Ich habe ihn eben gesehen. Er schleicht hier rum, das Dreckschwein. Dahinten ist er um die Ecke gegangen. Er hat mich gestern ins Auto gezerrt. Jule, du weißt doch, wie fertig ich war, als ich hier gesessen habe..."

Sie nickt zustimmend, betrachtet ihre Fingernägel, wirft einen Blick in die Runde. "Dann warten wir eben auf ihn", schlägt sie ganz ruhig vor, lächelt, verschränkt die Füße voreinander. "Wir machen ihn fertig. Der... der wird nie mehr ein Mädchen anfassen. Nie! Nie! Nie!", klatscht sie mit ihrer Faust dazu in die Handfläche, um zu zeigen, wie ernst es ihr ist. Babs lehnt sich gegen die Mauer, ist zugedröhnt, deshalb der Wirklichkeit entschlüpft. Trotzdem hat sie etwas von einem Familienmitglied, das mich beschützt. "So einfach ist das nicht", erwidere ich und genieße es, dass sie zu mir hält.

"Jule, willst du ihn umbringen?"

"Wenn's sein muss", lächelt sie, "dann knallen wir ihn ab. Ich kann eine Waffe besorgen. Kein Problem. Oder Toni kann das für uns übernehmen. Der hat sowieso einen Oberhass auf solche Typen." So wie sie strahlt, so würde sie auch den Perversen erschießen. Lächelnd. Ein kleines Mädchen, der Straßenstrich hat sie noch nicht gezeichnet. "Das ist Mord", stellt Anika fest, in einem Atemzug sagt sie weiter: "Ich komme gleich wieder. Ich gehe mal eben zu Willi, besorge uns ein Zimmer." Verdammt! Sie kann mich doch nicht zurücklassen. Panik ergreift mich. "Anika! Lass mich nicht allein. Ich will mit", bettele ich wie ein kleines Mädchen, gleichzeitig bin ich mir sicher, wenn ich eine Nacht darüber geschlafen habe, wird es mir besser gehen, es ist alles noch zu frisch. Sich immer zu verstecken, auf der Hut zu sein, das kann, können wir - die anderen sind doch auch gefährdet - doch gar nicht. Schließlich müssen wir anschaffen gehen, können darum nicht ständig auf uns aufpassen. Ohne dass es mir bewusst wird, eile ich hinter Anika her, die Treppe rauf. Willi hockt wie immer mürrisch auf seinem Platz. "Können wir heute Nacht ein Zimmer haben?", fragt Anika und blickt am ihm vorbei gegen die Wand. Die Tapete ist voller schwarzer Flecken, hat sich teilweise vom nassen Gemäuer gelöst. Über Willi hängt ein Bild. Wald und Flur, in der Mitte ein röhrender Hirsch. Willi guckt nicht mal auf, blättert in einem total zerfledderten Heft. "Habt ihr jemanden abgezogen, dass ihr euch schon wieder ein Zimmer leisten könnt?" Er erwartet keine Antwort, die geben wir ihm sowieso nicht. Irgendwie kommt es mir in den Sinn, stehen wir vor ihm wie zwei arme Sünderinnen.

"Aber erst ab acht. Die Zwölf. Nicht jetzt, nur für die Nacht", meint er und schmiert etwas auf eine speckige Seite der Kladde. "Nicht jetzt. Den Schlüssel gibt's erst um acht!" Er knallt das Heft und wirft uns gleichzeitig einen vernichtenden Blick zu: "Furchtbar, mit was für Gesindel ich mich abgeben muss. Ich überlege, ob ich mal wieder einen richtig guten Bankraub mache. Es kotzt mich hier an. Ihr kotzt mich an. Die blöden Kerle! Diese Weicheier! Männer sollen das sein? Das sind verklemmte Memmen. Wie tief bin ich bloß gesunken?", nuckelt er immer heftiger an seiner Zigarre, als wäre die schuld an seiner Lebenssituation. Wir ignorieren ihn und es ist uns egal, wie er für uns empfindet. Anika zupft an meinem Arm. "Wir legen zusammen. Gib Kohle."

Wir suchen nach unserem Geld. Jeder hat ein anderes Versteck am Körper. Schon werfen wir Willi die Scheine vor die Nase. Der grunzt, streicht das Geld ein, gleichzeitig fasst er es an, als wäre es verseucht. Dabei muss ich mir zwanghaft überlegen, wie das jetzt weitergehen soll. Immerhin war das unser letztes Geld. Das Wissen allein macht mich schon rasend. Wenn der Vorrat an Geld und Gift [sich] nicht die Waage hält, dreht die Psyche automatisch durch. Die Angst vor dem Affen. Das unberechenbare imaginäre Tier, das so brutal ist. "Was wollt ihr noch?!", schnauzt Willi "Ich habe gesagt, ich kann euch nicht mehr sehen." Er hebt den Kopf, nimmt seine Zigarre aus dem Mund und droht uns: "Also, macht euch gefälligst vom Acker! Verdammt! Verschwindet!" Wir laufen runter, bleiben im Flur der Steige stehen, sehen uns an, und plötzlich sagt meine innere Stimme etwas Unerwartetes zu mir. "Ich habe so das Gefühl", kommen mir die Worte wie von selbst aus dem Mund, "dass der Perverse weg ist. Er ist nicht mehr da.

Einfach weg!" Meine Stimme klingt sogar teilnahmslos. "Wenn er ein Opfer gefunden hat", zieht Anika ihre spitzen Schultern hoch, "dann ist er befriedigt. Dich hat er ja laufen lassen, vielleicht war das eine Art Vorspiel für ihn, und er hat seinen perversen Trieb beim nächsten Opfer ausgelebt."

"Woher willst du das eigentlich so genau wissen?", frage ich und mir fällt erneut auf, wie intelligent Anika ist, und auch, dass wir uns momentan sehr intensiv mit dieser Situation auseinandersetzen. "Im Fernsehen habe ich mal was darüber gesehen", erwidert sie, dreht mir den Kopf zu, statt mich anzusehen, und schließt im Zeitlupentempo die Augen. "Das hat mich fasziniert. Die Gesichter, diese Schweine. Augen, Mund. Und was und wie sie die Taten begangen hatten. Was die Ärzte dazu sagen. Wirklich spannend, weil mich die sexuell Gestörten immer wieder an die Freier erinnert haben. Wie die dort von Fachleuten charakterisiert wurden. Wie unsere Freier. Jawohl! Wir sind von solchen umzingelt. Darum wollte ich alles genau wissen", nickt sie bekräftigend und zündet sich eine Zigarette an. "Ach so." Mir war bislang fremd, dass sie sich für die Psyche solcher Täter interessiert. "Ich habe eine Idee", meine ich und ziehe Anika ins Freie. "Wir bleiben auf der Straße zusammen, und dann warten wir mal ab. Dann können wir immer noch entscheiden, was wir machen. - Du, ich muss dringend was nehmen."

"Ich auch", und als wir Babs da allein stehen sehen, "komm mit uns, du kannst hier nicht allein bleiben."

"Aber ich brauche was", wird sie wütend. "Ich habe für dich auch genug." Sie zuckt mit den Schultern: "Na, dann gehe ich mit euch. Wohin?"

"Wenn wir durch den Flur gehen, hinter der Treppe links", fällt mir ein, "da ist eine Tür. Dann kommen wir in den Hinterhof. Ich weiß nämlich, wo Willi den Schlüssel dafür versteckt hat." Wir laufen in die Steige. Jemand kreischt hinter uns her, könnte die Stimme von Moni sein, stelle ich beiläufig fest. Wir sind augenblicklich taub für alles, was uns daran hindert, unsere Sucht zu befriedigen. "Hier!" Ich schiebe mich an der Treppe vorbei, nehme Anikas Hand, sie ist ganz knochig und kalt. "Anika? Weißt du nicht? Wir waren doch schon mal da. Da hinten sind doch auch die Ascheimer."

"Weiß ich nicht mehr", erwidert sie und drückt meine Hand, "weiß ich wirklich nicht."

"Dann warst du ganz zu", mutmaße ich, Alltägliches nimmt unser drogenverseuchtes Gehirn oft gar nicht mehr auf. "Aber", erinnere ich mich nur zu gut, "da liefen Ratten..." Ich verstumme. Gift! Meine Psyche wie ein leeres, gähnendes Loch. Weil ich etwas spüren will, versuche ich mir das Grauen mit dem Perversen zurückzuholen. Es funktioniert nicht. Gift! Ich werde mir den Kopf richtig zuballern. Allein die Vorstellung verleiht mir Flügel. Weg von dieser grauenhaften Welt. Wie Blitze schießen mir Gedanken durch den Kopf. Erst jetzt wird mir deutlich, dass ich in die Hocke gegangen bin, die ganze Zeit nach dem Schlüssel gesucht habe, mit den Fingern in einer Abseite krame. Anika und Babs drängeln sich dicht hinter mich. Wir kleben hier wie ein Sandwich in der Nische unter der Treppe. Ich wühle weiter im Dreck. Immer hektischer. Wenn der Schlüssel nicht mehr da ist, wo gehen wir dann hin? In den Torweg. Oder unten in den Bahnhof. Gedanklich grase ich alle möglichen Plätze ab. Wo wir in Ruhe Gift nehmen können. Bei

Winni? Wir haben gar nichts mehr von ihm gehört. Was mir alles durch den Kopf geht. Jeder von uns muss mit seinem eigenen Elend allein fertig werden. Die geldgierige Tunte erst recht. Falls sie noch lebt... Und Markus? Endlich spüre ich etwas Kaltes in meiner Hand. "Ich habe ihn!", jubiliere ich und halte den Schlüssel in die Höhe, rappele mich auf. "Weiß einer von euch, wie spät es ist?"

"Kurz nach sechs", erwidert Anika, "wir knallen uns was, und dann können wir auch raufgehen." Ich stecke den Schlüssel ins Schloss. Es dauert und dauert. Endlich bewegt er sich. Das Schloss muss offen sein. Die Tür öffnet sich dennoch nicht, klemmt. Alle drei werfen wir uns mit aller Kraft dagegen. Mit einem Krachen springt sie nach außen auf. Wir kreischen, halten uns aneinander fest. Beinahe wären wir in den Hinterhof gefallen. "Leise, leise, sonst fliegen wir auf", warnt Anika, während wir uns unter einen Busch kauern. Ein Griff und ich habe das Gift ausgepackt. Für diesen Augenblick reicht es noch. Anika und Babs greifen begierig danach. Ein Paar Krümel sind übriggeblieben. Ich verwahre sie sorgsam. Nicht genug für die Nacht, für uns drei. Das Pulver zieht mich in seinen Bann. Dann lege ich mir eine Linie auf den Handrücken. Nichts geht daneben, als ich mir mit dem Strohhalm das Gift in die Nase ziehe. Es reicht noch, um anschließend Blech zu rauchen. Jede von uns ist in der nächsten Zeit mit sich und dem Gift beschäftigt. Die Wirkung spüre ich sofort. Es ist ja auch eine reine Ware. Mein "Lohn". Dafür hat mich das Schwein gequält. Wir hocken nebeneinander, wie üblich stumm. Genießen den ersten Kick. Ich halte die Augen geschlossen. Das Gift nimmt mich in die Arme wie nie zuvor. Ein intensives Gefühl! Es ist, als würde ich noch nicht lange süchtig sein, so verdammt gut ist der Kick... Selbst wenn ich eine doppelte, dreifache Dosis der Ware, die wir immer bei unserem Dealer kaufen, nehmen würde, würde es nie so knallen wie gerade jetzt. Die Streckmittel verhindern das. Bei einer Überdosis der gewöhnlichen Ware würden wir höchstens ins Koma fallen. Ah, ist das Gift gut. Das liegt an der Reinheit. Langsam ordnen sich meine Gedanken. Wenn man sich als Süchtiger daran gewöhnt hat, will man es immer. Die gestreckte Ware erscheint einem dagegen völlig wirkungslos. "Ein geiler Stoff", höre ich Babs lallen, "wo hast du den her, Melli?"

"Weiß nicht", kneife ich die Augen fester zusammen, will mich nicht erinnern, "weiß nicht..." Ich möchte nicht, dass der Kick plötzlich vergeht. Wenn das Gefühl immer so bleiben würde, wäre das wie der Himmel auf Erden. "Ja, gut", höre ich Anika kaum hörbar flüstern, "gut, Melli! Richtig gut. Gut... gut... richtig gut... so was hatten wir noch nie... was so knallt."

"Reine Ware", öffne ich die Augen, "ganz reine Ware..." In der Dunkelheit kann ich Anikas Umrisse ausmachen. Ihre Haltung ist mir ja so vertraut. Überall am Körper hat sie Einstiche. Einstiche, als wäre sie gefoltert worden, als hätte sie die Pest. Ich schließe wieder die Augen. Die Pest. Wie komme ich darauf? Wer hat das immer gesagt? Meine Oma... Ich habe gar keine Oma. So ein Blödsinn. Gedanken, als befände ich mich in einem wirren Film. Vergangenheit würfelt Gegenwart durcheinander. Wie schrecklich. Lebe ich? Habe ich gelebt? Es ist grauenhaft. Ganz schnell wie im Zeitraffer. Verworren und beängstigend, weil ich das nicht stoppen kann. Die Droge... Halluzinationen. Die Bilder machen mich irre. Ich will die Augen aufreißen. Es geht nicht. Mein Körper gehorcht mir nicht. Mit größter Anstrengung gelingt es mir doch. Als würde Blei an meinen Lidern hängen. Plötzlich wird mir die Dunkelheit bewusst. Die gruseligen Bilder sind verschwunden, der Film ist gerissen. Beiläufig spüre ich, dass meine Haut nach der reinen Ware noch heftiger juckt als sonst. Ich kratze mich automatisch. Es gehört dazu, wie alles andere auch. Unwissende könnten glauben, ich würde Ungeziefer an meinem Körper hängen haben.

Weil ich hinter mir eine Mauer spüre, lehne ich mich zurück. Richtig, da sind die Ascheimer, erinnere ich mich beiläufig an den Ort. Dabei wird mir bewusst, dass ich diesen Kick wiederhaben will. Immer wieder. Fortan werde ich darauf aus sein, an reinen Stoff zu kommen. Es ist schwer, schließlich kommen wir an die Händler nicht heran. Ich verdränge die Gier, die so schlimm ist, dass ich schon wieder ans Beschaffen denke, während ich richtig gut zu bin. Darum sehe mich um, konzentriere mich auf das Jetzt. Meine Augen haben sich an die Dunkelheit gewöhnt, neben mir kann ich Babs sehen, gegenüber kauert Anika. Um uns herum ist ein kleiner Innenhof. Irgendwie friedlich. Eine Insel, auf die man sich zurückziehen kann. Wieso bin ich nicht eher auf die Idee gekommen, öfter mal an diesen Ort zu gehen? Das kann ich mir natürlich nicht beantworten. Die Fenster rundherum sind beinahe alle finster. Unvermutet erhellen sich oben und unten welche, werden wieder dunkel. Es könnten auch verabredete Signale sein. Wie ein Leuchtturm auf hoher See, der einen den Weg in den sichereren Hafen weist. Ich zünde mir eine Zigarette an. Die anderen rauchen schon. In der Dunkelheit glimmt die Glut. Wirklich, es hat hier etwas von einer Oase. Wieso ist es so still? Der Lärm der Stadt wird vom dicken Gemäuer der Häuser verschluckt. Ganz gedämpft kann ich ein Martinshorn hören. Als käme es von ganz weit her. Ich blicke hinauf. Sterne. Die Wolken hängen vielleicht extra tief, für Abschaum hat sich der Himmel zugezogen.

Mich friert es urplötzlich. Ich schlinge die Arme um mich, obwohl ich weiß, dass mich das nicht wärmt. Haut und Knochen. Der Kick ist vorüber. Leider. Mein Zustand normalisiert sich. Andere wären tagelang breit von dem Gift. Darauf bin ich beinahe neidisch. Nun gut, ich schließe die Augen wieder und freue mich aufs Bett. Gleich werden wir oben in der Steige sein. Zudem komme ich nicht gegen den Druck an, gegen den Druck, dass wir noch an Gift kommen müssen. Geld. Wir haben es immer geschafft. Immer. Immer haben wir Geld aufgetrieben. Wir wissen ja, wie... Jetzt lenkt mich etwas ab, lässt mich aufhorchen. Etwas passiert hier im Hof. Geräusche. Ein gleichmäßiges Stöhnen. Sind wir nicht allein? Ist da noch jemand? Das kann nicht sein. Sonst hätte ich den Schlüssel nicht gefunden. Nein, ich verwerfe den Gedanken. Die anderen Häuser haben immerhin auch einen Ausgang zum Hinterhof. Das Stöhnen wird heftiger.

"Hört ihr das?", flüstere ich, während ich zu Anika und Babs herüberrutsche, "vielleicht macht hier eine 'n Freier. Oder jemand hockt da und hat sich eine Überdosis gesetzt."

"Glaub' ich nicht", tuschelt Anika zurück, "vielleicht ist auch ein Fenster angelehnt. Ein Freier steht auf Schläge. Hört sich beinahe so an. Ich kann da nicht drauf. Ich kann da überhaupt nicht drauf. [Ich will das nicht mit anhören, vertrage das nicht!) Widerlich. Lass uns verschwinden. Wir können bestimmt schon aufs Zimmer." Sie steckt sich eine Zigarette in den Mund. Ich hindere sie daran, ihr Feuerzeug zu benutzen. "Bloß kein Licht", lege ich ihr die Hand auf den Arm. Sie hält auch inne. Babs reckt sich, will was sagen. "Psst", stupse ich sie an. "Psst. Es ist besser, wir hauen ab. Leise. Da stimmt was nicht..." Trotzdem bleiben wir dort kauern. Wie hypnotisiert müssen wir lauschen. Eine unheimliche Macht blockiert uns... Wir sind der Gefahr ganz nahe, so scheint es, aber wir sind nicht davon betroffen. Das Stöhnen wird noch heftiger. Da schwingt aber noch etwas anderes mit. Das sind nicht nur Lustgeräusche wie nur beim Sex. Das kann ich aus Tausenden Nuancen heraushören. Ich beginne zu zweifeln. Röcheln und keuchen. Zwei Menschen. Aber nur Sex ist das nicht. Das ist ein gurgelndes Röcheln. Es knackt. Wie im Unterholz. Das Röcheln wird immer heftiger. Wir empfinden scheinbar alle dasselbe, sind zusammengerückt, halten einander fest. "Kommt das vielleicht aus einem Fenster?", flüstere ich. "Kann sein. Oder auch nicht." Babs umklammert mich. "Das hört sich ja grausam an. Als würde einer abgemurkst."

"Quatsch", murmelt Anika, "bestimmt kommt das von irgendwo aus der Steige. Ein Fenster ist angelehnt. Oder offen. Kann doch sein, dass da eine auf Domina macht." "Offenes Fenster? Ja und nein", überlege ich, bin mir plötzlich sicher, "es ist ganz in der Nähe. Hier im Hinterhof. Die Fenster in den Steigen sind doch nie offen. Es kommt... es kommt hier aus dem Hinterhof." Es läuft mir kalt den Rücken hinunter. Plötzlich ist es still. Unheimlich still. Wir verharren, rühren uns nicht. Nach einer Weile bedrückender Stille muss ich nach Luft schnappen. Die Anspannung war so groß, dass ich den Atem angehalten habe. Ich horche in den Hinterhof, Kann aber außer dem gedämpften Lärm der Stadt nichts anderes mehr hören. Die Beklemmung weicht auf einmal von mir. Ich fühle mich sicher. "Die sind weg!", zische ich Anika und Babs zu, löse mich aus der Umklammerung. "Es ist niemand mehr da. War wohl doch nur Sex. Das hat sich wohl nur so komisch angehört", rappele ich mich langsam hoch. Sehen kann man in der Finsternis sowieso nichts. "Lasst uns endlich verschwinden!", flüstert Anika.

"Warte!", zwingt mich irgendetwas zu bleiben und meinen Blick durch den Innenhof schweifen zu lassen. Es ist zu dunkel. Trotzdem stiere ich hinüber, wo ich die Geräusche vermutete habe. Nun haben sich meine Augen an die Finsternis gewöhnt. Gestrüpp hebt sich pechschwarz ab. Behutsam taste ich mich in die Richtung. Schleiche weiter, stocke. Links vor mir auf dem Erdboden hebt sich etwas Helles ab. Dennoch wage ich es nicht, von einer inneren Ahnung getrieben, näher zu treten. Erst recke ich den Kopf. Als ich nichts Verdächtiges vernehmen kann, bücke ich mich danach. Haare! Da sind blonde Haare! Blonde, lange Haare! "Anika! Babs! Hier liegt eine Perücke! Es sieht aus wie eine Perücke. Kommt her!", weiche ich aufgeregt zurück. "Kommt. Bitte, bitte. Das ist so unheimlich. Bitte."

Auf einmal stehen sie neben mir. "Guckt mal", zeige ich darauf, "hier im Hinterhof liegt eine blonde Perücke", greife ich danach. "Jetzt gibt's eine Erklärung. Kann doch sein, dass eine Transe vorhin einen Freier gemacht hat", vermute ich. Während ich die Perücke aufhebe, mache ich einen Schritt zur Seite, stoße dabei mit dem Fuß an etwas. Ich zucke zurück. Es fühlt sich an wie... Mir schießt es durch den Kopf und ich wage es nicht zu Ende zu denken. Stattdessen gehe in die Hocke und pralle zurück. "Da! Da! Da liegt jemand! Jemand liegt hier! Hier! Da! Da!", verschlägt es mir vor Grauen die Sprache. Unter dem Gestrüpp ragen Beine heraus. "Feuerzeug! Schnell! Schnell!", zische ich Anika und Babs zu, während ich vergeblich in den Taschen danach wühle. "Hier." Babs drückt mir eins in die Hand und ich beuge mich zum Gestrüpp, biege es auseinander, lasse die Flamme aufleuchten. Schatten fallen über das Gesicht eines Mädchens. Flüchtig denke ich noch. Ist das eine Schaufensterpuppe? Den Kopf nach hinten. Die Augen offen. In Bruchteilen von Sekunden registriere ich die Wahrheit - und kreische. "Tanja! Das ist Tanja!! Tanja!! Tanjas Perücke! Sie ist tot... Tanja! Der Perverse! Der Perverse! Der Perverse ist hier!!"

In Panik schreiend flüchten wir aus dem Hinterhof, durch den Flur, auf unsere Straße und stehen uns erstarrt gegenüber. Geschockt. Nach dem, was wir entdeckt haben. Der nackte Horror! "Wir können doch nicht so tun, als wäre nichts geschehen." Anika findet zuerst die Fassung wieder. "Vielleicht ist sie nur schwer verletzt. Wir können sie doch nicht da liegen lassen. - Polizei! Wir rufen die Bullen. Wenn der Perverse überhaupt noch da ist. Nein, das ist er nicht", mutmaßt sie nun. "Bestimmt nicht. Denn, wenn er es war, dann ist er weg. Denn er hat bekommen, was er wollte." Babs fängt an zu weinen, wimmert: "Mein Gott, Tanja... Tanja... Tanja...", schluchzt sie unaufhörlich. Hass, Ohnmacht, unbändige Wut scheint in mir zu explodieren. "Wir müssen was tun", schreie ich auf und stürme mit diesen Worten über die Straße, hinein zu Uschi. Wie angewurzelt bleibe ich in der Tür stehen, blicke mich nach ihr um. Da schießt sie mir schon entgegen. Sie erinnert an einen bissigen Hofhund, wie sie auf mich zustürzt. Als ich die Arme hilflos in die Höhe strecke, als würde ich mich ergeben, bleibt sie stehen. "Tanja. Tanja. Eine von uns liegt drüben im Hinterhof", sprudelt es mir aus dem Mund. "Sie ist tot.

Tot. Uschi, sie ist tot. Bestimmt hat der Perverse... Uschi! Sie ist tot. Tot. Ruf die Schmiere, Uschi! Sie ist tot! Tot!" Inzwischen hat Uschi die Hände in die Hüften gestemmt, betrachtet mich. Ihre Augen sind verquollen. "Hast du Wahnvorstellungen?", erkundigt sie sich ironisch und grinst gemein. Ihr roter Mund verzieht sich schief, als eine Zahnlücke sichtbar wird. "Nein! Nein! Nein! Habe ich nicht. Glaube mir doch! Habe ich nicht. Tanja liegt da. Drüben im Hinterhof. Wir haben sie eben gefunden. Eben. Wenn du mir nicht glaubst... Daneben liegt ihre Perücke. Sie hatte die Augen offen... offen... sie liegt da... Augen offen... Uschi, offen...", flehe ich sie an. "Scheint ja wirklich was Ernstes zu sein", fuchtelt sie mit ihren langen künstlichen Fingernägeln umher. Das Zeichen, das sie mir gibt, kann ich deuten. Ich soll mich beruhigen, sie ruft die Bullen. Zugleich greift sie zum Telefon, lässt mich dabei nicht aus den Augen. Plötzlich beginne ich am ganzen Körper zu zittern, lehne mich gegen die Wand, weil ich das Gefühl habe, mich nicht mehr auf den Beinen halten zu können. Mich hätte es auch treffen können. Er hat mich laufen lassen, wird mir bewusst. Mit mir hätte es ebenso vorbei sein können. Dass mein Leben endlich vorbei ist, das habe ich mir doch so oft gewünscht. Mit den Drogen sterben, ja, aber bestialisch umgebracht werden? Nein! Ich werde aus meinen Gedanken gerissen. "Wo genau? Verdammt! Antworte! Wo denn?" Uschi nimmt den Hörer vom Ohr, starrt mich durchdringend an. "Drüben. Da drüben. Hinterhof", bekomme ich so eben über die Lippen. "Drüben. Da drüben. Drüben..."

"Weiß nicht, wie die heißt", faucht Uschi ins Telefon, "ich kenne sie. Aber ich weiß nicht, wie sie heißt. Könnt ihr ja selbst fragen. Ich bin doch nicht eure Sekretärin. Nicht. Ja, sie bleibt hier", legt sie das Mobilteil auf die Station, kommt auf mich zu und mustert mich. "Setz dich. Die Bullen müssen gleich da sein. Dann führst du sie dahin."

"Die brauchen doch nur in den Hinterhof gehen. Mir ist schlecht. Ich will zu den anderen. Die sind in der Steige, drüben bei Willi. Wir haben für heute Nacht ein Zimmer... Das ist alles zuviel. Ich bin fertig. Ich bin doch drüben. Ich laufe doch nicht weg. Wo soll ich denn hin? Abhauen kann ich doch nicht. Wohin denn? Also, Uschi, die Schmiere braucht doch nur Willi fragen, der sagt denen schon, in welchem Zimmer wir sind, ja?"

"Nix da!", schnauzt sie mich an. "Du bleibst solange hier, bis die Bullen da sind. Setz dich da hin. Willst du was trinken?", greift Uschi blindlings geübt nach dem Wodka, schiebt sich ein großes Glas hin, schenkt es halbvoll, leert es in einem Zug. Sie ist im Training. "Also, bist du taub? Ich habe dich gefragt, ob du was trinken willst?"

"Eine Cola?", bitte ich kleinlaut, zittere am ganzen Körper. "Hast du eine Zigarette für mich, Uschi?"

"Hier...", sieht sie mich zweifelnd an. "Äh, ich habe deinen Namen...", drückt Uschi mir Cola und Zigarette in die Hand, gibt mir Feuer. "Melli", helfe ich ihr weiter. Uschi reagiert gar nicht darauf. Während ich den Rauch auspuste, wird mir ungewollt vor Augen geführt, wo und wie wir leben. Uschi hat mir zwar geholfen, mich aber nur benutzt, um sich besser zu fühlen. Sie hat sich was Gutes getan. Mich für eine Nacht aufgenommen. Dann hat sie mich vergessen. Will mich auch nicht mehr sehen. Nicht daran erinnert werden. Weiß nicht mal mehr, wie ich heiße. Uschi greift wieder nach dem Wodka, hält sich die Flasche direkt an den Hals, trinkt, stellt sie neben sich ab und umklammert den Flaschenhals wie einen besten Freund. "Du hockst dich hierher", keift sie nun, "und wartest auf die Bullen. Du führst sie dahin", wechselt sie schlagartig das Thema, indem sie den Wodka in die Höhe hält, als hätte sie eine Auszeichnung verliehen bekommen. "Willst du nicht doch? Der Hilft!" Ich schüttele verneinend den Kopf: "Mir reicht Cola." Dabei umklammere ich die Dose, drücke die an mich, um überhaupt etwas zu spüren. Uschi lehnt am Tresen, winkt, ich solle zu ihr kommen. Doch ich schüttele entschieden den Kopf, kneife abweisend den Mund zusammen, so dass Uschi versteht, dass ich an diesem Platz sitzen bleiben möchte. Erst jetzt fallen mir die ganzen Gestalten ins Auge, die wie immer am Tresen hängen. Heute tuscheln sie, drehen sich zu mir um. Ein Mord ist ja auch eine Abwechslung in einem Säuferleben. Ansonsten sind sie damit beschäftigt, sich mit Alkohol zuzuschütten. Deren Droge.

Mir fällt auf, dass hier in dieser Bude irgendwas fehlt. Musik? Nun höre ich sie. Die Schnulzen aus der Musikbox. Vorhin hatte mich allein das kalte Grausen beherrscht. Das Bild von Tanja. Die Beine. Mein Herz klopft wie wild. Mir ist nicht kalt, doch ich zitterte innerlich immer noch. Die Tür wird aufgestoßen. Das kann nur die Schmiere sein. Die gebärden sich immer so, als würden sie Schwerverbrecher verhaften wollen. Umstellen, sichern, abführen. Uschi schießt genauso auf die Schmiere zu, wie sie sich eben auf mich gestürzt hat. Die drei Bullen in Uniform wirken verloren zwischen Suff, Musik, rotem Licht, wie vom anderen Stern. "Wer hat angerufen?", erkundigt sich einer von denen. Statt zu antworten, zerrt Uschi an meinem Arm.

"Hier! Das ist sie! Hier! Auf der anderen Seite im Hinterhof soll 'ne Tote liegen!", übergibt sie mich wie ein Bündel. Dann dreht sie sich um und ist hinterm Tresen im Kneipennebel abgetaucht. "Wo drüben?", will einer der Bullen wissen. "Da drüben...", stammele ich hilflos, dann bleiben mir die Worte im Hals stecken. Die Bullen haben sich bedrohlich dicht um mich herum gruppiert, der neben mir mustert mich angewidert. "Habt ihr nichts anderes zu tun?", murrt er. "Hast im Drogenrausch eine Leiche gesehen. Wunderbar! Eine Leiche. Na, dann zeig sie uns doch mal", reckt er die Hände theatralisch in die Höhe. "Die Leiche? Eine Leiche! Wir sind hier umzingelt von Wahnsinnigen. Wahnsinnig? Was sage ich? Für die hier gibt's keinen Ausdruck. Das ist noch schlimmer als Wahnsinn. Ich habe genug davon. Ich lass' mich aufs Land versetzen."

"Das sagst du immer und bist immer noch dabei", tönt es unter der Dienstmütze daneben hervor. "Hmhm", nuschelt der, der für Menschen wie mich keinen anderen Ausdruck als Wahnsinn finden kann. Jetzt mustern sie mich alle drei und verziehen die Gesichter. Ich muss keine Menschenkennerin sein, um zu ergründen, was sie von mir halten. Sie ekeln sich vor mir wie vor einem Misthaufen. "Los, los. Zeig uns, wo die Leiche liegt", sagt der links von mir plötzlich. Ich nicke. Die Bullen werfen sich wissende Blicke zu. "Okay, lasst uns die Leiche angucken!" Anschließend reden sie leise aufeinander ein. Lippen bewegen sich unter den Polizeimützen. In allen Augen ist die Verachtung Stammgast, dazu geben sie sich mit den Händen Zeichen, öffnen die Tür. Für mich ein Befehl. Ohne Worte. Sie benutzen zur Verständigung die übliche Gestik aus unserem Viertel. Sie haben sich angepasst. Trotzdem kann ich mich nicht vom Fleck rühren. Die Bullen lauern in der offenen

Tür. "Los! Mitkommen!", schnauzt einer von denen. "Ich kann nicht. Kann nicht. Tanja liegt drüben. Genau gegenüber. Im Hinterhof. Ich möchte da nicht hin... Es ist so schrecklich... kann ja auch sein, dass sie noch lebt... Ich weiß es doch nicht."

"Los, los, los!!!", gibt einer der Bullen den Befehl. Es bleibt mir nichts anderes übrig als mitzugehen. "Was ist mit Ihren Personalien?", erinnert sich ein anderer an die Beamtenpflicht. "Können wir das nicht später... Bitte, bitte. Sie liegt da drüben, bitte", rufe ich ihnen zu und setze mich in Bewegung. "Ich laufe schon nicht weg", verspreche ich schnell, "wo soll ich denn auch hin?" Wie vorhin wird mir erneut deutlich, dass ich wirklich nicht weiß, wohin meine Reise gehen soll. Ich habe doch nur unsere Straße. Wir, Anika und ich. Komisch, eben habe ich nur an mich gedacht, sonst denke ich immer für uns beide. "Hier, hier", beeile ich mich den Eingang zu zeigen, schiebe mich an ihnen vorbei, gehe durch den Flur, "hier geht's nach hinten in den Hof." Obwohl ich weiß, dass Anika und Babs nicht auf ihren Plätzen stehen, oben in der Steige sein müssten, habe ich meinen Blick noch eben an die Mauer geheftet. "Und wie heißt sie?", drängeln mich die Bullen zur Seite und sie schieben sich durch den schmalen Durchgang neben der Treppe. "Tanja, Tanja..." Ich schlüpfe hinterher, bleibe dann in der offenen Tür stehen. "...Tanja, ist nicht ihr richtiger Name. Ihre Eltern sollen nichts wissen. Wegen hier..."

"Brauchst nicht erklären", wirft einer der Bullen ein, "ich mache hier in der Gegend schon länger meinen Dienst. Weiß schon. Also: Wo?"

"Schnell. Vielleicht braucht sie dringend ärztliche Versorgung", meint ein anderer. Die scheinen mir ja inzwischen tatsächlich zu glauben, wundere ich mich, und ich trete zögerlich hinaus. Wie sich die Finsternis vor mir auftut... Mir scheint eine eisige Hand in den Nacken zu greifen. "Ich möchte das nicht sehen. Nicht... nicht...", jammere ich, verschlucke die Worte. Das Grauen macht mich stumm. Ich schlage die Hände vors Gesicht, spüre, wie mir Tränen aus den Augen schießen, habe aber nicht das Gefühl, weinen zu müssen. Als sich eine Hand auf meine Schulter legt, ducke ich mich weg, weil ich nicht will, dass mich ein Bulle anfasst. Ich bleibe wie angewurzelt in der offenen Tür stehen. "Du kommst mit. Du musst uns das doch zeigen", sagt der nun forsch. "Los! Mitkommen, zeigen", packt er meinen Arm. Ich sperre mich, als er mich mitziehen will. "Los, nun komm doch", meint er auf einmal sanft und lockert seinen Griff. "Zeig uns: Wo? Denk daran, wenn sie da liegt, könnte doch sein, dass sie noch lebt. Also, los!"

"Dahinten", erwidere ich, meine Stimme zittert, "dahinten, dahinten, wo das Gebüsch ist." "Du brauchst ja nur zu zeigen, wo genau", schiebt er mich in die Richtung. "Angucken musst du das doch nicht. Nur zeigen. Sonst müssen wir den ganzen Hof absuchen. Also?"

"Ja, gut", beruhige ich mich. Ich werde das schon irgendwie durchstehen. Zögernd mache ich zwei Schritte, weiter kann ich nicht, in mir ist eine psychische Sperre. Dann deute ich mit dem Finger in die Richtung. "Da, da!", bleibe ich wie versteinert stehen. "Da, weiter hinten!" Die drei Bullen vor mir mustern mich, drehen mir den Rücken zu und tasten sich voran. Sie entfernen sich, trotzdem heben sie sich in den Konturen in der Finsternis ab. Schwarze Gestalten wie in einem Gruselfilm bewegen sich weiter. Immer hektischer. Schatten kreuzen sich, gehen auf und nieder. Stimmen, Geräusche werden lauter. Urplötzlich bin ich vom Lärm umzingelt. Funkgeräte schnarren. Ich bin blockiert, wehre mich nicht. Sobald der Bulle mich in den Flur zurückdrängt, rasen beinahe gleichzeitig Polizeifahrzeuge heran. Martinshörner dröhnen noch eben von allen Seiten, sind schlagartig verstummt. Dafür spiegelt sich flackerndes Blaulicht in den oberen Fensterscheiben der Häuser. Aus dem Hof ruft einer: "Notarzt! Schnell! Der Notarzt! Der muss doch längst da sein!"

Sie haben Tanja gefunden. Arzt? Eben drängt sich mir der Gedanke auf, sie könnte nur schwer verletzt sein. Obwohl ich ihre starren, offenen Augen... "Ist wohl nichts mehr zu machen", tönt auch die gleiche Stimme, "zu spät! Zu spät! Und?", erhebt sich die Tonlage. "Habt ihr die Zeugin? Haltet sie fest!"

"Die ist hier! Bei mir!", ruft der Bulle neben mir zurück, drückt meinen Arm. Wohl zum Zeichen, dass er seine Beute sicher hat. "Wie heißt du?", erkundigt er sich sogar höflich, dabei sehen wir aneinander vorbei, auch wenn wir sozusagen Körperkontakt haben. "Melli", antworte ich automatisch, greife in meine Brustasche, suche nach meiner Bescheinigung. Einen Ausweis besitze ich nicht, weil ich keinen festen Wohnsitz habe. Das steht auf dem Papier. Aussätzige haben so einen Wisch mit diesem Eintrag. Als ich dem Bullen den Schein gebe, guckt er flüchtig darauf. "Melli", streift mich sein Blick, "du musst nachher mit. Eine Aussage machen. Ist wichtig. Weil du...", stockt er. Menschen drängeln sich wie eine nie endende Schlange in den Flur. Wir werden gegen die Wand gedrückt. Männer in weißen Anzügen mit großen Taschen bahnen sich ihren Weg. Die Spurensicherung. Ich will die Gelegenheit nutzen und schnell verschwinden. Als ich versuche, mich freizumachen, bin ich chancenlos. Der Bulle krallt meinen Arm umso fester. "Der Perverse...", bricht es mit einem Mal aus mir heraus, dabei starre ich auf die Knöpfe seiner Uniform, "der Perverse, er sagt, er ist ein Bulle. Er hat mich im Auto... er..."

"Wer ist der Perverse?", unterbricht er mich. "Nicht hier, nicht hier", überlegt er sich es anders, "nicht hier und jetzt. Kannst nachher alles erzählen." Gleichzeitig spüre ich, wie sich seine Hand entspannt. Der Druck um meinen Arm lässt nach, aber er hält mich trotzdem fest, so dass es mir unmöglich ist abzuhauen. Viele Menschen rennen, drängeln sich an uns vorbei. Der Hinterhof ist in Licht getaucht. Nachtstrahler erhellen den Tatort streifig. Die Häuserzeilen rundherum wirken dagegen schwarz. Wie Ruinen. Männer sehen aus wie Gespenster, wie sie sich in den weißen Anzügen im Hof zu schaffen machen. Der Druck! Der Druck! Er legt sich plötzlich wie ein Ring um meine Brust. Und dieser verdammte Bulle. Er hält mich fest. Ich kann nicht weg. Nicht weg. Nicht weg! Das versetzt mich zusätzlich in Panik. Gift! Gift! Gift! Ich versuche mich zusammenzureißen. Nicht gleich durchzudrehen. Was auch immer das bedeuten mag? Disziplin gibt es doch nicht. Ich bin ausgeliefert. Muss den Körper sofort bedienen. Muss ich. Muss ich! Kann ich aber nicht! Weil ich in dieser verdammten Lage bin! Aber, ich muss das irgendwie überstehen. Irgendwie! Denn wenn ich hier eine Szene hinlege, krallen mich die Bullen. Durchsuchen mich. Finden das Gift. Mein Albtraum! Dann muss ich unweigerlich den Affen schieben. Ich habe doch kein Geld. Und ohne Kohle kann ich mir auf die Schnelle nichts besorgen. Für einen Junkie wie der Weltuntergang. Blindlings, gehetzt von der Drogensucht. Ich muss Geld auftreiben. Einen Freier machen. Das dauert zu lange. Das ist der Moment, in dem man einen Menschen überfällt, zusammenschlägt, gar absticht. Um den Affen zu besiegen, entwickelt man unheimliche Kräfte. Wird auch zum Mörder. Ich habe das Gefühl, in Flammen zu stehen. Ich könnte irre schreien. Nur das Gift in meiner Brusttasche, das hält mich zurück. Darum knalle ich nicht durch. Noch nicht. Meine Beine wippen von selbst auf und ab. Auf einmal trete ich um mich und treffe den Bullen. "Ich lege dich gleich in Handschellen!", droht er mir. Dann merke ich, wie er sich blitzschnell meiner Arme bemächtigt, sie auf den Rücken dreht. "Hör auf, hier so ein Theater zu machen! Bist du nicht ganz dicht?", schnauzt er. "Du sollst doch nur eine Aussage machen. Nichts weiter! Nur eine Aussage, verdammt! Geht das nicht in dein verseuchtes Gehirn rein?"

Er gibt mich frei. Lässt er mich ganz los? Nein! Er krallt meinen Arm. "Ich muss was rauchen!!", überschlägt sich meine Stimme, als würde in mir etwas bersten. "Was rauchen! Muss was rauchen! Du kannst doch mitkommen. Ich laufe dir nicht weg. Bitte, bitte! Wir können oben was rauchen. Bitte, bitte!" Meine Gliedmaßen beginnen zu zucken. Scheinen wie immer in solchen Augenblicken im Wege zu sein. Ich weiß wieder nicht, wie ich die Arme, Beine, Hände halten soll. Sie wollen sich ohne meinen Willen selbständig machen. Sich dem Befehl des Gehirnes entziehen. "Hier, hier! Ich habe Zigaretten", fuchtelt der Bulle mit einer Packung vor meiner Nase herum. "Bist du bescheuert? Bist du weich?", keife ich ihn an. "Ich brauche keine Zigaretten! Ich muss was schnupfen! Rauchen! Blech rauchen! Was ziehen! Was ziehen!", schreie ich wie von Sinnen. "Deine Scheiß-Zigaretten brauche ich nicht! Ich muss Blech rauchen! Oder was ziehen! Ziehen! Blech rauchen! Und vorher was ziehen! In die Nase! Verstehst du?"

"In meiner Gegenwart nicht!", kommt es von ihm knallhart zurück. Am Tonfall ist mir klar, dass ich keine Chance habe, ihn irgendwie umzustimmen. Er hält mich weiterhin fest. Ich komme mir vor wie gefesselt, und das schnürt mir die Luft ab. Wenigstens bilde ich mir ein, mich zu befreien, wenn ich explodiere. "Du Scheißbulle! Du Scheißbulle! Ich muss mal! Muss mal! Muss mal! Lass mich sofort aufs Klo! Sofort!", kreische ich, während ich stinksauer auf mich werde. Dass ich nicht vorher auf die Idee mit der Toilette gekommen bin. Dann hätte der Bulle ja davor warten können. So ist das mit dem Gift. Man kann nicht mal die logische Reihenfolge einhalten. Hier ist es aber so. Wegen der Panik. Weil ich nicht weg kann. Er mich nicht loslässt. Dazu schnürt mir Todesangst die Luft ab. Wie bei dem Perversen. "Bullenschwein! Bullenschwein! Bullenschwein! Bullen...", überschlägt sich meine Stimme. Ich meine, um mich zu treten. Ich spüre nichts mehr. Nichts! Nichts! Nur, dass ich kämpfe. Kämpfe. Kämpfe. Irgendwer packt mich. Ich hebe ab und knalle auf den Boden. Es ist hart, verdammt hart. Ich fühle nicht mal Schmerzen. Nur dass sich Knie in meinen Rücken bohren. Ich habe verloren. Keine Möglichkeit, mich zu bewegen. Bin Verloren. Gleichzeitig fällt die Starre von mir ab, kehrt sich um. Ich beginne zu schluchzen. Gift! Gift! Gift! Wenn ich jetzt sterbe - es wäre so schön. Sollen sie mich doch totmachen. Sollen sie. Jemand packt mich im Nacken, dreht meinen Kopf zur Seite. Diffus. Etwas Weißes. Ein Gesicht kommt mir immer näher. Weiß. Weiß. Nur ein Gesicht. Immer näher. Das Gesicht eines Mannes.

"Melli", höre ich, "Melli, du kennst mich doch. Melli, Melli! Hab' keine Angst, keine Angst... Melli... Melli..." Jemand flüstert mir ins Ohr. Etwas flüstert in mir, die Stimme will mir nichts Böses. Wirklich nicht. Nein. Das will die Stimme nicht. Plötzlich scheint alles von mir abzufallen. Als würde ich in ein schwarzes Nichts schweben. Schwerelos... immer weiter... weiter...

Es ist so still, so hell um mich. Die Wände sind hell. Weiß? Die Stimme? Ich bin nicht mehr im Hinterhof. Die Ruhe. Halbdunkel. Meine Hand streicht ein Laken. Es fühlt sich an wie ein Bett. Aber ich kann mir nicht vorstellen, was ein Bett ist. Meine Gedanken. Sie sind zäh. Ich will überlegen, wo ich sein könnte. Es gelingt mir nicht. Mein Kopf lässt es nicht zu. Wie ein Nebel, der sich wie ein Schleier über mich senkt. So sanft. Meine Augenlider werden ganz schwer.

Gedanken hämmern in meinem Kopf. Als wollten sie mich wachrütteln. Ich kann mir aber keinen Reim daraus machen, greife neben mich, liege im Bett. Wo bin ich? Die Erinnerung? Nicht zu fassen. Wo ist sie? Ein Mensch ohne Erinnerung ist kein Mensch. Um zu wissen, wo man herkommt, wer man ist und warum man so handelt oder reagiert, benötigt man sein Gedächtnis. Dabei wäre es für mich doch ein Gottesgeschenk. - Ist mein Verstand auf einmal scharf? Denn ich beginne zu kombinieren. Ich betaste die gewisse Stelle. Der Beutel ist weg. Mein Gift! Ist nicht da! Weg! Ich glaube zu schreien. Es reicht aber nur zu einem Röcheln. Gleichzeitig will ich mich mit einem Ruck aufsetzen. Etwas hält mich, ich kann mich nicht bewegen. Sie haben mich festgebunden. Ich kann nur aufschreien. Zu mehr fehlt mir die Kraft.

Jemand streicht über mein Gesicht. Realität? Oder Traum? Ich kann es nicht mehr auseinanderhalten. Wenn das bei mir der Fall ist, dann muss ich mich nie mehr der Wirklichkeit stellen. Die Hand streichelt weiter mein Gesicht. Ich halte die Augen geschlossen, wage nicht, mich zu rühren, weil ich nicht will, dass das aufhört. Wirklich, es darf nicht zu Ende gehen, auch wenn alles nur ein Traum ist. Ich will nie mehr aufwachen und wieder an meinem Platz stehen. In unserer

Straße. Aber eigentlich müsste ich doch in der Steige aufwachen. Wir hatten doch ein Zimmer? Aus dem Nichts übermannt mich meine Lebensgeschichte. Die schrecklichen Geschehnisse prasseln auf mich ein. Unzusammenhängend. Der Hinterhof. Mein Stiefvater. Ich rieche seinen Körper. Schnaps. Die Kaschemme bei Uschi. Das Heim. Viele Stimmen. Das Klo bei Winni. Gestrüpp. Der Perverse. Der Strick. Ich spüre, wie ich gegen die Beine der Leiche... Grauenvoll! Ich ertrage es nicht. Ich will diese unkontrollierten Phantasien nicht. Es ist eine unvorstellbare Qual. Warum? Warum? Jetzt, da ich mich weinen höre, sind die grausigen Szenen verschwunden. Doch die Angst, der Ekel tobt in mir weiter. Oder bin ich es nicht? Sind es nicht meine Tränen? Dabei schwitze und friere ich abwechselnd. Ich weiß nicht, ob ich lebe oder vielleicht schon gestorben bin. Und wenn ich jetzt tot bin? Dann brauche ich nichts mehr. Dann habe ich meinen Frieden. Es ist so friedlich. Die Hand streichelt mich noch immer. Ist es Gottes Hand? "Melli", höre ich von weitem, "Melli. Ich gebe dir jetzt eine Spritze. Und du wirst schlafen. Morgen komme ich wieder." Das ist die Stimme des Mannes, die mir das Wohlgefühl gibt. Das Geborgensein. Aber im Himmel, wundere ich mich noch, gibt es keine Spritzen. Ich fühle mich doch ganz leicht - und dann ist da wieder die Hand, die mein Gesicht streichelt. Sonst nichts. Ich möchte nicht, dass das aufhört. Ich möchte es nicht. Ich kuschele mich in die Decke. Mein Körper wird so angenehm schwer.

Mir wird bewusst, dass ich mich hin- und herwälze. Jeder Zentimeter meines Körpers schmerzt. Mein Herz hämmert bis zum Hals. Ich habe Todesängste. Trotzdem fühle ich mich wie lahmgelegt. Gedankenfetzen rasen mir durch den Kopf. Dagegen habe ich das Gefühl, Arme und Beine nicht bewegen zu können, so schwach bin ich. Es fällt mir schwer die Augen zu öffnen. Die Lider klappen immer wieder von selber herunter. Dennoch schaffe ich es zu gucken. Ich kann um mich herum so ein milchiges Halbdunkel ausmachen. Sogar meine Haarwurzeln schmerzen. Als ich die Tür aufgehen sehe, will ich den Kopf heben. Zu bleiern. Meine Lebensgeister sind betäubt. Mit Mühe drehe ich mein Gesicht zur Seite. In die Richtung, von wo ich Schritte hören kann. Klingt, als würde jemand auf Zehenspitzen gehen. Ich muss meinen Augen den Befehl geben hinzusehen. Die dunklen Umrisse nehmen Konturen an. Ich erkenne sie als Krankenschwester, die urplötzlich direkt neben meinem Bett steht. "Guten Morgen, Melli. Der Doktor sieht nachher nach dir. Nimm die Tabletten. Gleich wirst du keine Schmerzen mehr haben."

"Woher wissen Sie das?", erkundige ich mich verwundert. "Oh ja, das wissen wir. Wir wissen um unsere Patienten, wir kennen die Symptome", erwidert die Krankenschwester. "Melli, übrigens, ich bin Schwester Irene. Wir werden uns ja öfter sehen." Dabei hält sie mir einen kleinen Becher hin. Die vielen Tabletten registriere ich auf Anhieb. Der Versuch, mich aufzusetzen, schlägt fehl. Doch die Schwester packt mich und zieht mich hoch. Als wäre ich ein Mehlsack. Sie hält mir die Pillen hin und ich will danach greifen. Aber meine Hand zittert so, dass es mir unmöglich ist. "Wir schaffen das schon", ermuntert sie mich, "ich helfe dir. Also, leg den Kopf in den Nacken und mach den Mund auf. Ganz vorsichtig, Melli. Wir kriegen das schon hin."

Ich gehorche. Sie stützt meinen Kopf und ich sperre den Mund auf. Wie ein Vögelchen, das auf Futter wartet. Auf einmal habe ich viele Pillen auf der Zunge. Obwohl ich gar nicht weiß, um was es sich dabei handelt, Hauptsache, ich kann was in mich reinfressen - oder schmeißen, dieser Ausdruck ist mir vertrauter. Die Schwester hält mir das Glas an die Lippen. Mit kleinen Schlücken spüle ich die Tabletten herunter. Gutes Zeug, bilde ich mir ein. Es ist das Gefühl, etwas nehmen zu müssen. Das kommt, weil wir... wir... wir... Es ist so weit entfernt. Anika! Der Gedanke durchzuckt mich wie ein Blitz. "Meine Freundin wartet auf mich. Ich kann sie nicht allein lassen", sage ich und bin dennoch längst wieder ins Kissen gesunken. "Anika ist meine beste Freundin. Wir sind immer zusammen. Sie macht sich Sorgen. Sie muss wissen, wo ich bin. Wo bin ich denn eigentlich?"

"Wir finden hier für alle Probleme eine Lösung. Ganz bestimmt. Darauf kannst du dich verlassen, Melli." Ich spüre, dass die Schwester es ehrlich meint. "Wo bin ich?", erkundige ich mich noch mal, schließe die Augen, warte auf die Wirkung, demütig, weil sich das so in meine Psyche ein-gefressen hat. "Melli, du bist im Krankenhaus", höre ich die Schwester sagen. "Wie bitte?", hake ich mechanisch nach, weil ich gar nicht verstanden habe. "Du hast doch eben gefragt, wo du bist. Im Krankenhaus", wiederholt sie gedul-dig. "Der Doktor hat dafür gesorgt, dass du hier aufgenom-men werden kannst. In deinem Fall benötigt man normaler-weise eine ärztliche Einweisung, vorher von der Sozialbehörde schriftlich genehmigt. Aber der Doktor hat das irgendwie hinbekommen. Ich weiß auch nicht wie. Jedenfalls bist du nun hier. Und es wird alles gut. Alles wird gut, Melli. Darauf kannst du vertrauen." Ich ziehe die Bettdecke über mich. Strecke mich. Mein Körper ist auf einmal nicht mehr verkrampft. Es kommt mir vor, als wür-den die Schmerzen, die eben noch unerträglich waren, von mir weichen wie eine Wolke, die zum Himmel schwebt. "Es wird alles gut", höre ich die Stimme der Schwester. Dann muss sie aus dem Zimmer gegangen sein. Das Türschloss schnappt leise zu. Das Bett kommt mir wie ein Nest vor und eine Glucke würde auf mir sitzen, mich wärmen und beschützen. Wer, geht es mir durch den Kopf, wer sollte für mich so etwas tun? Ich bin doch Abschaum. Wer? Meine Augenlider werden dabei so schwer. So angenehm. Geborgen in den seichten, schönen Träumen. Wer ist der Doktor? Einmal fühle ich, dass mich wieder diese Hand streichelt. Und ich höre die Stimme. Ich mag diese Stimme. Ich sehne mich danach. Sie ist so besänftigend. Wie das Streicheln der Wangen. Ich höre etwas. Mein Mund ist ganz ausgetrocknet. Mein eigenes Schmatzen hat mich wach werden lassen. Ich habe stechenden Durst und öffne die Augen. Langsam. Ich erhalte meine Sehkraft wieder. Neben mir nimmt auf dem Nachtschrank ein Glas Wasser Konturen an. Nun setze ich mich vorsichtig auf, greife danach, stürze es gierig herunter. Es ist nicht genug. Ich lechzte nach mehr. Da ist eine Flasche. Ich setzte sie an den Hals. Endlich ist mein Durst gelöscht, ich lege mich wieder hin. In mir ist es so friedlich. Mir ist, als wäre meine Seele dem Körper entwichen und nach einer langen Reise wieder zurückgekehrt. Mein Kopf ist so klar und die Wirklichkeit fällt nicht, wie ich es immer wieder erlebt habe, brutal über mich her.

Ich fühle mich nicht bedroht, bin innen so sauber. Ein Gefühl, das mir gänzlich fremd ist. Ich habe kein Begehren. Keine Erinnerungen, die mich quälen. Ich bin ruhig, habe auch nicht den Drang, wie gewohnt, den Kreislauf mit Gift, Freier bedienen zu müssen. Vorsichtig setze ich mich ganz auf und blicke mich um. Dass ich im Krankenhaus liege, wird mir nun deutlich. Meine Erinnerungen gleichen einer breiigen Masse. Mein Blick wandert zu einem Fenster. Fahles Licht fällt hinein. Davor ein Stuhl, ein kleiner Tisch mit einem Blumenstrauß. Wer mag den hierher gestellt haben? Ich lege mich wieder hin. Wie lange bin ich hier? Während ich meine spindeldürren Arme auf der Bettdecke betrachte, entdecke ich in der Armbeuge einen Einstich. Auf dem Nachtschrank neben mir liegt eine Kanüle. Da ich mich nicht erinnere, etwas gegessen zu haben, bin ich wohl künstlich ernährt worden. In meinen Überlegungen taucht Gift auf. Gift. Gift. Das bislang alles Bestimmende im meinem Dasein, es schiebt sich zwar in den Vordergrund, löst aber keinen Druck aus, bleibt irgendwie nur ein Wort. Was haben sie hier mit mir gemacht? Ich komme zu dem Schluss, dass sie mich ruhig gestellt haben, dem Schrei nach Gift in mir den Ton genommen.

Unwillkürlich schrecke ich zusammen, als ich die Tür aufgehen höre. "Hallo, Melli", tritt ein Arzt an mein Bett. "Na, Melli, erkennst du mich wieder?" Ich wage nicht zu antworten, habe den Kopf schnell weggedreht. Die Stimme erkenne ich, denn ich verbinde sie mit der Hand, die mich immer gestreichelt hat. Erst jetzt sehe ich den Arzt an. "Ich weiß nicht, weiß nicht, weiß nicht", stammele ich ganz durcheinander. Die Größe, sein Gesicht - er könnte es sein? "Sind Sie der Arzt", muss ich allen Mut zusammennehmen, denn ich könnte auch falsch liegen und ihn beleidigen, "den Uschi für mich geholt hat? Da in der..." "Kneipe" verschlucke ich lieber. Er nickt zustimmend. "Ja, das bin ich. Olaf. Falls du dich erinnerst. Und nun bist du hier. Warum, wirst du dich fragen, ja, warum? Melli, weißt du, ich konnte dich doch da im Hof nicht so liegen lassen. Ich war nämlich der Arzt aus dem Rettungswagen. - Wie fühlst du dich?"

"So... so... so anders. Der Druck ist weg", erwidere ich leise. "Ich kann das nicht beschreiben. Gleichzeitig irgendwie leer. Als wäre ich innen ausgeräumt."

"Hm", murmelt er, "das ist auch gut so. Du bekommst Medikamente und dann werden wir sehen, wie es weiter geht. Ich habe dich jetzt nicht gefragt, ob du das hier überhaupt willst, aber ich hatte kein andere Wahl. Ich konnte dich doch da in deinem Zustand nicht zurücklassen. Gut, nehmen wir es so hin, wie es ist. Es ist eben so gekommen. Vielleicht ein Wink des Schicksals? Und wir werden es gemeinsam versuchen, dass die Droge dich nicht mehr bestimmt. Ihr nennt es Gift. Selbst wenn du den Entzug schaffst, vorausgesetzt, du arbeitest mit an dir - das muss dir klar sein -, und wenn du es selber willst, dann muss dir währenddessen und auch danach immer klar sein: Süchtig wirst du immer bleiben.

Immer. Irgendwo in deiner Psyche wird die Sucht immer darauf lauern, Gewalt über dich zu bekommen. Wie ein Zwerg in deinem Kopf, der immer flüstert: Nimm doch was. Nimm doch. Wir gehören doch zusammen. Nimm doch. Nimm doch was. Dagegen wirst du bis an dein Lebensende ankämpfen müssen, das wird nie vergehen. Das musst du wissen - und immer darauf gefasst sein, dass die Stimme in deinem Kopf lockt: Es war doch so schön mit mir. Erinnerst du dich nicht? Nimm doch was. Damit wirst du zuerst immer schwer zu kämpfen haben. Später treten die Lockrufe mehr in den Hintergrund, aber sie werden nie verstummen. Ich sage dir das, damit du darauf vorbereitet bist. Clean zu werden, zu sein, bedeutet nicht, dass man die Droge verbannt hat. Du wirst hier erfahren, wie es ist zu leben. Zu leben, meine ich. Die Jagd nach der Droge sollte für dich vorbei sein. Du weißt, wie schwer das ist. Viele Patienten geben vor, winzige Probleme nicht meistern zu können. In Wirklichkeit suchen sie nur einen Grund, sich wieder in die Droge zu flüchten." Wegen der Stimme habe ich gelauscht. Die Sätze habe ich zwar begriffen, wollte den Sinn aber nicht annehmen. Vielmehr faszinieren mich seine gütigen Augen. "Du und ich", höre ich, wie er weiter sagt, "wir, und die Schwestern, sind ein Team. Wir sind auf gewisse Weise deine Krücken, auf die du dich stützen kannst. Denn schaffen musst du es allein. Wenn du es willst, dann schaffst du es. - So, ich möchte dich jetzt nicht überfordern. Nur denke daran. Es ist bestimmt deine letzte Chance. Du wirst es selber wissen, es aber natürlich nicht wahrhaben wollen." Ich fühle mich in seiner Gegenwart so geborgen, doch als er die Hand nach mir ausstreckt, zucke ich zurück. "Melli", schüttelt er den Kopf, "du brauchst doch vor mir keine Angst zu haben. Vor mir nun doch wirklich nicht. Ich bin doch keiner deiner Freier. Also, Melli, vielleicht komme ich nachher noch mal zu dir." Ich nicke, wage nicht aufzusehen. Dabei gibt mir das Wort Freier momentan das Gefühl, mit Dreck beworfen zu sein. "Freier" gehört in den Schmutz, in unser Viertel, aber nicht in diese reine Atmosphäre.Der Arzt hat sich längst von mir abgewandt und ist gerade dabei, das Zimmer zu verlassen. Da kommt ihm Schwester Irene entgegen, hält ihn auf, wirft mir einen Blick zu. Dann spricht sie zwar leise, aber ich kann alles verstehen.

Es geht um die Aussage, die ich beim LKA machen muss. Tanja. Inzwischen suche ich nach dem grauenhaften Bild in mir, aber ich kann es mir nicht in Erinnerung rufen. Nur dass sie dort tot im Gestrüpp lag und ich sie entdeckt habe, dabei habe ich keinerlei Emotionen. Nur die Tatsachen.

"Schwester", werde ich abgelenkt, lausche der Stimme des Arztes, "sagen Sie den Beamten, sie sollen in einer Woche noch mal anfragen. Dann wird sie Fragen beantworten können. Wenn noch etwas sein sollte, möchte ich die Telefonnummer haben. Dann spreche ich selber mit denen." Während ich tiefer unter die Decke krieche, höre ich, dass der Arzt zurückkommt. "Der Perverse", kommt es mir kaum hörbar von selber über die Lippen, "der Perverse. Er hat... er hat..."

"Du wirst den Beamten das schildern müssen. Danach reden wir nicht nur darüber. Ganz langsam werden wir in dir blättern. Wir werden die dunklen Erlebnisse Kapitel für Kapitel aufschlagen und gemeinsam aufarbeiten", versichert er mir eindringlich, "Schwester Irene hat mir von deiner Freundin Anika erzählt, ich verspreche dir, ich werde ohnehin am Bahnhof sein, wenn ich Notdienst habe. Und dann suche ich Anika. Anika, das ist doch ihr Name?"

"Jaja, danke." Mehr bekomme ich nicht heraus, ziehe die Decke bis zum Hals, hefte meinen Blick an die weiße Wand. "Ich werde sie schon finden", versichert er mir, "und werde ihr von dir erzählen. O.k.?!" Das beruhigt mich und als der Arzt sich auf meine Bettkante setzt, habe ich plötzlich keine Scheu mehr vor ihm und drehe ihm sogar das Gesicht zu. "Du hast nur noch 46 Kilo gewogen.", blickt er mich jetzt durchdringend an. "Es hätte nicht lange gedauert, dann hätte dein Körper das nicht mehr verkraftet." "Ich wollte doch auch nicht mehr", versuche ich mich zu erklären, "mir war alles egal. Schon lange alles egal. Trotzdem. Ich weiß. Ich weiß. Ich weiß. Man sollte sein Leben ja nicht so wegwerfen. Alle sagen das. Aber was ist denn das für ein Leben? Es musste wohl so kommen. Danke, dass... dass du mich aufgesammelt hast, Olaf", habe ich die Kraft, den Mut, sage "du" zu ihm, nenne ihn beim Namen und meine Stimme klingt ganz hell und klar. "Das Gift... das Gift..."

"Beruhige dich, Melli. Nicht alles auf einmal", fällt er mir beschwichtigend ins Wort, "du bekommst heute etwas zu essen. Du bist seit einer Woche hier und künstlich ernährt worden. Das ist hier eine Klinik, die auf Drogenentzug spezialisiert ist. Du bist weit weg vom Bahnhofsviertel. Es gibt auch ein Leben ohne den Bahnhof. Glaube mir. Außerdem will die Kripo, dass du eine Aussage machst. Das musst du dann auch, auch wenn es dir schwer fällt, denn der Mörder muss gefasst werden. Dabei musst du ihnen helfen. Vielleicht ist es derselbe, der dir das angetan hat", erhebt er sich. Während er mir ermunternd zunickt und das Zimmer verlässt, stürmen die Bilder aus dem Hinterhof auf mich ein. Die Beine, die unter dem Gestrüpp herausragen. Der Perverse. Der Strick um Tanjas Hals. Um meinen Hals. Sonderbarerweise habe ich keine Todesangst. Ich sehe nur die Bilder, als würde ich in einem Magazin blättern. Die Medikamente, die ich hier bekommen habe, verhindern Empfindungen. Ein ganz anderer Blickwinkel. Ein sachlicher, und dennoch betrifft mich die Sache.

Szenen steigen in mir auf. Mit meinem Stiefvater. Er nennt mich Püppchen, doch ich will das nicht näher kommen lassen. Es gelingt mir auch umzuschalten - wie bei einem Fernsehprogramm. Ich habe momentan irgendwie die Beziehung zu meinem Schicksal verloren. Das verwirrt mich. Ich horche ich in mich hinein. Süchtig. Die Gier danach. Die alles verschlingende Macht will sich nicht melden. Irgendwie vermisse ich das, weil ich nur aus der Sucht bestanden habe. Für anderes ist nie Platz gewesen. Meine

Psyche kommt mir vor wie ein gähnendes, schwarzes Loch. Ich krieche unter die Decke. Als ich die Arme um meinen Körper schlinge, fühle ich meine Knochen. Vage erinnere ich mich daran, anfänglich ans Bett festgebunden gewesen zu sein...

Irgendwie ist mir alles, was mit mir passiert ist, sehr unheimlich. Die Seele ist geläutert in meinen Körper zurükkgekehrt. Mich beschleichen Gedanken. Auf einmal habe ich Platz für sie. Die Gedanken sind wie Fetzen. Sie ergeben keinen Sinn. Ich drehe mich zur Seite, mein Blick fällt aufs Fenster. Es sind Gitter davor. Vielleicht, damit es nicht so auffällt, sind die auch weiß gestrichen. Gut, es kommt bestimmt der Moment, in dem Patienten versucht haben zu türmen oder sich zu stürzen. Ich schiebe die Überlegung beiseite. Vielmehr fällt mir auf, wie hell es draußen ist. So habe ich das Draußen gar nicht in Erinnerung. Die Sonne? War sie jemals so strahlend? Anika. Mir entgleisen meine Gedanken. Was sie wohl macht? Sie sucht mich bestimmt. Gut, beruhige ich mich, eben hat mir der Doktor versprochen, dass er, wenn er am Bahnhof ist, sie suchen wird. Er wird ihr schon erklären, warum ich sang- und klanglos aus unserer Straße verschwunden bin. Wir haben uns doch geschworen, immer füreinander da zu sein. Das haben wir. Normalerweise hätte mich deshalb hier nichts halten können. Trotz Tabletten wäre ich getürmt. Doch ich liege hier. Habe gar nicht die Kraft aufzustehen. Ich muss mir eingestehen, im letzten Augenblick gerettet worden zu sein. Auf eine Insel, auf der einem kein Leid geschehen kann, weil man beschützt wird. Merkwürdig, ein Gefühl, das mir bislang fremd war. Trotzdem habe ich Angst davor, es zu genießen, weil ich genau weiß, ich will es nie mehr verlieren. Wenn doch, wäre ich ständig auf der Suche danach. Und zwar um jeden Preis, was wiederum verhängnisvoll für mich enden muss. Tage, Nächte haben sich aneinandergereiht als würden sie in Zeitlupe nahtlos ineinander übergleiten. Zwischen dem Schlafen und Essen bin ich durch Gänge, Räume geschlurft, habe aus dem Fenster gestiert. Wie eine Marionette. Ich bin natürlich nicht die Einzige. Viele Marionetten schieben sich hier durch die Flure. Manchmal halten sie sich aneinander fest. Das Bedürfnis, mit ihnen Kontakt aufzunehmen, habe ich nicht. Sie haben doch nichts zu erzählen. Und wenn doch, kenne ich die Geschichten nur allzu gut. So viele Varianten haben die Dramen nicht, die uns hierher verschlagen haben. Alle Patienten mit dem gleichen Gesichtsausdruck. Durch Tabletten, Spritzen ähneln sich Wildfremde, als seien sie nahe Verwandte. Dagegen wirken Ärzte, Schwestern so ausdrucksvoll. Ihre Blicke sind klar. Wenn ab und zu helles Lachen aus dem Schwesternzimmer dringt, schrecke ich zusammen. Dazu riechen sie nach Parfüm und haben einen selbstbewussten Gang.

Jedes Mal kommt mir der Bahnhof in den Sinn. Abschaum. Kakerlaken. Das verbinde ich damit. Der Unterschied? Hier werde ich nicht weggestoßen. Sie lächeln mich sogar an, sind freundlich, geben mir zu essen. Aber es schmeckt alles gleich. Möglicherweise lähmen Medikamente die Geschmacksnerven. Medikamente statt Gift. Die Sucht hat sich verlagert. Augenblicklich wenigstens. Zwei Beamte vom LKA waren inzwischen auch bei mir. Ihre Gesichter? Wenn ich mich versuche, daran zu erinnern, bleibt nur ein undurchdringender Dunst. An den Stimmen würde ich sie wohl wiedererkennen. Ihre Fragen könnte ich mir auch ins Gedächtnis rufen. Völlig ungerührt habe ich sie beantworten können. Dabei habe ich in allen Einzelheiten geschildert, was der Perverse mit mir getan hat. Ich habe sein Aussehen genau beschrieben. Die Beamten wollen, dass ich ins Polizeipräsidium komme, damit ich mir einschlägig Vorbestrafte ansehe. Vielleicht erkenne ich das perverse Schwein. Aber sie lassen mich hier nicht raus. Vorerst nicht. Vielleicht später, in Begleitung. Wirklich, momentan kann ich den Ablauf der Geschehnisse nicht folgerichtig ordnen. Die Bullen haben darauf bestanden, dass ich so schnell wie möglich aufs Präsidium gebracht werden soll. Ist ja auch logisch. Ich werde alles dafür tun, dass der perverse Mörder für immer hinter Gittern landet. Doch die Vorstellung, die Klinik zu verlassen, behagt mir nicht, nein, ich möchte hier gar nicht weg. Vielmehr fühle ich mich so beschützt. So angenommen, wie ich bin. Natürlich führte ich lange Gespräche mit Olaf und extra mit einer Psychologin. Es lässt mich völlig unberührt, wenn ich das Trauma meiner Kindheit, Jugend schildere, weil sie mich mit Tabletten voll stopfen, mich zuspritzen.

Seitdem lebe ich in Lethargie. Ich kann weder Hass, Wut noch irgendwas empfinden. Nichts kann ich empfinden. Ein Zustand, an den man sich gewöhnt. Weil er Normalität wird. Nach draußen will ich nicht mehr. Ich habe auch die Taten meines Stiefvaters geschildert. Wie eine, die gelangweilt aus einem Buch vorliest, das sie nicht interessiert. Das ist meine Lage augenblicklich. Ich esse regelmäßig, denke oft an das Gift. Doch da ist nichts, was mich treibt, nichts…

Auch die Jahre am Bahnhof, in unserem Viertel. Es kommt mir so vor, als wären sie hier irgendwo verlorengegangen. Oder meine Psyche schützt sich automatisch. Zu viele schreckliche Geschehnisse auf einmal, vielleicht würde ich den Verstand verlieren. Wobei ich überzeugt bin, dass man all das, was meine Seele zerfetzt hat, zwar mit Worten beschreiben kann, wieder und wieder, doch deshalb wird man es nie ungeschehen machen können. Wie kann man so etwas therapieren? Als würde man nach einer schweren Verletzung einen Verband anlegen. Daran erinnert später eine Narbe, die sich höchstens bemerkbar macht, wenn das Wetter umschlägt.

Noch immer habe ich mich von den anderen Patienten völlig abgekapselt. Deren Elend schreckt mich ab. Instinktiv halte ich mich davon entfernt. So streife ich durch die Flure, hocke im Gemeinschaftsraum und betrachte das Fernsehbild. Es erscheint mir unwirklich bunt. Die Handlungsweise der Darsteller kann ich nicht erfassen. Den Boden der Tatsachen habe ich seit langem verlassen. Dennoch sage ich mir manchmal flüchtig: Das kann doch nicht das wahre Leben sein. Es ist so langweilig. Aber es gelingt mir nicht, mich damit eingehender auseinander zu setzen. Ich mag nicht mal mehr rauchen. Alles, was einen Menschen zu einem Menschen macht, ist wie abgestorben. Falls sie mich hier jemals wieder zum "Leben" erwecken sollten, werde ich das, was jetzt in mir getötet scheint, in allem Überfluss nachholen. Alles, was ich versäumt habe. Was denn? Drogenkonsum? Obdachlosigkeit? Und die anderen vielen Grausamkeiten?

Es ist Tag. Nachmittag vielleicht. Ist ja egal. Einerlei. Ich habe mich auf meinem Bett eingerollt. Kopfhörer auf. Das Radio eingeschaltet. Ich kann Musik empfangen. Sie ist schön, die Musik. Klavier. Töne, die ich nie gehört habe. Vielleicht doch. Nein, am Bahnhof kennt man keine klassische Musik. In den Spelunken residiert die dröhnende Musikbox. Ich lasse meine Gedanken indes schweifen.

Scheinbar habe ich mich an die Medikamente gewöhnt. Sie sagen hier, sie haben mich heruntergedosiert, weshalb die totale Lähmung von mir gewichen ist oder sich die Gedanken mit den Medikamenten vertraut gemacht haben. Und ich genieße meine Gedanken. Sie wandern nicht weiter weg. Sie bleiben hier. Ich denke über das nach, was hier und jetzt geschehen ist. Nicht an damals. Olaf hat mir so etwas wie Zutrauen vermittelt. Er hat einen Pfad durchs psychische Dickicht geschlagen und sich mir behutsam genähert, so dass er mein Vertrauen gewonnen hat. Olaf ist nicht immer da. Leider. Ich mag seine Nähe. Er arbeitet hier - und draußen als Notarzt. Draußen? Als würde das das andere Ende der Welt bedeuten. Weit entfernt und übermächtig bedrohlich.

Mehr und mehr habe ich das Gefühl, nicht ohne diese Klinik sein zu können. So wie ich draußen vorher gelebt habe - das will ich nie mehr. Das habe ich mir ganz fest vorgenommen. Jedenfalls habe ich mir erstmals in meinem Leben ein Ziel gesetzt. Etwas, das mich auch zutiefst berührt, ist, dass man sich um mich sorgt. Schwester Irene hat mir einen Bademantel, Kleidungsstücke mitgebracht, gefragt, was ich noch brauche. Ich habe mich nicht getraut, um etwas zu bitten. Doch Schwester Irene hat einfach gewusst, was mir noch fehlt.

Währenddessen haben sie mich hier aufgepäppelt. Denn ich habe zugenommen. Als ich mich mal im Spiegel betrachtet habe, musste ich feststellen, dass ich mein Gesicht irgendwie ganz anders in Erinnerung hatte. Dazu scheint es mir, als würde mich eine Fremde ansehen. Die "Fremde" finde ich richtig hässlich. Die Nase. Die Augen, sie waren mal blau und wirken nun wie ein erloschenes Licht. Mein

Gesicht ist vom Drogenkonsum entstellt, dazu von den Medikamenten verquollen. Die Haut übersät mit bräunlichen Flecken. Ausschlag. Meine Haare habe ich zum Zopf gebunden... Die blonde Farbe ist der undefinierbaren Farbe eines Straßenköters gewichen. Plötzlich spüre ich, dass sich ein Schatten neben mir aufbaut. Panisch reiße ich mir die Kopfhörer herunter, schieße hoch. Mein Stiefvater? Nein! Nein! Der Schreck weicht gleichzeitig von mir. Olaf! Es durchströmt mich stattdessen warm. Ich fühle, wie sich mein Körper entspannt. Die Emotionen sind zurückgekehrt, nehme ich beiläufig wahr. Ehe ich Olaf begrüßen kann, kommt er mir zuvor.

"Hallo, Melli", schmunzelt er, "du lächelst ja sogar. Das finde ich schön. Ich weiß, es ist schwer. Wegen der Medikamente. Aber wir haben die Dosis ja reduziert. Darum kannst du auch lächeln. Schön. Und ich werde dir jetzt etwas erzählen. Ist es dir recht, wenn ich mich neben dich setze?" Ich nicke, schlinge die Arme um meinen Körper. Die Abwehrhaltung in mir ist geblieben. "Ist was Schlimmes?", erkundige ich mich hastig. Nicht dass sie mich aus irgendwelchen Gründen wieder auf die Straße setzen. "Keine Angst", beruhigt er mich, mustert mich mit seinen warmen, braunen Augen. "Nichts Schlimmes. Im Gegenteil. Ich habe eine gute Nachricht für dich. Ich habe es versprochen und nicht vergessen. Wenn ich Notdienst im Bahnhofsviertel hatte, habe ich mich überall nach deiner Freundin erkundigt. Und, stell dir vor, ich habe Anika ausfindig machen können."

Ein Ruck geht durch meinen Körper, ich fühle sogar mein Herz klopfen. "Wie geht es Anika?", erkundige ich mich hastig. "Sie hat bestimmt Angst um mich gehabt, mich bestimmt vermisst." "Melli, klar, bestimmt hat sie das", nickt Olaf, "aber sie konnte sich nicht ausdrücken. Sie war 'zu' mit Drogen, so dass ich ihr wieder und wieder erklären musste, dass du in der Klinik bist. Es hat gedauert, bis sie es begriffen hat. Ich habe ihr dann nur meine private Telefonnummer gegeben. Wenn sie sich wirklich melden sollte, dann werden wir überlegen, wie wir es anstellen können, dass du sie sehen kannst. Hier kann sie dich nicht besuchen, Melli. Drogensüchtige dürfen diese Klinik nicht betreten. Das muss ich anders lösen. Aber irgendwie fällt mir schon etwas ein, denn in all unseren Gesprächen spielt sie ja eine wichtige Rolle. Sie ist auch wie ein Teil von dir."

"Danke", laufen mir die Tränen übers Gesicht. "Olaf, ich danke dir so. Anders kann ich das nicht ausdrücken. Denn ich habe ja immer noch nicht gelernt, über das zu sprechen, was mich bewegt. Olaf, ich bin so dankbar, dass es dich gibt. Verdammt, ich bin dir so dankbar." Olaf erhebt sich, beugt sich zu mir, ich zucke nicht zurück, als er mir übers Haar streicht. Im Gegenteil, ich genieße es sogar. "Ich habe auch keine Angst mehr vor dir", traue ich mich sogar ganz leise zu sagen, wage es aber nicht, ihn dabei anzusehen. "Das will ich aber nun auch hoffen", scherzt er, "ich bin nicht eines dieser Monster vom Bahnhof."

"Nein", stimme ich dem schnell zu und hake nach: "Wann, meinst du, darf ich Anika sehen?"

"Habe Geduld", erwidert er, während er sich anschickt, das Zimmer zu verlassen, "es kommt ja auch darauf an, ob sie sich bei mir meldet. Du weißt doch auch, Melli, wie schnell man vergisst, wenn man 'drauf' ist, und wie schnell man Zettel mit Telefonnummern verliert."

"Das stimmt", gebe ich zu und rufe schnell hinter ihm her, "kommst du morgen vorbei?", beobachte ich, wie er verharrt, sich umdreht, sein Gesicht durch den Türspalt steckt und mich anblinzelt. "Ja, Melli. Melli, ich wollte es dir eben noch nicht verraten. Wir werden morgen nämlich gemeinsam ins Polizeipräsidium fahren. Dabei wirst du in meiner Obhut sein und bleiben. Auch während du dir die Fotos ansehen wirst...", kneift er schelmisch ein Auge zu. "... Wie wird das amtlich mal noch genannt? Verbrecherkartei, glaube ich, sagen die dazu." Damit ist er verschwunden und ich starre auf die geschlossene Tür. Dabei kommt es mir einen Moment vor, als würde ich frösteln. Olaf strahlt so eine Herzenswärme aus. Eine Wärme, nach der ich mich gesehnt habe. Ich habe dennoch genug davon in mir aufgenommen, damit das Gefühl solange ausreicht, bis ich ihn wieder sehe, er Fragen stellt, mir aufmerksam zuhört, wenn ich antworte. Ich mache es mir auf dem Bett bequem, fühle mich richtig wohl. Dazu erwartet mich morgen etwas Aufregendes, denn Olaf wird mit mir unterwegs sein. Das Polizeipräsidium ist für mich augenblicklich Nebensache. Irgendwie ja. Ich schlucke meine Tabletten, warte natürlich auf die Wirkung. Die ist angenehm. Ganz langsam werden meine Gedanken eingenebelt, gelöscht. Ich werde in den Schlaf gewiegt...

Es ist Morgen. Ich erwache und bin ganz aufgeregt. So muss sich jemand fühlen, der ein Rendezvous hat. Na ja, ich kann das doch gar nicht beurteilen. Wie komme ich nur jetzt darauf? Trotzdem: Das Gefühl muss umwerfend sein, wenn man nicht, wie ich, von Medikamenten gebremst wird. "Guten Morgen, Melli", kommt Schwester Irene herein. "Hast du gut geschlafen?"

"Danke, ja", erwidere ich, und wieder fällt mir auf, wie derart selbstlos diese Schwester ist. Ihre Stimme ist so sanft, dass ich mir niemals vorstellen könnte, dass ein Hauch des Bösen über ihre Lippen kommen könnte. So einen Menschen habe ich noch nie getroffen. Wo denn auch? Auf einmal fühle ich mich von den Ereignissen überwältigt. Wie soll ich das alles auch so schnell begreifen, einordnen können? Diese Überlegung macht mir gnadenlos klar, dass meine Empfindungen zurückgekehrt sind. Mich beschleicht die Angst, damit nicht umgehen zu können. Noch mehr, ich könnte meiner Gefühlswelt hilflos ausgeliefert sein. Das würde für mich den blanken Irrsinn bedeuten. Nur nicht das! Dann würde ich die Flucht in Unmengen von Medikamenten vorziehen. Es war doch vorher so leicht, als ich sozusagen, ohne etwas zu bewerten, Zusammenhänge ergründen zu müssen, durch die Gegend geschlurft bin.

"Melli?", bin ich dankbar, dass Schwester Irene mich aus dieser Schreckensvision reißt. "Hier, probier doch mal die Sachen an. Ich meine, sieh mal, das müsste dir doch passen."

"Das ist wirklich für mich? Danke!", macht mich die ungewohnte Fürsorge auch verlegen, gleichzeitig wundere ich mich, dass Schwester Irene an meinen heutigen Termin gedacht hat, schließlich scheint es Kleidung für draußen zu sein. "Hier ist dein Frühstück", lächelt sie mich an und deutet auf das Tablett. "Guten Appetit, Melli." Während ich mich leise bedanke, sie das Zimmer verlassen hat, werfe ich einen Blick auf die Kleidung, die sie sorgfältig über die Stuhllehne gelegt hat. Ich halte die Sachen in die Höhe. Eine weite Hose, ein Shirt und eine Jacke. Schnell schlüpfe ich hinein. Sie passen. Und auf dem Boden, daneben, entdecke ich Schuhe für mich. Ich ziehe sie an, sie passen tatsächlich auch. Wie liebevoll Schwester Irene das für mich ausgesucht hat. Mich durchströmt eine solche Dankbarkeit, dass mir Tränen in die Augen treten. Keine Gefühlsduselei, rufe ich mich zur Ordnung. Schnell lenke ich mich ab, blicke an mir herunter, zupfe an dem hellen Shirt, der grauen Hose und betrachte flüchtig die schwarzen Sportschuhe. Die Kleidungsstücke sind nicht etwa gebraucht, sondern nagelneu. Wann hatte ich zuletzt neue Kleidung? Ich kann mich nicht daran erinnern. Nur dass ich als Kind auch nur gebrauchte Klamotten vom Flohmarkt bekommen habe. Als Kind? Oh nein, dieses Elend darf ich jetzt nicht auch noch in mir aufsteigen lassen. Es würde mich... Oh nein, nein, nein, ich höre eine Zeitbombe in mir ticken. Hektisch versuche ich, dem zu entfliehen und mich gedanklich an Olaf zu klammern. Das Ticken in mir wird leiser. Gleichzeitig suche ich die Wirklichkeit, nämlich mich im Spiegel.

Als ich feststelle, dass mir mein Gesicht langsam vertrauter wird, kann ich mich dem Krieg, der in mir tobt, entziehen. Ich starre mich an. Ich finde meine aufgedunsene Fratze abstoßend. Die Flecken, Pickel, der Mund wirkt schief, die Augenlider hängen, sind verquollen. Scheußlich! Wasser hat sich durch die schweren Medikamente im Gewebe gesammelt. Dass ich mit Gift im Körper bestimmt noch abartiger ausgesehen habe, will ich mir erst gar nicht vorstellen. Schließlich, während ich mir mit einem Haargummi einen Pferdeschwanz binde, wird mir bewusst, dass ich Zusammenhänge erkenne, denen ich mich in Zukunft zu stellen habe. Dass es schwer werden wird, ist mir klar, auch wenn ich es nur vage erahnen kann. Vielleicht eine neue, andere Hölle...

Ich werde alle psychische Kraft benötigen, um diese dunkle Ahnung zu verdrängen. Darum kneife ich die Augen für einen Moment ganz fest zu und als ich sie öffne, erscheint mir alles viel heller um mich. Als wäre ein bis zur Decke vollgestelltes Zimmer entrümpelt worden. Ich atme tief durch, schlürfe den Kaffee, schmeiße mir die Ration Tabletten ein, beiße vom Brötchen ab. Ich schaue nach, was ich da gerade esse. Marmelade. Süß, schmecke ich. Ich kaue, schlucke herunter, mehr als Nahrungsaufnahme ist das nicht. Es ist acht Uhr morgens. Wenn ich mir das so überlege: Damals, vor dem Aufenthalt hier, bin ich doch niemals um diese Zeit, überhaupt um eine gewisse Zeit aufgestanden. Unvorstellbar. Die Zeit tickte im Drogenkonsum-Rhythmus. Wenn uns überhaupt ein Tag bewusst wurde, dann haben wir in diesen hineingelebt. "Guten Morgen, Melli", bin ich froh, dass Olaf in der Tür steht. "Du siehst ja gut aus, Melli. Die Sachen stehen dir wirklich gut."

"Na ja", ziehe ich verunsichert die Schultern in die Höhe, "nett, dass du das sagst. Aber ich habe mich im Spiegel gesehen. Ich mag da gar nicht hingucken."

"Man selber sieht sich ja immer anders", finde ich es albern, dass er versucht, mich aufzubauen, darum falle ich ihm ins Wort: "Olaf, gehen wir los?" Er nickt mir zu und hält mir gleichzeitig die Tür auf. Wir treten gemeinsam in den Flur. Ich komme mir so fehl am Platze vor, traue mich nicht, neben ihm herzugehen. Deshalb ordne ich mich lieber hinter ihm ein. Automatisch fällt mein Blick auf seinen Rücken. Gegen seine Körpergröße komme ich mir vor wie ein kleines Mädchen. Olafs Gang ist fest, wie einer, der weiß, was er will. Außerdem scheint Olaf die Menschen durchschauen zu können. Das macht ihn mir unheimlich und es verunsichert mich. Er scheint jemand zu sein, der über den Dingen steht. Der Abstand und Nähe zu Menschen instinktiv bestimmen kann. Nein, Olaf ist nicht berechnend. Wieso fange ich nun an, die psychische Verfassung von Menschen zu analysieren? Mit mir selber ist es doch schwer genug. Wahrscheinlich, vermute ich, wächst in einem auch etwas heran, wenn man therapiert wird. Nämlich die Geheimnisse der Psyche anderer zu ergründen. Das Warum hat mich doch in unser Bahnhofsviertel getrieben. Mir war zwar klar, aber nie so bewusst, welchen Einfluss das Warum auf den Lebensweg haben muss. Es kommt mir vor, als würde das Innere nach außen gekehrt sein. Ich bin der Belastung nicht gewachsen. Darum lenke ich meinen Blick absichtlich auf Olaf. Er ist ganz sportlich gekleidet. Hatte er nicht mal einen Zopf im Nacken? Die Haare sind aber jetzt kurz. Während mir diese Gedanken durch den Kopf gegangen sind, haben wir einen endlos langen Flur durchquert. Dieser liegt auf der anderen Seite der Klinik. Offen für Ärzte, Schwestern, Personal. Erst gegenüber, dann dahinter, befinden sich die Sicherheitstüren zur Drogenstation. Kein Eindringen und kein Entrinnen.

"Melli, komm!", ruft Olaf, als er eine große Tür nach draußen offen hält. Ich beeile mich, ihm zu folgen. Als ich hinaustrete, schlägt es mir eisig entgegen. Draußen ist mein Feind geworden. Am liebsten würde ich gleich wieder umkehren. Zurück in die Sicherheit. Augenblicklich habe ich das Gefühl, keine Luft zu bekommen, so furchteinflößend wirkt das Draußen auf mich. Auch scheint es mir, als würde ein Windhauch genügen, mich umzuwehen. So schwach bin ich auf den Beinen. "Ich bin doch bei dir", erkennt Olaf meine Gemütslage, derweil er sein Auto aufschließt. "Melli, komm", geht er zur Beifahrertür, öffnet die, streckt mir die Hand entgegen und ich ergreife sie - als wäre ich in letzter Sekunde gerettet worden. Vor Draußen. Während ich mich schnell auf den Beifahrersitz "in Sicherheit bringe", schließt Olaf die Wagentür. Ich plumpse linkisch auf den Sitz und just beschleicht mich eine leichte Übelkeit. Liegt es am kalten Rauch? An den typischen Ausdünstungen eines Autos? Was ist bloß mit mir geschehen, dass ist so neurotisch reagiere? Als Olaf den Motor startet, den Wagen wendet und losfährt, bitte ich ihn weinerlich: "Können wir nicht wieder zurück?", obgleich mir nur klar sein kann, dass es unmöglich ist. "Melli", wirft Olaf mir einen flüchtigen Blick zu, während er in eine Hauptstraße einbiegt, "du brauchst vor niemandem Angst zu haben. Auch nicht vor dem LKA. Melli, ich bin bei dir und wir erledigen das zusammen, und dann gehen wir zusammen wieder nach Hause."

Nachhause, hat er gesagt. Das wirkt auf mich, als hätte er mich in die Arme genommen. Ich gehöre also irgendwohin. "Wenn du dabei ist", schaffe ich es, meine Empfindungen in Worte zu fassen, "habe ich vor niemandem Angst. Und ich habe mich auch so gefreut, dass wir das zusammen erledigen werden. Aber andererseits mag ich die Klinik nicht verlassen. Ich fühle mich da so... so...", suche ich nach den passenden Worten. "... vor der bösen Welt beschützt" bin ich erleichtert, mich richtig ausdrücken zu können. "Du wirst aber irgendwann wieder auf eigenen Füßen stehen", erwidert Olaf ruhig, "wir haben doch oft darüber geredet. Eines Tages wirst du lernen müssen, Verantwortung zu übernehmen. Die Verantwortung für dich. Das bedeutet in deinem Fall, wie auch für alle, die den Drogen verfallen sind, sich den Problemen zu stellen, sie selber zu lösen. Melli, wenn du das nicht schaffst oder dir nur vormachst, es schaffen zu wollen, dann wirst du rückfällig und du wirst dich mit Drogen zumachen. Es ist so, als müsstest du die Zeit, in der du keine Drogen konsumiert hast, nachholen. Du wirst alles, dessen du habhaft werden kannst, auf einmal schlucken, spritzen, rauchen. Wenn du das überlebst, wird es für dich noch grausamer als vorher sein, denn dir wird klar, wie das Leben ohne Drogen während des Entzuges war. Du hast dich, deine Ziele für die Zukunft verraten und, um dein Versagen zu verdrängen, du hast keine Chance, dem Kreislauf zu entfliehen. Prostitution, Drogen, obdachlos."

"Es ist nur so schwer", stammele ich nach dieser Horror-Prognose hilflos, "und ich..."

"Es wird dein Leben lang schwer bleiben", schneidet mir Olaf gnadenlos sachlich das Wort ab. "Ja, das ist mir doch klar. Entschuldige meine komische Reaktion", füge ich hastig hinzu, weil ich nicht möchte, dass er mich darum verabscheut, und mit einem Mal kommt mir die Eingebung, Olaf zuliebe den Entzug durchzustehen. Damit er stolz auf mich ist, mich deshalb mag, mich lobt. Sofort verwerfe ich diese Überlegung als schwachsinnig. Denn, wenn ich Olafs Nähe verliere, dann wäre ich unweigerlich sofort wieder "drauf". Also, mache ich mir deutlich, wie mir von Therapeuten eingetrichtert wird: Alles, was ich schaffe, hinter mir zu lassen, das Ruder meines Lebens herumzureißen, ist meine Leistung, selbst über mich zu bestimmen.

Mein Gedankengang bricht weg. Wie immer, wenn ich an diesem Punkt angekommen bin, und ich mir nicht Einhalt gebiete, muss ich solange grübeln, bis die Phantasie auf eine solche Zukunft allmählich von der Finsternis geschluckt wird. Augenblicklich gelingt es mir, Herr über den Terror in meinem Kopf zu werden. Etwas Interessantes schiebt sich nämlich in den Vordergrund. Obwohl wir über die Sucht gesprochen haben, wird mir deutlich, dass ich nicht einmal die Szene vor Augen hatte, wie ich das Gift beschaffe, rauche, schnupfe. Nein, ich habe nicht mal nach dem Gefühl der Wirkung gelechzt. Aber der Moment wird natürlich kommen, wenn die Medikamente, die ich jetzt nehme, mehr reduziert werden. Dann wird der Augenblick da sein. Die ganze Situation erscheint mir wie eine steile Wand, die ich ohne Hilfe überwinden muss, sobald sie mich vor der Kliniktür aussetzen und ich in dieser Situation ohnmächtig auf mich allein gestellt bin. "Es wird alles gut gehen", reißt mich Olaf aus meinen schrecklichen Visionen, "du musst nur wollen. Es nützt auch nichts, wenn du nun über die Zukunft nachgrübelst. Du kannst immer nur für den Moment handeln. Der Moment bringt dich zum nächsten Moment. Und jeden Augenblick, den du gemeistert hast, der wird dich stolz machen. So dass du vor Selbstbewusstsein nur so strotzen wirst. Glaube mir, Melli."

"Ich würde dir so gerne glauben", entgegne ich zaghaft, gleichzeitig sind mir Olafs hellseherischen Fähigkeiten wiederum unheimlich. Mit aller Macht versuche ich mich innerlich freizumachen, darum blicke ich aus dem Auto, in eine Welt, die mir fremd geworden ist oder immer fremd war. Bislang jedenfalls. Die Stadt erscheint mir grell ausgeleuchtet. Menschen auf den Straßen wirken auf mich wie Farbtupfer. Autos glänzen. Bäume sind so grün, dass sie mir koloriert vorkommen. Bestimmt hat das nur den Anschein, immerhin habe ich die vielen Jahre mit der Droge im Dunkeln verbracht. Währenddessen hat mich die Sucht farbenblind werden lassen. Aber die Bilder, die ich nun sehe, sind für mich momentan befremdend. Als würde ich aus sicherer Entfernung im Auto zur Besichtigung durch einen Erlebnispark kutschiert werden. Irgendwo müsste ein Schild stehen und mich darauf hinweisen: "Aussteigen auf eigene Gefahr!" Auch wenn es sich draußen um ordentlich gekleidete, frisierte Menschen handelt, besonders heraus stechen die stark geschminkten Frauen. Die Älteren dagegen wirken farblos, gehen im Straßenbild unter. Teenager sehen im Gegensatz dazu schön und gesund aus. Schmutz kann ich nirgends entdecken.

Wie sehr sehne ich mich danach, von Anfang an eine von ihnen gewesen zu sein, weil sie alle auf mich glücklich wirken. Als hätten sie das Glück gepachtet. Glücklich sein? Was ist das? Vielleicht konnte ich das Glück nicht einschätzen. Schließlich habe ich es in meinem verdammten Leben geschafft, auf der Straße zu überleben. Immerhin auch etwas. Wenn ich denen, die das Glück gepachtet haben, davon berichten würde, würden sie mir nur zuhören, wenn ich äußerlich so sein würde wie sie. Doch in diesem Zustand? Niemals! "Wir sind da, Melli", höre ich Olaf sagen, gleichzeitig stoppt er den Wagen und ich klettere in Zeitlupe hinaus. "Wo müssen wir hin?", erkundige ich mich und versuche zu überspielen, dass ich lieber im Schutz des Autos geblieben wäre. "Da drüben." Sein Blick streift mich, dabei deutet er auf ein großes, graues Gebäude. Schnell bin ich an seiner Seite, gehe dicht neben ihm her, weil ich mich dann beschützt fühle. Olaf drückt eine wuchtige Schwingtür auf, nimmt meine Hand und zieht mich mit hindurch. Vor uns tut sich ein leerer, halbdunkler, großer Vorraum auf, der so verlassen wirkt, als sei er gerade von Menschen geräumt worden. Unsere Schritte hallen dumpf, als wir ans andere Ende gehen. Dort stoßen wir auf so etwas wie eine Sicherheitsschleuse, vor der wir warten müssen. Hinter einer riesigen Glasscheibe wird erst jetzt ein Polizist in Uniform sichtbar. Typ Milchgesicht. Er guckt erst auf, als wir direkt davor stehen, und verlangt mürrisch unsere Ausweise. Der Bulle wirft mir einen vernichtenden Blick zu, was mir nur zu vertraut ist. Ein Blick, der mir eins verrät: Ich bin eine Aussätzige - und das, obgleich ich doch sauber und gut gekleidet bin. Doch das täuscht nicht über meine Haut, den Gesichtsausdruck, die Körperhaltung hinweg. Der Bulle will mir damit deutlich machen, wer ich bin, dass mir sowieso nicht zu helfen ist und ich ruhig im Dreck verrecken kann. Immer noch besser als Menschen in ihrer heilen Welt zu belästigen.

Diese flüchtige Begegnung lässt mich nunmehr zu einem ganz anderen Schluss kommen. Mein Verstand ist scharf geworden. Es beginnt mir Freude zu bereiten, Situationen tatsächlich zu begreifen und einzuschätzen. Während Olaf unsere Ausweise durch einen Schlitz in der Scheibe schiebt - es handelt sich bestimmt um Panzerglas -, habe ich zu ihm fast Körperkontakt, als wäre ich unter seine Haut geschlüpft und für das Umfeld unsichtbar geworden. Die Einbildung verleiht mir momentan eine ungeheure Sicherheit. Der Bulle vergleicht die Ausweise mit seinen vor ihm liegenden Papieren. Ich warte förmlich darauf, dass er mich nochmals verächtlich ansieht, denn in dem Wisch bin ich doch gebrandmarkt, ohne festen Wohnsitz. Doch wider Erwarten hebt er nicht mal den Kopf, sondern prüft die Daten unserer Personalien. Ein unangenehmer Summton ertönt, weshalb ich zusammenzucke. Gleichzeitig spüre ich, wie Olaf mich mit sich zieht. Ich lasse es geschehen, dass er mich vor sich herschiebt, durch eine Tür, die direkt neben der Glasscheibe aufgegangen ist. Das Vorzimmer führt wohin?

Vor nackten Wänden hocken rundherum im Rechteck Gestalten, eingehüllt in Tabakqualm. Meist kauern sie allein, regungslos. Stieren vor sich auf den Boden oder gegen die Wand. Haben etwas von Schlachtvieh. Die, die nicht allein gekommen sind, beschränken sich darauf, miteinander zu flüstern. Olaf und ich lehnen uns gegen die Wand. Auch wir sagen nichts, sehen uns nicht mal an. Flüchtig blicke ich mich um. Die Gestalten? Sind sie unter Zwang in dieses Zimmer getrieben worden? Es scheint fast so. Täter, Opfer, Zeugen, alle warten darauf, verhört zu werden oder ihre Aussage zu machen. Viele Männer, die hier aufgereiht sitzen, sind auffällig tätowiert. Es handelt sich um die Motive, die Gefängnisinsassen bevorzugen, damit man als Außenstehender sofort erkennt, wohin sie gehören. Einige haben Frauen dabei. Ihre? Vielleicht sind sie hier, um ihren Männern ein Alibi zu verschaffen, weil sie Nutznießer der kriminellen Eskapaden sind. Rauschgifthandel, Bankraub und ähnliche Delikte werfen ja einen guten Profit ab. Eine sonderbare Atmosphäre.

Die künstliche Stille. Das nervöse Ziehen an den Zigaretten, wobei das Klicken eines Feuerzeuges wie ein Schuss wirkt. Alle erwecken den Eindruck, als würden sie sich davor fürchten, durch die Tür dahinten hineingerufen zu werden. Als würde es danach keine Wiederkehr geben... In diesem Augenblick öffnet sich die Tür. Zwei Bullen in Uniform führen einen unscheinbaren, gebrechlich wirkenden Täter in Handschellen durch den Raum, dort hinaus, von wo wir eben hineingekommen sind. Gleichzeitig erinnere ich mich daran, wie solche tätowierten Typen, wie hier, sich im Bahnhofsviertel aufgeführt haben. Dort gaben sie sich als kriminelle Helden, prahlten mit ihren Straftaten, und damit, wie sie die Schmiere ausgetrickst hätten. Die Wirklichkeit zeigt mir ein gegenteiliges Bild. Wiederum öffnet sich die Tür, zugleich werden unsere Namen aufgerufen. Olaf ergreift meine Hand, zieht mich mit hinaus. Ein Beamter nimmt uns in Empfang, lächelt sogar, als er Olaf darüber informiert, wo wir uns zu melden haben. Olaf guckt mich flüchtig an, nickt mir ermunternd zu: "Melli, dann wollen wir mal. Hier entlang."

"Ja, ich komme ja schon", setze ich mich eher widerwillig in Bewegung. Dabei verdränge ich, dass ich viel lieber auf der Stelle umkehren würde. Wie wir nun durch enge, schmale Flure gehen - einige gehen links und einige rechts ab -, wie sich unendlich viele Zimmer aneinander reihen, hat es hier schon irgendwie etwas von einem Irrgarten. Dazu scheint es wie ausgestorben, Stimmen, Geräusche sind nirgends zu hören. Hier und da Stühle, die vor den Büros stehen. Sie sind verwaist. Als wir um eine Ecke gehen, stinkt es nach kaltem Rauch und Kantinenessen. Mich beschleicht ein mulmiges Gefühl. Nicht wegen der Ausdünstungen, die mir in die Nase ziehen, auch nicht wegen der anstehenden Zeugenaussage, sondern weil ich gegen die Vorstellung ankämpfen muss, Olaf könnte mich hier zurücklassen. "Olaf?", bleibe ich stehen, zupfe wie ein Kind an seinem Arm, und ich kann nicht anders, als ihm zuzuflüstern: "Olaf? Bitte? Versprichst du mir, dass du mich auch wieder mit nach Hause nimmst? Vorhin in der Klinik hast du es doch gesagt."

"Melli, was fabulierst du denn da?", amüsiert er sich, streicht meine Schulter. "ich lasse dich doch nicht hier. So ein Unsinn", stupst er mich an. "Außerdem kann man niemanden hier lassen. Hier ist doch kein Gefängnis."

"Olaf, ich weiß auch nicht", mir ist mein kindisches Verhalten peinlich, "was mit mir los ist, ich bin völlig durcheinander."

"Na, komm!", geht er gar nicht erst darauf ein, blinzelt mir dafür zu, während er nach wenigen Schritten an eine Tür klopft. "Hier ist es. Ich lasse dich nicht allein, dich hier nicht zurück. Das verspreche ich dir hoch und heilig, wie fahren zusammen wieder nach Hause." Noch eben versuche ich meine Erleichterung in Worte zu fassen, da öffnet sich die Tür einladend weit. Ein Mann grinst fröhlich, der so fett ist, dass er beinahe den Türrahmen ausfüllt. Ich muss bei seinem Anblick daran denken, dass der doch bestimmt nicht mal Verbrecher verfolgen kann, dazu ist er viel zu langsam.

"Hans Krohn, ich bin der Leiter der SOKO", lächelt er mich gewinnend an. "Wollen wir du sagen? Du bist Melli?" Ich nicke nur kurz, statt zu antworten. Das genügt ihm wohl. "Guten Tag, Herr Doktor", wendet er sich auch schon Olaf zu, schüttelt ihm zur Begrüßung so heftig die Hand, als wollte er dem Schlitz eines Sparschweins eine Münze entlocken. Dann deutet er in den Flur. "Wir müssen noch fünf Stockwerke nach oben fahren, da können wir uns in Ruhe unterhalten", indessen er für seine Körperfülle ungeheuer behände nach seiner Jacke greift, die einem Zelt gleicht. Genauso blitzschnell, wie er sie überstreift, hat er auch sein Büro abgeschlossen. Stumm folgen wir ihm. Noch einmal durch den Flur. Diesmal nur um die Ecke. Der Fahrstuhl bringt uns nach oben. Es riecht auch hier ganz komisch nach Reinigungsmittel, Parfum, Zigarettenqualm. Ich weiß auch nicht, wieso ich so sensibel auf Gerüche reagiere, habe ich doch immer im Dreck gelebt und nichts davon wahrgenommen. Die Drogen haben mich davor abgeschirmt. Nichts konnte mich ablenken, die verdammte Sucht zu befriedigen. Draußen, Gift, dröhnt es in mir wie ein Paukenschlag. Draußen bin ich dem Gift ganz nahe - und wenn hier etwas liegen würde, ich würde es mir reinziehen, weil ich draußen bin... Draußen. Die Fahrstuhltür geht auf, und ich verdränge erneut die vage Ahnung, was mir noch alles bevorsteht, wenn ich draußen sein werde. Letztlich konzentriere ich mich darauf, versetzt hinter den beiden herzugehen. Automatisch bleibe ich mit ihnen stehen. Erneut wird eine Tür geöffnet und wir betreten ein geräumiges Büro.

Ich empfinde es als unangenehm hell hier. Grelles Neonlicht an der Decke erinnert mich an Kriminalfilme, wenn Täter in langen Verhören zermürbt werden, endlich ein Geständnis ablegen. Dazu ist es spartanisch möbliert. Telefone, Handys klingeln. Hinter den Schreibtischen sitzen Frauen und Männer vor Computern, aber nicht so, wie ich es von ihnen erwarte; mehr als gleichmütige Blicke haben sie für mich nicht übrig. Weil ich keine lang gesuchte Schwerkriminelle bin, nehme ich an. Die Ermittler hier wird so schnell nichts mehr erstaunen, schon gar nicht erschüttern, wenn Mord und Totschlag Alltag geworden sind. Wir setzen uns an einen Schreibtisch. Egal, was auch passieren mag, verspüre ich plötzlich eine innere Sicherheit. Olaf ist ja bei mir. Dennoch rücke ich ihm ein wenig näher. Ein Mädchen bringt Kaffee und Cola, nickt freundlich mit dem Kopf, während sie die Getränke hinstellt, als handele es sich hier um eine gutbürgerliche Gaststätte. "So, Melli", fängt Hans Krohn an und verschanzt sich hinter Zigarrenqualm, dabei gibt der Stuhl unter seiner Körperfülle ächzende Laute von sich. "Du weißt ja, worum es geht. Das Mädchen, das du im Hinterhof gefunden hast...", beugt er sich vor, blättert in einer Akte, "Tanja hat sie sich genannt. Sie heißt aber in Wirklichkeit Caroline Kindermann. Ein grausames Verbrechen. Es ist der dritte Fall dieses Jahr. Mädchen, die in ähnlichen Gegenden tot aufgefunden wurden..." Er schiebt die Akte weit von sich, hüllt sich nochmals in Rauchschwaden. "Es scheint derselbe Täter zu sein, der so vorgeht. Nein, wir sind uns nach den Befunden der Rechtsmediziner sicher, dass es sich um denselben Täter handelt. Wir ermitteln auf Hochtouren, darum, Melli, bist du uns als Zeugin sehr wertvoll, denn du hattest den Kollegen, die dich in der Klinik vernommen haben, von dem, wie du ihn immer wieder genannt hast, von dem Perversen berichtet."

"Ja", rutsche ich in meinem Stuhl tiefer, als könnte mein Ich abtauchen, "ja, das stimmt." Wie der Leiter der SOKO mich plötzlich ansieht, so hat er etwas von einem Jagdhund, der seiner Beute dicht auf den Fersen ist. "Melli", blickt er auf, sieht mich durchdringend an. "Melli, ich weiß, wie schwer es für dich ist, aber ich muss dich darum bitten, alles noch einmal zu erzählen. Besonders, wie der Perverse, wie du ihn nennst, dich gequält hat. Ob es Ähnlichkeiten beim Tathergang mit den toten Mädchen gibt. Wenn ja, bist du vorerst die Einzige, die ihn lebend gesehen hat." Während ich nicke, klaube ich meine Ration Tabletten aus der Tasche, die ich immer um die Zeit zu nehmen habe, schlucke sie blitzschnell, spüle geübt Cola hinterher. Weil ich um die Wirkung weiß, scheint es mir nun, als sei ich unangreifbar. Und neben mir sitzt Olaf... "Melli, bist du bereit?", erkundigt sich Hans Krohn nahezu beiläufig. "Ja", erwidere ich, blicke flüchtig auf und nicke dazu einmal mit dem Kopf. "Die Frage", beginnt der Leiter der SOKO, "erübrigt sich wohl, wenn ich Datum und Uhrzeit von dir wissen will, wann du den Perversen zuerst als Freier mitgenommen hattest und wie viel Tage später er dich ins Auto gezerrt hat?"

"Datum? Uhrzeit? Das weiß ich nicht mehr", antworte ich flüssig und meine Stimme erscheint mir fremd, wie immer, wenn ich die brutalen Dramen aus meiner Erinnerung zerre und sie in allen Einzelheiten schildern muss, ich mich ihrer aber nicht erinnern will. Mich nicht wirklich zu erinnern, dabei helfen mir die Pillen, wiederum mein psychologischer Beistand. Ich bilde mir ein, mich im Stuhl noch kleiner zu machen und rieche ganz deutlich Olafs Rasierwasser. Ich suche ein wenig Körperkontakt, indem ich mein Bein ganz fest gegen seinen Schenkel drücke. Als mir nun eine brennende Zigarette hingehalten wird, greife ich mechanisch danach, stecke sie zwischen die Lippen, ziehe daran. Ich puste den Rauch aus und höre - alles scheint um mich im Nebel versunken zu sein -, wie Hans Krohn ankündigt, dass er meine Aussage auf Band mitschneiden wird. Die Frage, die er daraufhin stellt, versteh ich gar nicht. Stattdessen... "Jaja", höre ich mich noch sagen, dann meine ich zu stocken, keinen Ton mehr herauszubekommen. Doch irgendwie habe ich von selber angefangen zu erzählen. Ich befinde mich in einem tranceähnlichen Zustand. Ich merke noch, wie ich die Worte dehne, als müsse ich Angst haben, das nächste könnte dem vorigen nicht folgen.

Ich höre mich schildern, wie ich den Perversen als Freier hatte, und bin erstaunt, wie exakt und wie bildlich ich das beschreiben kann - sogar das, was der Perverse mir im Auto angetan hat. In allen Einzelheiten. Auch meine Todesangst lasse ich nicht aus. Der Strick um den Hals. Wie er mich zum Schluss auf dem Parkdeck aus dem Auto geworfen hat, ich durch unser Viertel entkommen bin, mich in unsere

Straße, auf meinen Platz vor die Steige geflüchtet habe -
und wie ich Jule... und dass ich den Perversen genau an dem
Tag, als Tanja ermordet wurde, flüchtig gesehen habe. Wie
detailliert, wundere ich mich, meine Erinnerungen sind.
Irgendwo in einer Ecke meines Gehirnes habe ich all das
gespeichert, was ich in Wirklichkeit glaubte, nicht aufgenommen zu haben. Weil ich die Wirklichkeit nicht wollte,
hat sich die Wirklichkeit irgendwo auf Abruf deponiert.
Ohne auch nur eine Pause zu machen, schildere ich unum-
wunden weiter, wie wir in die Steige, durch den Flur, in den
Hinterhof gegangen sind. Wie gespenstisch der Hinterhof
anmutete. Ich erzähle von den vermeintlichen, gleichsam
schaurigen Lustgeräuschen. Heute nehme ich an, dass Tanja
wahrscheinlich, während wir nur wenige Schritte entfernt
waren, auf bestialische Weise ermordet worden ist. Und
schließlich komme ich zum Ende, wie ich sie unter dem
Gestrüpp gefunden habe. Dabei läuft mir ein Schauer nach
dem anderen über den Rücken.

Der Leiter der SOKO hat mich bislang nie unterbrochen,
erst in diesem Moment hakt er nach. Er versucht zu erfahren, ob ich mich an Verdächtiges erinnern könnte. Ich muss
verneinen, in mir ist nichts weiter als ein gähnendes, schwarzes Loch. Der Mann führt mich mit weiteren Fragen zurück
in das Horror-Szenario mit dem Perversen im Auto.
Wiederum bekomme ich eine Zigarette, ich puste den
Rauch aus und rolle den Glimmstängel zwischen Daumen
und Zeigefinger. Das ist mir vertraut. Ich kann mich an
etwas festhalten. Das ist es. Genau das. Plötzlich schmerzen
meine Beinmuskeln von der Anspannung, so fest hatte ich
mich an Olaf gepresst. Nun, da ich mich recke und strecke,
ist mir auf einmal, als würde ich innerlich wachgerüttelt
werden.

"Oh, das wollte ich nicht...", sage ich zu Olaf entschuldigend und rücke etwas von ihm ab, "ich habe das gar nicht gemerkt", halte ich inne, denn ich bin erschrocken über meine Stimmlage, es scheint mir, als hätte ich im Gegensatz zu meinen vorherigen Berichten eben laut aufgeschrieen. "Melli", erwidert Olaf, legt den Arm um mich, "es war sensationell, an was für Einzelheiten du dich erinnerst. Nie hätte ich das gedacht. Meine Erfahrungen mit Patienten sind ganz andere. Vielen fehlen Jahre, manchmal können sie nicht mal ihren Namen richtig schreiben, haben sogar ihr Geburtsdatum vergessen."

"Super, Melli", lobt mich auch Hans Krohn, hält dabei seinen Daumen in die Höhe, "wir machen eine Pause. Lasst uns was trinken", gibt er über seinen Rücken ein Handzeichen. Nach einem Augenblick kommt das Mädchen wieder. Wieder lächelt sie, stellt erneut Getränke hin. "Melli", Hans Krohn dampft abermals wie eine Lokomotive, "ich will mehr über den Perversen wissen. So Dinge, die du nebenbei wahrgenommen haben könntest, die für dich nicht wichtig sind und die für unsere Ermittlungen von großer Bedeutung sein können."

"Klar, natürlich", will ich es schnell hinter mich bringen, "was wollen Sie noch wissen?"

"Melli, ich heiße Hans und ich bitte dich: Sage doch du zu mir", schmunzelt er, "über Intimitäten kann man viel freier reden, wenn man dabei du sagt. Das ist nun mal so."

"Ja, Hans", muss ich mich zu seinem Vornamen zwingen. Ich sehe ihn als eine Respektsperson, die man nicht duzen darf, und ich füge hastig hinzu: "Also, lass uns doch weitermachen." "Melli, sehr gut", scheint er zufrieden. Er will nun wissen, wie alt ich den Perversen schätze, Haarfarbe, Frisur, Kleidung, Unterwäsche, sogar wonach er gerochen hat. Körpermerkmale, Leberflecken. Trug er Schmuck, Ringe, eine Uhr? Die Tonlage seiner Stimme. Ob er einen Dialekt gesprochen oder einen Sprachfehler hat. Hans quetscht mich aus, auch ob mir im Inneren des Wagens etwas aufgefallen ist. Die Farbe. Der Autotyp. Gegenstände, die dort herumlagen.

Doch ganz gleich, wie sehr ich mir das Gehirn zermartere, es ist kaum etwas haften geblieben. Ist doch klar, wie kann ich in der Todesangst noch Beobachtungen anstellen? Allerdings - am besten kann ich den Perversen beschreiben, wie er zuerst mit der devoten Haltung durch unsere Straße und dann mit mir aufs Zimmer gegangen ist. An diverse Auffälligkeiten von nackten Männern kann ich mich gewiss nicht erinnern. Sie sind für mich einfach nur ekelhaft, abstoßend. Vorher kassieren ist wichtig. Ansonsten, erkläre ich Hans, sehe ich weg, sie bestehen für mich nur aus dem Stück Fleisch zwischen den Beinen, das ich zu befriedigen habe. Das war bei dem Perversen nicht anders. Auffälligkeiten, wie etwa ein lahmes Bein oder ähnliches, sind mir nicht ins Auge gesprungen. Stattdessen kann ich genau schildern, wie sich in Sekunden sein Wesen änderte, er brutal wurde, mir drohte, behauptete, dass er ein Bulle sei. "Gut", nickt Hans mir zu, "Melli, ich werde dich jetzt nicht mehr mit Fragen quälen. Später kannst du deine Aussage unterschreiben, wenn alles abgeschrieben ist. Danach liest du dir das noch mal durch."

"Ich will das nicht noch mal lesen", begehre ich auf, "ich glaube, dass es richtig ist, was da steht. Ich habe es gesagt, aber lesen will ich es nicht mehr. Ich unterschreibe es so. Ich glaube dir, Hans, du hast doch keinen Grund, etwas zu verdrehen, das würde doch niemandem nützen."

"Das stimmt", steht er auf, zeigt zur anderen Seite des Raumes. "Wir gehen nun da drüben in die Ecke. Da müsstest du dir am Computer einschlägig Vorbestrafte ansehen. Vielleicht ist er dabei. Vielleicht, vielleicht. Wahrscheinlich ist er schon einschlägig vorbestraft. Übrigens", stockt er nach einigen Schritten, dreht sich zu mir um, "es sind viele, viele Gesichter, die du dir ansehen musst. Und wenn du eine Pause machen möchtest, sage es mir." Während ich zustimmend nicke, stehen Olaf und ich gleichzeitig auf. "Melli...", ergreift er meine Hand, der Körperkontakt tut mir gut. Ich erinnere mich wieder an Anika, mit ihr bin ich immer händchenhaltend durch die Straßen gegangen. Die Sehnsucht nach Nähe, Wärme. Wir durchqueren das Büro und Hans winkt uns hinter eine Sichtwand. Er deutet mir an, mich neben einen Mann zu setzen, der nur kurz aufblickt und nickt. "So, das ist Klaus, Melli", macht uns Hans bekannt, "und der zeigt dir nun die Bilder auf dem Computer." Langsam setze ich mich hin, gucke zu Olaf, der lächelt, zieht sich gleichfalls einen Stuhl heran. Ich fühle mich beschützt und gucke gespannt auf den Bildschirm. Außer merkwürdiger Zeichen, die ständig wechseln, kann ich bislang nichts Interessantes entdecken. Gespannt harre ich der Dinge.

"Melli", erklärt Klaus, während seine Finger auf der Tastatur tippen, als gäbe er ein Klavierkonzert, "du hast alle Zeit der Welt. Und sieh dir die Täter genau an. Jeden, solange wie du willst. Dann sagst du mir, wann ich dir den nächsten auf den Schirm holen soll, ja? Und wenn du nicht mehr hinsehen magst, Flimmern vor den Augen hast, machen wir

Pause." Als er mir einen flüchtigen Blick zuwirft, kann ich nicht anders, als ihn unwillkürlich einzuschätzen, wie nichtssagend er ist, dass er durchaus dem Typ Freier angehören könnte. Wahrscheinlich muss ich noch lange an mir arbeiten, bis ich nicht mehr ständig Männer nur in diese Kategorien einteile, wenn ich doch nur auf diese Weise gewissermaßen geschäftlich mit ihnen zu tun hatte. Erst jetzt, da Klaus mir eine Zigarette anbietet, ist meine Überlegung von eben verpufft, stattdessen fühle ich mich genötigt, höflich zu reagieren: "Danke, jaja, ich habe alles genau verstanden." Während Klaus mir Feuer gibt, nehme ich beiläufig wahr, dass das Mädchen uns die Getränke hinterher gebracht hat.

Das erste Bild auf dem Computer erscheint. Ein feister Mann, alt, abstoßend, ein abfälligerer Ausdruck, der meinen Ekel beschreibt, fällt mir so schnell nicht ein. "Dreckschwein" ist für den da noch ein Kompliment. Schnell schüttele ich verneinend den Kopf, zum Zeichen, dass er nicht der Perverse ist. Weiter geht's, und der Nächste, Nächste... immer weiter... Dabei kommt mir die absurde Phantasie, dass alle diese Triebtäter im Computer gespeichert sind. Übereinander, als wären sie da schon weggesperrt, dann können sie doch keine Taten mehr begehen?

So wie ich meinen Blick gebannt auf den Bildschirm hefte, die unterschiedlichen Fratzen betrachte, so stelle ich mir Triebtäter vor. Ich bin mir sicher, dass es sich hierbei um welche handelt, wobei man das meinem Stiefvater, blitzt es in mir auf, nicht ansehen konnte. Diese aber sind von ihren Taten, der Verurteilung, dem Knast gezeichnet. Alle Visagen wirken besonders bestialisch, schmale Lippen, stechende Augen. Allerdings ist ein Typ davon deutlich abweichend. Einige haben etwas von einem Muttersöhnchen.

Vielleicht sind sie durch "Übermütter" zu Triebtätern geworden. Schänden oder töten unbewusst immer wieder ihre Mutter - und weil Mama weiterlebt, streunen die Täter weiterhin durch die Straßen, suchen sich neue Opfer.

Doch je länger ich auf den Bildschirm starre, desto schwieriger wird es für mich, die unzähligen Gesichter, die da auf mich einstürmen, voneinander zu unterscheiden. Köpfe, Nasen, Stirnen, Augen, Münder, Bärte - die Eindrücke gleichen einem Knäuel, das nicht mehr zu entwirren ist. Trotzdem will ich keine Pause, verbissen bleibe ich sitzen und fixiere den Bildschirm, denn ich bin auf einmal felsenfest davon überzeugt, wenn das perverse Schwein auf dem Bildschirm erscheinen würde, würde mein Instinkt Alarm schlagen, und das, obgleich ich sein Gesicht nicht beschreiben kann. Ich habe es verdrängt, als hätte ich es in mir versenkt. Dennoch würde ich ihn nicht übersehen. Darum halte ich durch. Irgendwann jedoch verschwimmen die Konturen vor mir. Meine Augen brennen, tränen zugleich und ich muss kleinlaut zugeben: "Ich kann nicht mehr. Ich kann nichts mehr sehen." Danach lehne ich mich zurück und kneife die Augen zusammen. Mehrmals ist es mir inzwischen so ergangen. Ich musste eine Pause einlegen und dann wieder neu starten. Bis jetzt bin ich bei keiner der Visagen zusammengezuckt, wie ich es mir erhofft hatte.

Indessen gibt es Kaffee. Cola für mich. Hans Krohn sitzt mir die ganze Zeit schräg gegenüber, unterstützt und lobt mich zwischendurch, wie konzentriert ich das durchstehe. Derweil habe ich von ihm den Eindruck, dass er ein offener, bodenständiger Typ ist. Er hat nichts von einem kleinkarierten Beamten, der Paragraphen wie ein Schutzschild vor sich aufgebaut hat. Wiederum hat mir Klaus eine

Zigarette angeboten. Wiederum gibt er mir Feuer. Dabei wird mir bewusst, dass ich Kette geraucht und dadurch einen bitteren Geschmack auf der Zunge habe. Gleichzeitig wird mir wieder mal übel. Außerdem habe ich urplötzlich das dringende Bedürfnis, aufs Klo zu müssen. Schon während ich mich erkundige, wo die Toilette ist, muss ich mir das versiffte Klo bei Winni vorstellen. Ich glaube sogar, den Gestank in der Nase zu haben. Wenn wir da... Anika und ich... uns... Gift... scheint wie ein Magnet... Es kostet mich unendliche Kraft, die Phantasien nicht zwanghafte Auswüchse annehmen zu lassen.

Draußen ist ein gefährliches Pflaster. Um dem zu entfliehen, will ich hektisch aufspringen, doch Olaf fasst an meine Schulter, hindert mich daran. Jetzt erst bemerke ich, dass Hans Krohn nicht mir erklärt, wo die Toilette ist, sondern Olaf. Der nickt, greift nach meinem Arm und zieht mich mit sich. Wir gehen auf den Flur. Olaf kennt die Gemütslage eines Junkies, der dem Gift nicht nur nachtrauert. Das Gift! Es ist wieder so, als würde dieser verdammte Zwerg in meinem Kopf mir zuflüstern: "Nimm doch! Nimm doch was! Es war doch so schön mit uns. Wirklich so schön. Nimm was, dann brauchst du dich nicht mehr anzustrengen. Ich nehme dir alle Verantwortung ab. Nimm doch was. Dann gibt es nur noch dich und mich auf der Welt."

Du bist wahnsinnig, schießt es mir durch den Kopf, wirklich wahnsinnig. Da spricht einer in deinem Kopf. Ich habe Halluzinationen. Es ist soweit. Die Stimme lockt mich, mich der Droge hinzugeben. Verführerisch. Kein Entzug, keine Disziplin - und Angst vor dem Draußen, die brauche ich dann nicht mehr zu haben. Während ich so darüber nachdenke, ziehe ich die Spülung. Vielleicht ist der Auslöser der Hirngespinste schon der Gedanke, auf eine Toilette zu gehen. Draußen. Das Klo war doch so oft der Zufluchtsort, wo wir unbehelligt Gift konsumieren konnten. Ich schließe die Tür hinter mir und Olaf möchte mir sogleich beschreiben, was in mir vorgegangen ist. Doch als er mich anlächelt, den Arm schützend um meine Schulter legt, gibt es nichts mehr, wovor ich mich fürchten müsste. Diese Geste wirkt wie ein Panzer. "Wirklich", sagt Olaf bei dem Gang durch den Flur, "Melli, ich bin ganz erstaunt, welche Disziplin du an den Tag legst. Es wundert mich wirklich. Andere hätten schon längst geschmissen. In dir ist etwas Besonderes. Das Besondere kann ich dir nicht erklären. Aber es ist in dir und es wird dir helfen, deinen Weg erfolgreich zu gehen."

"Wenn du das meinst", weiß ich mit der Äußerung nichts anzufangen. Schließlich kann ich das Besondere nicht sehen, nicht anfassen, nicht spüren. Merkwürdig. "Melli, irgendwann", Olaf blickt mich an, "irgendwann wirst du verstehen", er weiß schon wieder, was in mir vorgeht, "wenn du es geschafft hast. Und du hast die Kraft dazu, glaube mir."

"Wenn du mir das so sagst, habe ich schon Angst, dich zu enttäuschen", verbessere ich mich schnell. "Nein, ich würde mich enttäuschen. Mich. Mich. Dann dich. Ja, so ist die Reihenfolge richtig", bin ich glücklich, meine Überlegungen so frei äußern zu können. "Klug, Melli, sehr klug", stimmt Olaf mir zu, womit wir schon im Büro angekommen sind und uns wieder auf unsere Plätze setzen. Die Luft ist verqualmt, erinnert mich an Uschis Kaschemme. Alles, was ich in Zukunft erleben werde, ob es sich dabei um Stimmen, Gestank, Licht, Schatten handelt, wird Erinnerungen aus dem Dreck in mir wach werden lassen. Solange, bis sie von neuen einschneidenden Erlebnissen verdrängt werden. Währenddessen habe ich Olaf betrachtet. Sein ruhiges Gesicht. Er ist so gütig. Wo nimmt er bloß die Kraft her? Irgendwann werde ich ihn einfach danach fragen. Zugleich verspüre ich ein Hochgefühl, dass ich in die Runde gucke und selbstsicher ankündige: "So, ich bin bereit, wir können weitermachen."

"Nein", schüttelt Hans entschieden den Kopf, dabei wakkeln seine fetten Wangen. "Ich habe mich eben anders entschieden. Wir müssen aufhören, Melli. Ich würde dich überfordern. Du kannst nichts mehr erkennen. Und wenn wir trotzdem weitermachen, geht er uns eventuell durch die Lappen..."

"Ich brauche ihn nicht zu erkennen", falle ich Hans trotzig ins Wort, "ich würde instinktiv spüren, wenn er da auftaucht. Ganz bestimmt, ganz bestimmt."

"Ich glaube dir ja, Melli", erwidert Hans gelassen, "aber wir identifizieren hier vielleicht einen Mörder. Einen perversen Triebtäter. Möglicherweise handelt es sich um einen Serientäter. Da sollten Gefühle keine Rolle spielen. - Also, wir machen für heute hier Schluss und notieren, wo wir stehen geblieben sind. Dann vereinbaren wir einen neuen Termin, okay?" Mehr, als zustimmend zu nicken, bleibt mir ja nicht. Zugleich spüre ich, wie die gute Stimmung von eben genau ins Gegenteil umschlägt. Ich will nur noch eines: "Gehen wir nach Hause, Olaf?"

"Klar, aber vorher haben wir noch etwas zu erledigen", blickt er mich flüchtig an und macht mich im selben Augenblick neugierig, doch ehe ich nachhaken kann, schaltet sich Hans ein: "Einen Moment, Melli. Etwas anderes Wichtiges möchte ich noch mit dir besprechen. Das mit deinem Stiefvater. Nachdem du ins Heim gekommen bist, hat die Jugendbehörde Anzeige gegen ihn erstattet. Das Verfahren wurde allerdings wegen Mangel an Beweisen eingestellt. Du warst nicht fähig, gegen ihn auszusagen beziehungsweise es geht aus der Akte hervor, dass niemand an dich herangekommen ist. Keine Zeugenaussage, keine Verurteilung. Vielleicht bist du bereit, irgendwann mit mir darüber zu reden, denn ich…"

"Nein!", schreie ich, springe auf und schlage die Hände vors Gesicht. "Nein, nein, nein! Ich will ihn nie wieder sehen! Nein, nein, nein! Niemals!"

"Melli, beruhige dich doch, Melli…", höre ich Hans' beschwichtigende Stimme. Ich habe mich in Olafs Arme geflüchtet und muss weinen, weinen, weinen. Ich möchte gar nicht aufhören, so erleichtert es mich, als würde dadurch mein dunkles Geheimnis mit herausgeschwemmt werden. Dazu genieße ich den Trost von Olaf, wie er mich behutsam an sich drückt, tröstend meinen Rücken streichelt. "Melli!", schiebt er mich sanft von sich. "Hans Krohn hat recht, wir reden ein anderes Mal drüber, wenn deine Psyche diese Belastung verkraftet und da du noch genügend Zeit dafür hast…"

"Weiß ich, habe ich", schneide ich ihm das Wort ab, "zehn Jahre, nachdem ich volljährig bin, verjährt die Tat. Anika hat mir das erzählt, nicht weil ihr Vater Anwalt ist, oh nein, der hat genau so was mit ihr gemacht, hat seine eigne Tochter und sich dabei gefilmt… dafür ist der auch nie in den Knast gegangen...", halte ich inne, während mir bewusst wird, dass ich ganz allein mitten im Raum stehe und so eine Art Kampfhaltung einnehme. "Ist Anika auch in der Klinik?", erkundigt sich Hans schnell. "Nein", antworte ich und meine Arme fallen kraftlos herunter, "Anika ist noch in unserer Straße. Anika ballert. Sie ist vielleicht schon tot, weil ich nicht mehr bei ihr bin. Sie ist meine beste Freundin. Wir haben alles zusammen gemacht, wir wollten auch zusammen sterben."

"Melli, bitte, bitte, jetzt keine Dramen. Wir wissen alle, wie anstrengend das hier für dich ist", reagiert Olaf in einem Tonfall, der keine Widerrede duldet. Olaf, überhaupt sie alle hier, können nicht nachempfinden, dass Anika und ich nur uns hatten. Deshalb wären wir auch zusammen in den Tod gegangen. Mein Gedankenfluss reißt. Eine Frau taucht vor mir auf, deutet auf eng beschriebene Formulare. Sie hat wohl inzwischen meine Aussage abgetippt. Noch eben will ich blindlings unterschreiben, als Olaf mich davon abhält, erst die Seiten überfliegt, dann zustimmend nickt. Meine Hand ist ungeübt, zittert, als ich meinen Namen darunter setze. Anschließend überfällt mich die Sehnsucht nach meinem Zuhause. Heimweh? So muss sich Heimweh anfühlen.

"Melli", nickt mir Hans zu, "ich weiß, Beamte wie ich wirken oft herzlos, aber wir haben keine andere Wahl, weil ein Täter wie dein Stiefvater, wenn es gegen ihn keine Aussage gibt, sich neue Opfer suchen wird. Ich glaube, du verstehst mich. Es war mir ein dringendes Bedürfnis, dir das noch zu erklären", springt er behände auf, ohne von mir eine Reaktion zu erwarten. "So, wir gehen nach nebenan. Ich habe uns Currywurst und Pommes servieren lassen. Ich finde, das haben wir uns nun auch wirklich verdient."

"Na gut. Dann speisen wir eben noch", kontert Olaf belustigt, "nicht, Melli?" Mir bleibt ja nur ein ergebenes Nicken. Ich krame dabei instinktiv nach meinen seelischen Krücken. "Ich habe wohlweislich Tabletten eingesteckt", beruhigt Olaf mich, als er mein Tun beobachtet. "Die Dosis, die du dabei hattest, hast du doch vorhin eingenommen. Melli, es ist alles in Ordnung. Wir essen noch zusammen, dann können wir sicherlich auch gehen."

"Jaja", fällt es mir schwer, überhaupt zu antworten, so teilnahmslos bin ich geworden. Und wieder treten wir in den Flur. Nicht nur, weil ich hinter ihnen hergehe, muss ich unwillkürlich an Flucht denken. Draußen. Ich müsste mich doch nur umdrehen und verschwinden. Schon der Gedanke wird im Ansatz vereitelt, weil Hans sich zu mir umblickt und mich angrinst. Ich lasse es sogar geschehen, dass er nach meiner Hand greift. Seine Pranke ist weich und warm. "Nun komm, Melli, sei nicht so niedergeschlagen, ich verstehe dich, es ist schrecklich, ich habe alles in dir aufgewühlt." Seine Anteilnahme prallt an mir ab. Wie ein lebloses Bündel lasse ich mich in ein Zimmer verfrachten. Diesmal setzen wir uns an einen gedeckten Tisch. Tatsächlich mit Currywurst und Pommes, Ketchup und Mayonnaise. Ich bekomme plötzlich stechenden Durst. Als ich zum Glas greife, steckt Olaf mir Pillen zu. Zwar spüle ich diese herunter, doch das freudige Gefühl, auf die Wirkung zu warten, stellt sich nicht ein. Vielleicht reagiert mein Körper nicht mehr auf dieses Medikament, muss ich mir ängstlich ausmalen. Wenn das der Fall wäre, würde ich gleich so durchdrehen, dass ich hier alles kurz und klein schlage. Eine Hand legt sich auf meinen Arm, da ist meine Furcht wie ausgeschaltet. Zugleich wird mir ein Teller vor die Nase geschoben. "Melli, machst du mir die Freude?", bittet mich

Hans verschmitzt. "Iss bitte. Es ist lecker, der beste Imbiss im Viertel." Lustlos beginne ich mir die Bissen in den Mund zu stecken und bereits während ich kaue, staune ich, wie gut er mir schmeckt. Ich kann mich nicht erinnern, mal so einen Heißhunger gehabt zu haben. Olaf und Hans unterhalten sich leise. Worum es geht? Es interessiert mich nicht, ich habe mich innerlich zugemacht. Erst jetzt, da ich aufgegessen habe, macht sich das Wohlgefühl im Magen breit - und die Tabletten wirken doch. Nun ist mir, als würde ein schwarzes Rollo in mir hochgezogen werden. Das Helle, Positive macht mich stark, meine Psyche erscheint mir wie Aprilwetter. Noch eben scheint die Sonne, schon blitzt und donnert es. "Melli?", wendet sich mir Hans zu, dabei wird ein Schreibtisch herangerollt. "Das ist Bernd. Er ist unser Zeichner."

"Was wollt ihr denn noch alles von mir?", begehre ich auf, als ich wieder auf einen Monitor blicke.

"Bernd zeichnet dir ein Gesicht", erklärt mir Hans, "vielleicht schaffen wir es so und kriegen zufällig von dem Täter ein Phantombild."

"Na gut", murre ich erst, und finde es plötzlich spannend, wie auf dem Schirm zur gleichen Zeit ein Männerkopf entsteht. Was heutzutage alles möglich ist, wundere ich mich. Was ist wohl all die Jahre im Drogenrausch alles an mir vorübergegangen? Der Zeichner fasziniert mich. Wie er ohne einen Stift zu nehmen mit dem Computer ein Bild entstehen lassen kann. Wieder und wieder verändert es sich. Es ist für mich wie ein Spiel. Der Beamte hat eine Engelsgeduld, er gestaltet Gesichter. Die Gesichtszüge verändert er unaufhörlich. Eckiges, schmales, fliehendes Kinn. Dicke, spitze,

214

breite Nase. Buschige, schmale Augenbrauen. Wenige, dann viele Haare, Halbglatze, kahl rasiert. Lippen, zusammengekniffen, voll, geschwungen, Mundwinkel hängend. Augen wie Schlitze, tiefliegend, vorstehend, rund.

Schleichend scheint sich unterdessen eine eisige Hand in meinen Nacken zu legen. Draußen! Gift! Wie kann ich nur davon loskommen, wenn allein das Wissen, dass ich draußen bin, die Sucht so dominant aufkommen lässt? Habe ich jemals jemanden getroffen, versuche ich mich zu erinnern, der sich aus den Klauen der Droge befreit hat? Natürlich nicht. Wenn jemand es geschafft hat, wird er unser Viertel meiden, und die, die nach dem Entzug wieder aufgetaucht sind, sind rückfällig geworden. Ich will nicht, aber das verdammte Sklaventum zwingt mich dazu, darüber nachzugrübeln. Es ist quälend. Gift zeigt mir, dass es mich weiterhin beherrscht. Der Zeichner fragt mich andauernd, was er verändern soll. Ohne nachzudenken, stimme ich seinen Vorschlägen zu oder lehne ab. Ich werfe ein, ich würde sofort wissen, wer der Perverse ist, wenn ich seine Stimme hören oder wenn ich ihn riechen würde. Allerdings kann ich weder seinen Stimmenklang noch seinen Geruch beschreiben. Dauernd wurden die Gesichter auf dem Bildschirm verändert, als urplötzlich...

"Das ist er!", kreische ich, als könnte mich das Bild anspringen. Angst, Todesangst überfällt mich, als könnte "er" den Computer verlassen, lebendig neben mir stehen. "Das ist er! Wirklich! Ja! Das ist er! Das ist er! Das...", schlage ich die Hände vors Gesicht. "Das ist das perverse Schwein!"

"Es ist gut, Melli. Es ist alles gut", legt Olaf seinen Arm um meine Schulter. "Du musst keine Angst haben. Der ist doch nicht wirklich da. Außerdem: Was soll dir schon passieren? Und selbst wenn, wir sind doch bei dir."

"Ja, das stimmt", habe ich mich auf der Stelle beruhigt, beuge mich vor und sehe dem Bild in die Augen. Von selbst höre ich mich sagen: "Die Augen, die Augen, die waren enger zusammen." Der Zeichner überträgt das kommentarlos. "Ja, genau", kann ich den Blick nicht abwenden. "Und irgendwas ist an seiner Nase. Was war da nur noch?", überlege ich laut. "Ich meine, eine Warze. Oder ein brauner Fleck. Irgendwas war doch da noch." Der Zeichner hört genau zu, skizziert hier und da ein Muttermal. "Ja, richtig! Halt!", scheint es für mich wie eine Erlösung. "Da war der Fleck, und der Mund, der war schmal und scharf geschwungen." Der Zeichner malt unter meiner Anleitung. "Und er war blond oder hatte blonde, volle Haare. Eine moderne Männerfrisur. Nicht zu modern. Ja, genau. Sein Augenausdruck ist zu sanft. Er hatte eisige, blaue Augen. Ja, genau!", starre ich schlussendlich auf das Phantombild und flüstere, als wäre das Bild in der Lage mitzuhören: "Das ist der Perverse. Genauso hat er ausgesehen. Das ist er..."

"Gut, Melli", lobt mich Hans Krohn, "sehr gut hast du das gemacht. Hochachtung! Dann werden wir das mal ausdrucken lassen." Es ist der reine Wahnsinn, total irrsinnig, ich habe verdrängt, wie der Perverse aussieht, hätte mich ums Verrecken nicht an ihn erinnern können - und dann, ein paar Striche, die Ähnlichkeit, und plötzlich kann ich ihn sogar detailliert beschreiben. Wer weiß, was noch alles nur darauf lauert, mir eines Tages ins Bewusstsein zu dringen? "Melli", holt mich Hans aus meinen Überlegungen. "Super, du warst ganz große Klasse. Du bist entlassen und eines muss ich dir sagen: Du hast dich so gut geschlagen. Wirklich sehr gut. Wir werden nun weiter ermitteln und dich dann wissen lassen, wie der Stand der Dinge ist, ja?", steht Hans auf und sein Gesicht erweckt in mir den Eindruck, als müsse er die Nacht durcharbeiten. Urplötzlich wird es hektisch. Die Dienststelle gleicht einem Ameisenhaufen. Beamte laufen rein und raus. Der dicke Hans Krohn fuchtelt mit den Armen durch die Luft, gibt Anweisungen, andauernd klingeln Telefone, Handys. Türen knallen. Es klingt so, als würden Mannschaften durch den Flur trampeln. Hans Krohn hebt noch entschuldigend die Hände, bevor wir blitzschnell von ihm verabschiedet werden. Als wir das Gebäude verlassen, hole ich tief Luft. Ich komme mir innerlich so aufgeräumt vor, meine Vergangenheit ist geordnet. Die schrecklichen Geschehnisse habe ich alphabetisch in die richtigen Schubladen getan, so dass mich momentan nichts, aber auch nichts belastet. Während wir im Auto sitzen und dann losfahren, genieße ich mein gutes Gefühl, den Erfolg, etwas geschafft zu haben, nämlich die Aussage. Außerdem konnte durch meine Angaben das Phantombild erstellt werden. "Melli?", werde ich aus meinen Gedanken gerissen. "Hier steigen wir aus. Wir haben noch etwas zu erledigen. Ich habe es dir vorhin gesagt, es geht ganz schnell."

Olaf ist dabei, den Wagen in eine Parklücke zu steuern. Währenddessen glaube ich meinen Augen nicht zu trauen, denn bis eben habe ich mich voll und ganz meinem Inneren hingegeben. Die Gegend, die wir entlanggefahren sind, habe ich, wenn überhaupt, nur schemenhaft wahrgenommen. "Was wollen wir hier?", erkundige ich mich ungläubig. "Olaf, was wollen wir am Bahnhof? Ich will nach Hause! Du hast es versprochen, oder? Oder willst du mich hier etwa aussetzen?"

"Melli, das würde ich doch niemals tun", amüsiert er sich über mich, "wieso sollte ich dich zurücklassen, wenn ich dich hier rausgeholt habe? Dann wäre doch alles umsonst."

"Das ist richtig, aber vielleicht", befürchte ich ängstlich, "hast du genug von mir. Vielleicht habe ich nicht genug Fortschritte..."

"Quatsch", schneidet Olaf mir das Wort ab und steigt aus. "Ich möchte dir etwas zeigen. Nämlich das, was du dir immer wieder selber gewünscht hast. Wir gehen nun gemeinsam in ‚unsere Straße', wie du dich immer ausdrückst, und wenn wir dort alles erledigt haben, dann fahren wir nach Hause." Total verunsichert klettere ich aus dem Auto, wage es nicht, mich umzusehen. "Bitte, darf ich deine Hand nehmen, Olaf?" Schon klammere ich mich an ihn. "Klar", grinst er mich an. Anschließend überqueren wir die Straße und gehen um die Ecke. Der Bahnhof! Der Platz davor! All das erscheint mir wie eine Fata Morgana. Einerseits wirkt das Bild, das sich mir bietet, fremdartig, andererseits - wie kann es auch anders sein? - ist es mir so sehr vertraut. Die Menschen, die sich wie eine endlose Schlange über den Vorplatz schieben, die Rolltreppe hinabsteigen. Dazu der typische Krach. Alles kommt mir vor wie eine Begleitung, die das Geschehen abrundet. Natürlich habe ich die Aussätzigen längst im Visier. Ich war doch eine von ihnen. Drogensucht, Suff, Kriminalität, käuflicher Sex, Obdachlosigkeit, so was schweißt die verstreut herumlungernden kleinen Cliquen zusammen. Manchmal lösen sich einzelne Gestalten, schlendern scheinbar ziellos umher, doch das scheint nur so. Ich meine nun sogar das Knacken einer Bierdose zu hören, weil ich beobachte, wie ein Junkie gegenüber gerade eine im Rinnstein zusammentritt. Das löst eine Welle der Erinnerungen in mir aus. Mein erbärmliches Dasein wird mir bruchstückhaft vor Augen geführt. Aber irgendwie hat die ganze Situation auch etwas von einem Wiedersehen. Kaum haben wir den Vorplatz rechts hinter uns gelassen, durchschreiten wir eine dunkle Gasse, wo der Gestank von Urin, Alkohol, Abfall zu den Überlebensabenteuern gehört. Flüchtig, dennoch intensiv steigen in mir Szenen auf. Ich durchblättere sozusagen ein Fotoalbum. Immerhin fühlte ich mich hier auch geborgen. Wir waren ja irgendwie eine Familie, auch wenn diese eigentlich der letzte Dreck war. Kinder hängen doch auch an ihrer Familie, selbst wenn sie einer Sucht verfallen und darum total verwahrlosen, lieben Kinder sie oft noch mehr als normal, da Kinder sich genötigt fühlen, ihnen zu helfen, sie vor Anfeindungen von außen zu schützen. Diese Familie. Der Abschaum. Dieses Dasein. Die Freier. Die Drogen. Das Neonlicht. All das, was dieses Viertel ausmacht. Depressionen. Auf dem Affen sein. Freier machen. Geld abziehen. "Zu" mit Drogen. Auf kurze Zeit damit abtauchen. Hin und wieder das "große Glück", genug Gift und einen Schlafplatz zu haben.

Oh - ich zucke zusammen -, irgendetwas hat sich in der Straße verändert. Der Weg, den ich immer vollgepumpt mit Drogen blindlings gefunden habe, führt nicht mehr dahin, wo er mich hinführen müsste. Als hätte jemand in der Zwischenzeit die Möbel in "meiner" Wohnung umgestellt. Denn als ich mit Olaf auf die Abkürzung zu unserer Straße zusteuere, starre ich auf eine Mauer. Unseren Durchgang gibt es nicht mehr. Zugemauert. "Scheiße!", fluche ich leise und führe Olaf außen herum. "Manchmal wundert man sich, dass man nicht wahrhaben will, dass vertraute Dinge verschwunden sind", kommentiert er meine Reaktion. "Das stimmt", gucke ich flüchtig auf und wir verschwinden um eine Hausecke. Versehentlich rempele ich jemanden an. "Entschuldigung..." Weitere Worte bleiben mir im Hals stecken, als ich das Mädchen vor mir betrachte, das in einer Nische lehnt. So spindeldürr, dass es mich nicht wundern würde, wenn sie jeden Augenblick in sich zusammenfällt. Leblos steht sie da. Doch es scheint nur so. Die toten Augen. Sie gehörten zu meinem Alltag. Das Mädchen, das sich wie entseelt gegen die Mauer lehnt, hat mich nicht mal wahrgenommen. Ich starre sie an, kann den Blick nicht von ihr lassen. "Jule! Jule!", erkenne ich sie urplötzlich. Die Droge hat sie hingerichtet. "Jule!", schreie ich ihr ins Gesicht. "Ich bin's! Melli! Melli! Melli! Mann! Verdammt! Das darf doch nicht wahr sein. Du weißt nicht mehr, wer ich bin? Jule!" Leiser füge ich hinzu: "Du erkennst mich nicht mehr? Ich bin's doch! Melli!" Endlich bewegt sich ihr Kopf und sie dreht mir ihn in Zeitlupe zu. Ihre Augen sind nun zwar auf mich gerichtet, aber sie sieht mich nicht wirklich an.

"Ey, sag mal", lallt sie, "kannst mir mal 'nen Zehner leihen? Kriegst morgen zurück! Bestimmt! Eh! Um die gleiche Zeit morgen! Eh?" Ich greife in meine Hosentasche und drücke ihr fünf Mark in die Hand. Mehr besitze ich nicht. Jule nickt, es scheint sogar ein Lächeln über ihr Gesicht zu huschen, während sie sich abwendet und den Platz verlässt. Ihre spindeldürren Beine tragen sie tatsächlich die Straße hinunter. Inzwischen horche ich in mich hinein. Fassungslos muss ich wegen Jules Verfassung nicht sein. Zugeballert. Ich weiß ja, was das Gift in einem Körper auslöst. Man nimmt nichts mehr um sich herum wahr. Allerdings, wenn man auf einen Dealer wartet... Da reißt mein Gedankengang. Ich erschaudere unwillkürlich, wie schnell das Gift von Jule Besitz ergriffen hat. Das war doch nicht anders zu erwarten. Dabei entdecke ich, dass ich all das, was ich hier sehe, mit anderen Augen sehe, aufnehme und sogar beurteile. Trotzdem muss ich die Begierde im Schach halten, mich erneut mit Gift zuzumachen. Meine Gefühle führen Krieg. Sucht gegen clean sein, bleiben! Gift? Der leichtere, aber meist tödlich endende Weg. Trotzdem habe ich mich hier in dem Viertel angenommen gefühlt. "Das hier war meine Familie", sage ich deshalb leise zu Olaf. "Meine Familie. Dennoch weiß ich nicht, seit ich ein Zuhause habe, ob, wenn ich das verliere, ich mich als Waise auf der Straße wiederfinden werde", halte ich inne. Weil es mir nicht hilft, mich in Selbstmitleid zu baden, schwenke ich um. "Olaf? Seit wann bin ich bei dir?"

"Vier Monate müssten das sein", erwidert er ganz ruhig, und ich spüre, wie ich mich an ihm festkralle. Dabei wird mir erst bewusst, dass ich mich absichtlich nicht umgesehen habe, während wir weitergegangen sind. So sehr hat mich mein Schicksal, das ganz eng mit dem Bahnhofsviertel verknüpft ist, aufgewühlt. Doch jetzt nehme ich allen Mut zusammen: Ich muss hinsehen. Ich werde den Anblick schon verkraften, immerhin habe ich begriffen. Das in unsere Straße fallende Licht erscheint mir ausgesprochen hell. Ich habe es viel finsterer in Erinnerung. Die Häuser, die Straße, die Steigen, die Kaschemmen hingegen, sie alle sind noch am gleichen Ort. Die Pächter, Eigentümer wechseln höchstens, geschlossen werden sie niemals. Es sei denn von Amts wegen. Die Mädchen, die Junkies, lehnen in gleicher Formation an den Wänden, in den Eingängen, vor den Steigen. Die typische Haltung. Sie stützen sich mit einem Fuß nach hinten an die Mauer ab. Als würde ich Verwandte besuchen, die ganz plötzlich unbekannt verzogen sind, so kommt mir alles momentan vor. Erschreckend! Ich kenne niemanden mehr. Die Neuen, die das Straßenbild bestimmen, reihen sich nahtlos ein. Deren Zustand ist derselbe wie bei uns. Drogensucht. Dazwischen die wenigen Freier, die typischen Cliquen aus dem Viertel, die "Geschäftsleute", die übersehe ich einfach. Allmählich begreife ich, was mit mir geschehen ist. Ich habe mich entfernt. Aus der Ferne muss ich mir alles noch mal genau betrachten. Aus sicherer Entfernung, weil ich mir eine psychische Mauer zugelegt habe - und dazu ist Olaf neben mir. Er lässt mich mit meinen Empfindungen allein. Wir haben ja kaum miteinander geredet. Er weiß sowieso, was in mir vorgeht. Ich werde ihn gleich fragen, woher er Uschi kennt und warum er gleich gekommen ist, als sie ihn meinetwegen angerufen hat. "Hier", bleibt Olaf stehen. "Hier warten wir nun." Mann, gibt der sich geheimnisvoll! Er hält mich am Arm fest. "Guck genau gegenüber in den Eingang. Ich kann nämlich zaubern", wirft er scherzhaft ein, "gleich wird Anika da erscheinen."

"Nein, wirklich?", kann ich gerade noch stammeln, bevor mir Tränen übers Gesicht laufen. Jemand hat eine Schleusentor in mir geöffnet. "Ach, Melli, wenn du weiter so heulst, kannst du doch gar nicht mit deiner besten Freundin reden", legt er den Arm um mich. Dabei schüttele ich zustimmend mit dem Kopf und ringe um Fassung. "Ich habe Anika vorhin von weitem beobachtet, als sie in der Absteige verschwunden ist", klärt mich Olaf auf. Seine Sachlichkeit hilft mir. "Dann macht sie einen Freier!", werfe ich hastig ein. "Aber unsere Steige ist doch da weiter unten. Wieso geht sie hier rein? Das gehört doch den Albanern!" "Das kannst du sie gleich selber fragen, Melli." Olaf drückt mir ein Taschentuch in die Hand und während ich mir die

Tränen aus dem Gesicht wische, schlage ich schnell vor, um mich abzulenken: "Olaf? Wollen wir Uschi nachher auch noch besuchen?"

"Uschi?", blickt er mich bedeutungsvoll an. "Die gibt es hier nicht mehr. Sie ist pleite. Du weißt ja, dass sie oben in der Kneipe gewohnt hat. Nun musste sie da raus und wäre beinahe obdachlos geworden. Im letzten Augenblick ist sie in einem Frauen-Wohnheim untergekommen."

"Weißt du wo?", erstirbt mir der Ton im Hals. Anika! Sie kommt aus der Steige und schwankt. Mein Gott! Was ist aus ihr geworden? Wie sieht sie nur aus? Ich laufe zu ihr hinüber. "Anika?", will ich sie umarmen, aber sie weicht mir aus. "Eh, Melli? Was willst du denn noch? Du hast unsere Freundschaft verraten! Wir wollten immer zusammen sein. Wir wollten immer aufeinander aufpassen. Und auf einmal warst du weg! Wo warst du? Du hast mich im Stich gelassen! Was willst du jetzt noch?", keift sie. Wie gelähmt stehe ich da. Die Haare sind ihr ausgefallen. Dünne Strähnen hängen auf die spitzen Schultern. Ihre Kopfhaut schimmert durch. Anikas Gesicht ist eingefallen, schwarze Schatten umrahmen ihre Augen.

Ihre Haut ist übersät mit nässenden Flecken. Wahrscheinlich hat sie am ganzen Körper Ekzeme. Mir scheint, als hätte sie noch mehr an Gewicht verloren, was eigentlich nicht möglich ist. Schließlich war sie, als ich sie das letzte Mal gesehen hatte, bereits nur noch Haut und Knochen. Allerdings kommt mir das nur so vor, weil ich solange weg war von ihr. Die komplette Gegend ist mir gar nicht mehr geläufig. Anika - ein Anblick, den ich nie vergessen kann, wie so vieles nicht, was dieses Dasein in diesem

Viertel betrifft. "Was willst du noch von mir?" Die ganze Zeit über hat sie mich schon beschimpft. "Wir haben uns geschworen, immer füreinander da zu sein. Und du...?"

"Wollen wir eine rauchen?", falle ich ihr ins Wort, halte ihr die Zigarettenpackung hin, die ich wohl automatisch bei Hans Krohn eingesteckt habe. Wenigstens das nimmt Anika an. "Weißt du?", kauert sie sich auf die Stufe. So haben wir oft zusammen gesessen. Automatisch hocke ich mich dazu. "Ob der Mörder von Tanja gefasst worden ist?", wundert es mich, dass die schreckliche Tat sie noch bewegt. "Nein, ist er nicht. Doch ich habe heute bei der Polizei eine Aussage gemacht", erwidere ich und hefte, wie ehemals gewohnt, den Blick vor mir aufs Pflaster. Männerbeine schlendern vorüber. Die Füße verharren, setzen sich in Bewegung. Freier! Schnell ziehe ich, um meine Ablehnung zu signalisieren, die Knie bis an die Brust und schlinge die Arme darum, lege den Kopf schief darauf und blicke Anika an. "Ich habe dich nicht verlassen, Anika", beschwöre ich sie und schildere ihr, wie ich in die Klinik gekommen bin, dass Olaf mich mit unserem Wiedersehen überraschen wollte - und ich stelle klar, wie viel Anika mir doch bedeutet.

Obwohl ich neben ihr sitze, bin ich weit weg von hier. Wohl, weil ich fest darauf vertraue, das verdammte Gift besiegt zu haben - ein Gefühl, das jederzeit schnell umschlagen kann. "Bleibst du jetzt hier, Melli?", begreift Anika die Zusammenhänge gar nicht, zieht an ihrer Zigarette, die sie zwischen Daumen und Zeigefinger dreht. "Wir machen noch ein paar Freier. Dann nehmen wir uns ein Zimmer und machen uns richtig zu. Jetzt, da du wieder da bist, merke ich, wie sehr ich dich vermisst habe." Eine Woge der Zuneigung strömt mir entgegen. Gleichzeitig weiß ich, dass ich nie wieder in dieses Viertel zurückkehren werde. Anika hat nach meinem Verschwinden nie mehr an mich gedacht. Erst in diesem Augenblick wieder. "Hast du Zeit?", höre ich eine Männerstimme über mir fragen. Schlagartig springe ich auf. Ein Freier! Oh nein! Nein! Nein! Ich flüchte mich auf die andere Straßenseite, zu Olaf. Anika hält mich nicht mal zurück. Macht keinerlei Anstalten, mir zu folgen. Im Gegenteil: Vielmehr beobachte ich, wie sie den Kopf mit einer Strohblonden zusammensteckt. Das ist die typische Haltung, in der man Drogen kauft, weitergibt. Anschließend wechseln blitzschnell ein Packen und Geldscheine den Besitzer. Beide verschwinden jeweils in die andere Richtung. "Habt ihr euch nichts mehr zu sagen?", erkundigt sich Olaf. Mir bleibt nichts anderes übrig, als hilflos mit den Schultern zu zucken. Ich finde keinen Ausdruck, um mein Wohlgefühl zu beschreiben, bei Olaf zu sein, von ihm an die Hand genommen zu werden. Gemeinsam verlassen wir die Straße. Die Droge, ist mir soeben dank Anika deutlich geworden, macht nicht nur den Körper, sondern auch die Seele, die Gefühle kaputt. Jede menschliche Beziehung zerbricht, damit das Gift ohne Gegenwehr im Körper wüten kann. Schließlich steigen wir ins Auto und ich bekomme die Vision: Unsere Straße ist ein Drogenfriedhof - und ich will noch nicht begraben werden.

Auf der Rückfahrt bin ich von dem heutigen Abenteuer dermaßen überwältigt, dass ich den vielen Erlebnissen erst nach und nach Bedeutung geben kann. Die Polizei, die Aussage, das Phantombild, zuletzt der Abstecher in diese Welt, in unsere Straße, das Bahnhofsviertel. Wie ein Andenken habe ich noch den gewissen Gestank in der Nase. Widerlich, und trotzdem löst er ein gewisses Heimweh in mir aus. Anika! In ihrer schrecklichen

Verfassung kann sie mich gar nicht mehr vermissen. In ihrem mit Drogen verseuchten Gehirn ist kein Platz mehr. Anika will eine Zweckgemeinschaft: Geld anschaffen und Gift konsumieren... "Melli?", bin ich dankbar, dass Olaf mich aus meinen Grübeleien reißt. "Ja", erwidere ich und werfe ihm einen Blick zu. Er ist wirklich ein Mensch, und dann auch noch ein Mann. So einen Menschen habe ich noch nie getroffen. Wo denn auch? "Du hast heute Sensationelles vollbracht", streicht er flüchtig meine Wange. "Erst beim LKA. Dann wusstest du nicht, dass ich mit dir Anika besuchen wollte. Ich habe sie extra neulich beobachtet, um in Erfahrung zu bringen, welche Steige sie benutzt. Ja, ich dachte, du wärst inzwischen stark genug geworden. Um dir deinen Alltag vor Augen zu führen, wie jahrelang war, nämlich die grausame Realität. Statt das erste Mal verknallt zu sein, hast du Drogen genommen und angeschafft. Letztlich ist es so gekommen, wie es gekommen ist. Daran kannst du nichts ändern. Damit musst du leben, irgendwie. Und du bist der Mensch, der die Entscheidung für dein Leben in der Zukunft trägt."

"Ich weiß, ich weiß. Ich weiß, ohne Drogen", antworte ich, indes ich noch die Zärtlichkeit von Olaf, als er meine Wange gestreichelt hat, genieße. Das gibt mir soviel Kraft. Ich muss mir jemanden suchen, der das übernimmt, wenn Olaf nicht mehr zur Verfügung steht. "Olaf, ich möchte dich etwas fragen? Was hast du mit dem Bahnhofsviertel zu tun? Und woher kennst du Uschi?"

"Uschi", antwortet er mir prompt, "Uschi war auch mal auf Droge, ist dann auf Alkohol umgestiegen. Wir sind uns zwangsweise begegnet, wenn ich sie mal wieder nach einer Überdosis ins Leben zurückholen musste. Ich war noch ein junger Arzt, war ehrgeizig, wollte Karriere machen. Weil ich irgendwann den Druck, das Elend der Patienten nicht mehr ausgehalten habe, habe ich angefangen, Beruhigungsmittel zu schlucken. Ja, und dann war ich, wie ihr es ausdrückt, auch irgendwann drauf. Ich habe den Job verloren, weil ich in meinem Tran ein Medikament verwechselt, es einem Patienten gespritzt habe. Der ist danach gestorben. Die Klinik hat das bis heute vertuscht. Ich bin nie dafür zur Rechenschaft gezogen worden, nur fristlos entlassen. Mit dem Rausschmiss bin ich fertig geworden. Aber dass ein Mensch durch meine Hand gestorben ist, damit nicht. Schließlich hat es mich auch in eine Kaschemme an den Bahnhof getrieben. Ich habe gesoffen, Tabletten genommen. Dabei habe ich Uschi wiedergetroffen. Zwei Gestrauchelte, die sich gefunden hatten. Mir war klar, dass das nicht so weitergehen konnte. Ich habe dann eine Therapie gemacht und allem abgeschworen. Und einer wie ich, Arzt, der selbst einer Sucht verfallen war, hilft man anderen Abhängigen den Ausstieg zu finden. Darum arbeite ich in der Klinik für Suchtkranke. Seit genau 15 Jahren. Hin und wieder lasse ich mich auch für den ärztlichen Notdienst einteilen. Der Kontakt zu Uschi ist nie ganz abgebrochen. Manchmal hat sie mich nur so mal angerufen und wie bei dir bin ich gekommen, wenn es sich um einen Notfall gehandelt hat. Die Mädchen - jedes hatte ja seinen Grund, warum man keinen Notarzt hinzuziehen wollte. - Siehst du, Melli?", seufzt er. "Alle Menschen haben ihre Geschichte, mit der sie leben müssen."

"Hast du eine Frau?", erkundige ich mich, anstatt auf seinen Einblick in die Vergangenheit einzugehen. Ähnliches habe ich sowieso vermutet. "Hatte ich. Ich bin geschieden, weil meine Frau mit dem unregelmäßigen Leben nicht mehr einverstanden war. Nachtschicht. Dann der Vorfall in der Klinik. Keine Arbeit mehr. Tablettensucht. Suff. Dann war Schluss. Verständlicherweise, aus heutiger Sicht. Nur damals hätte ich mir gewünscht, wir hätten es gemeinsam durchgestanden." Er hat es sachlich erklärt. Ein Mensch, der sein Versagen zugibt, die Folgen verarbeitet hat. Ihm ist nichts Menschliches fremd. Heute wäre ihm eine Frau sogar im Wege. Er geht doch für seine Patienten durchs Feuer, was man allein daran erkennen kann, wie er sich heute mit mir beschäftigt hat. Das braucht normalerweise kein Arzt zu tun. Darum fühle ich mich geradezu genötigt, ihm zu sagen: "Olaf, du bist der beste Mensch, den ich je getroffen habe. Hoffentlich kann ich irgendwann ohne dich sein."

"Doch, du kannst sehr gut ohne mich leben", ignoriert er mein Kompliment, "die Welt steht dir offen. Aber das wirst du erst erfahren, erfassen können, wenn es soweit ist." Ich nicke zustimmend, während ich etwas anderes von ihm wissen möchte: "Fühlst du dich nicht einsam ohne eine Frau, die dich liebt? Ich weiß ja auch nicht, was das ist, denn ich habe ja mit den Drogen auf Gedeih und Verderben zusammengelebt, und der Auslöser, was mich betrifft, mit meinem Stiefvater und so, davon weißt du ja bereits..."

"Ich weiß, klar, aber darüber haben wir ja ausführlich geredet. Nun zu deiner Frage: Nein, ich fühle mich nicht einsam", lächelt er. "Ich habe doch euch alle und ich bin glücklich, wenn einer von euch den Teufelskreis Droge für immer durchbrochen hat, auch wenn es oft nur eine Illusion bleibt. - Nun gut...", schmunzelt er plötzlich. "Verlieben? So was kommt ja immer unverhofft, wenn man nicht damit rechnet." Ich nicke. Liebe. Wenn man nicht damit rechnet. Liebe muss schon etwas sein, was einen von den Füßen reißt. Ich wäre schon neugierig, weil alle es erlebt haben, auch leiden, wenn die Liebe vorbei ist, es doch einmal zu erleben. Einmal die Liebe erleben...

Den Rest der Fahrt hängen wir unseren Gedanken nach.

Die Klinik hat mich wieder aufgenommen. Ich krieche zurück in den warmen, schützenden Mutterleib. Während wir durch die Flure gehen, die Türen sich hinter uns schlie-ßen, könnte ich alles umarmen - und als ich die Tür meines Zimmers öffne, eintrete, sie schließe, ist mir so, als hätte ich die Burgbrücke über einen Wassergraben hochgezogen. Niemand kann mir folgen, mich verfolgen, mir ein Leid zufügen. Wenn ich doch nur für immer hier bleiben könn-te...

Draußen hängen dicke Regenwolken. Der Tag im September ist so dunkel wie meine Psyche. Dazu fühle ich eine schreckliche Leere in mir, während ich meine Sachen in eine Reisetasche packe. Mehrmals bin ich Olaf um den Hals gefallen, habe geheult, hier bei ihm bleiben zu dürfen, doch er verneinte konsequent. Es hat ihm nichts ausgemacht, dass ich ihn als herzlos beschimpfte. Trotzdem hat er mir die Nummer seines Handys gegeben. Niemand will mich bei sich behalten. Niemand. Ich bin es nicht wert. Diese Anklage, das weiß ich genau, ist ungerecht. Mich beschleicht ein schlechtes Gewissen, mich so aufgeführt zu haben. Ich wusste doch von Anfang an, dass ich nicht auf alle Ewigkeit in der Klinik verweilen könnte. Außerdem haben sie hier alles für mich vorbereitet. Damit ich nicht wirklich auf der Straße stehe, haben sie sogar dafür gesorgt, dass ich eine kleine Wohnung bekomme, die das Sozialamt bezahlt. Ich habe jetzt sogar einen festen Wohnsitz. Ein riesiger Erfolg. Doch... aber... ich habe solche Angst vor dem Draußen!

Wenn sich die Tür der Klinik hinter mir schließen wird, wird es für mich den Anschein haben, als würde sich ein riesiger See mit Haifischen vor mir auftun und ich müsste ihn durchschwimmen.

Der Abschied war tränenreich. Olaf versuchte mich zu trösten. Ein unmögliches Unterfangen. Auch als er auf mich einredete, ich könne auf das, was ich bis jetzt geschafft habe, stolz sein, habe ich bockig reagiert. Dass ich keinen Neuanfang will, plärrte ich. Dass alles gut sein würde, wenn ich hier bleiben kann. Schließlich verfrachtete er mich wortlos in ein Auto. Ich weinte bitterlich, während mich eine Krankenschwester mich zu einer Station brachte und mich in den Zug setzte. Kaum fuhr der Zug los, da dachte ich andauernd: Nun bringe ich mich um. Ich stürze mich aus dem Abteil. Dann würde Olaf vor seinen Schuldgefühlen, mich gegen meinen Willen einfach weggeschickt zu haben, keine Ruhe mehr finden. Ich war froh, dass Olaf diese meine Gedanken nicht erahnen konnte. Oh doch, eigentlich hat er doch immer gewusst, was in mir vorgeht. Wie ein kleines, bockiges Kind habe ich mich aufgeführt. Wenigstens habe ich mich nach dieser Erkenntnis einigermaßen in den Griff bekommen, denn die ersten Schritte im Draußen habe ich wider Erwarten unbeschadet überstanden.

Jetzt gehe ich durch alte, schmale Straßen. Ein Bezirk, am Rande der Stadt. Die wenigen Passanten nehmen mich kaum wahr, obwohl ich mir im Zug eingebildet habe, man könnte mir ansehen, wo ich herkomme, mein Vorleben, der Klinikaufenthalt wäre mir ins Gesicht geschrieben, wie ein offenes Buch. Den Kopf zwischen die Schultern eingezogen kauerte ich die ganze Zeit auf dem Sitz. Als mir niemand Beachtung schenkte, war ich beinahe enttäuscht. Ich ging in der Menge der Fahrgäste unter, wobei ich doch immer eine von ihnen sein wollte. Nun bin ich es. Dennoch macht mich das nicht zufrieden. Erst nun, da ich vor dem dunklen, alten, dreistöckigen Mietshaus angekommen bin, bin ich froh. Ich steige die knarrenden Holztreppen ganz hinauf. Mir zieht Geruch von Essen in die Nase. Hier und da höre ich aus anderen Wohnungen Musik, Geräusche von einem laufenden Fernsehgerät, Stimmen. Eine Kinderkarre steht im Flur. Ich bin da. Ganz oben. Mein Name prangt sogar schon auf dem Klingelschild. Ich fasse den Drücker der, meiner Wohnungstür an, stecke den Schlüssel ins Schloss. Dabei spüre ich vor Aufregung mein Herz klopfen. Einmal habe ich die Räume gesehen. Einmal. Egal, wie und in welchem Zustand die Wohnung gewesen wäre, eine, die obdachlos ist, kann nur begeistert sein. Die eigenen vier Wände, das Gefühl von Luxus, das ich nicht in Worte fassen kann. Wie ich nun aufschließe, die Tür öffne, sie hinter mir ins Schloss drücke und abschließe, stürmt ein unbeschreibliches Gefühl von Freiheit auf mich ein. Als hätte ich allen Ballast abgeworfen. Aber schon kriecht die Angst in mir hoch: Was mache ich hier nur die ganze Zeit? Allein? Mir schießen so viele Gedanken durch den Kopf, dass ich keinen weiter verfolgen kann. Derweil gehe ich durch das kleine Wohnzimmer, die Küche, das winzige Schlafzimmer und auf einen Balkon, der an einen Schuhkarton erinnert. Die Wohnung hat etwas von einer Puppenstube. Anheimelnd - weitab von dem schrecklichen Geschehen in dem Viertel, wo ich meine Jugend, na ja, beinahe meine Kindheit verbracht habe. Ich will auch nicht mehr darüber nachgrübeln. Vielmehr bin ich zu Tränen gerührt, weil ich in der Küche eine Schale entdecke, mit Süßigkeiten, Obst und einer Karte, mit lieben Grüßen von Olaf.

Mir wird bewusst, dass er für alles hier gesorgt hat. Für das Sofa im Wohnzimmer, das Bett, die Bettdecke, sogar ein Teddy sitzt auf dem Kopfkissen. Gegenüber steht ein kleines Fernsehgerät. Olaf. Er hat sich Gedanken über mich gemacht. So etwas ist mir in meinem Leben noch nie widerfahren. Es macht mich nicht nur sprachlos, ich traue mich gar nicht, das alles anzunehmen. Menschen wollen, dass es mir gut ergeht, haben mir liebevoll den Weg bereitet. Irgendwie wage ich es nicht zu glauben, doch es ist die Wirklichkeit. Ich bin überwältigt. Mir etwas schenken zu lassen, das muss ich lernen. Wer das wohl alles bezahlt hat? Sofort beschleicht mich ein schlechtes Gewissen, aber es ist für mich. Das sollte mein Selbstbewusstsein heben.

Stattdessen kämpfe ich mit dem Gefühl, es nicht wert zu sein. Ich öffne den Kühlschrank. Er ist gefüllt. Auch dafür hat Olaf gesorgt. Ich nehme mir etwas zu essen, lasse den Fernseher laufen, hocke mich aufs Bett. Meine Ration Tabletten für heute Nacht habe ich auf das Tischchen daneben gelegt. Im Gegensatz zu meinen Anfangszeiten ist sie minimal geworden. Plötzlich durchströmt mich ein Gefühl der Wärme, Geborgenheit. Ich lehne den Kopf zurück und lasse meinen Blick aus dem Fenster schweifen. Wipfel der Baumkronen wiegen sich im Wind. Der Schutz meiner Wohnung. Der Blick in die Natur. Die Gesellschaft des Fernsehbildes. Die schönen, wie es für mich scheint, erfolgreichen Moderatoren. Ich überlege, wie mein Leben wohl verlaufen wäre, wenn ich einen normalen Weg - ohne all die grausigen Erlebnisse, die Drogen - hätte einschlagen können. Ich träume.

Alles um mich herum erscheint mir wie ein Traum. Morgen werde ich aufwachen und wissen, nicht geträumt zu haben. Die Realität klopft mir auf die Schulter und mir wird auf einmal klar, dass ich, was es auch immer für mich bedeuten wird, ein neues Leben anfangen muss.

Drei Monate sind inzwischen vergangen. Ich bin unbändig stolz auf mich, sie so gut überstanden, sogar Behördengänge erledigt zu haben. Ich bin nun in meiner Wohnung polizeilich gemeldet - und es kam mir wie eine Auszeichnung vor, als man mir meinen Personalausweis aushändigte. Danach wurde ich nach schriftlicher Aufforderung beim Sozialamt vorstellig. Völlig unerwartet waren die Mitarbeiter dort sehr nett. Die Miete und der Strom werden weiterhin direkt überwiesen. 450 Mark habe ich im Monat bar zur Verfügung. Ob das wenig oder viel ist, weiß ich erst jetzt, denn ich hatte ja nie zuvor einen eigenen Haushalt, musste nie für Lebensmittel sorgen, einkaufen gehen. Nach meinen Berechnungen komme ich mit dem Geld noch eben so hin, rauche in Maßen, drehe mir Zigaretten. Das Sozialamt war mir unangenehm, allerdings aus anderen Gründen. Den dort Wartenden stand die soziale Not ins Gesicht geschrieben. Erinnerungen wurden wach an das Bahnhofsviertel, und auch daran, dass ich mich dort angenommen fühlte. Hier habe ich zu niemandem menschlichen Kontakt. Andererseits ist meine Gemütsverfassung sehr stabil. Gift spielt sich nicht mal mehr ansatzweise in den Vordergrund. Zwar nehme ich noch Tabletten, habe aber das Gefühl, ich könnte mich von den Krücken befreien. Zudem gehe ich viel spazieren, jeden Tag durch einen kleinen Park. Ich würde so gerne mal mit jemandem sprechen, doch ich habe auch Angst vor den Menschen hier. Angst, mich zu unterhalten. Ich werde auch das lernen müssen. Ich habe eben keine Freunde, die ich lange kenne, die ich anrufen könnte, keine Verwandten. Meine Mutter ist für mich gestorben.

Nur wenn ich wirklich mal mit einem Menschen ins Gespräch käme, müsste ich mein dunkles Geheimnis für mich behalten. Dabei besteht meine Vergangenheit doch nur daraus. Die Gegenwart ist, als würde ich in die Fremde gezogen worden sein. Politik, Gesellschaft, Kunst, Musik. Ich weiß gar nichts von den Geschehnissen im Alltag, eventuellen Skandalen. Dazu könnte ich nichts beitragen. Wenn ich ehrlich bin, kann ich mich zu keinem Thema äußern. Ich bin dumm. Jawohl. Wenn es wirklich zu einer Unterhaltung kommen würde, könnte ich zuhören. Wenn ich etwas zu berichten hätte, dann lediglich von der Straße. Welcher Mensch aus dem Vorort einer Großstadt, halte ich mir vor

Augen, würde schon begreifen? Und noch viel schlimmer: Wer würde mich tolerieren? Die Menschen müssten alles falsch verstehen, weil es nicht anders möglich ist, und würden dann mit Fingern auf mich zeigen. Ich wäre wiederum eine Aussätzige - und das will ich keinesfalls sein! Ich lese viele Zeitungen, Zeitschriften. Weil ich wissen und nicht einfach so in den Tag hineinleben will. Vielleicht könnte ich mir irgendwo Arbeit suchen. In all meinen Eindrücken und Überlegungen ist Olaf immer bei mir. Immerhin konnte ich mich ihm bedingungslos anvertrauen - und das ist es, was ich so sehr vermisse. Auf der anderen Seite habe ich mich hier auch schon ein wenig eingelebt. Die Nachbarn grüßen mich. Darauf bin ich stolz. Ich grüße dann freundlich zurück. Das streichelt meine Seele und zeigt mir: Ich bin "jemand".

Neulich habe ich von einer Telefonzelle aus versucht, Olaf in der Klinik zu erreichen. Fehlanzeige. Sein Handy war abgeschaltet. Vielleicht will er seine Ruhe haben oder hatte gerade ein Gespräch. Beinahe bin ich eifersüchtig auf die Patienten, die er nun so betreut wie er mich betreute. Wenn ich mich bei solchen Gedanken ertappe, beschimpfe ich mich als undankbar. Ich kann doch nicht einen Arzt besitzen wollen, nur weil er der erste Erwachsene und auch noch ein Mann ist, der mein Vertrauen gewonnen hat. Nein, daran will ich nicht mehr denken. Man sollte auch mit etwas abschließen können. Doch das geht nicht so einfach, zu viel ist geschehen. Es wird mir noch sehr oft so gehen, dass die Vergleiche, die ich damals ständig anstellte, hochkommen. Das ist ja meine Vergangenheit, und andere berichten auch von früher. Der Unterschied ist eben: Ich kann mit niemandem über damals reden. Aber ich habe mich vor kurzem in der Schule angemeldet. Ich möchte wenigstens meinen

Hauptschulabschluss nachholen und auch endlich einen geregelten Tagesablauf haben. Geregelt. Ich darf nicht anfangen herumzuhängen. Ich muss mich disziplinieren. Montag ist mein erster Schultag. Ich habe mir inzwischen überlegt, ob ich mir für meine Wohnung einen Telefonanschluss bestelle. Dann wäre ich nicht mehr auf eine Telefonzelle angewiesen und müsste nicht von dort aus versuchen, Olaf zu erreichen. Aber ich habe Angst, dass ich das nicht bezahlen kann, weil es vielleicht zu teuer ist. Außerdem: WIE soll ich das bezahlen? Ich weiß doch gar nicht, wie ich ein Bankkonto eröffne. Klar, das weiß normalerweise jeder, aber ich habe es schließlich nicht gelernt. Man würde mich bestimmt fragen, ob ich einen Beruf erlernt habe. Was soll ich darauf antworten? Na ja, deshalb lasse ich mir die Sozialhilfe per Postanweisung schicken. Ich muss halt erst in meine Selbständigkeit hineinwachsen. Mir kommt es manchmal so vor, als würde ich erst jetzt laufen lernen. Langsam, Schritt für Schritt. Und nur nicht stolpern oder gar stürzen.

Mein erster Schultag! Die Nacht habe ich vor Aufregung kaum geschlafen und als mein Wecker klingelt, bin ich hellwach. Schnell ziehe ich mich an, gucke dabei dauernd zur Uhr. Eine halbe Stunde muss ich zu Fuß zurücklegen. Das weiß ich, weil ich den Weg vorher probehalber abgegangen bin. Ich hätte auch den Bus nehmen können. Das ist mir aber zu teuer. Wirklich: Ich habe gelernt, jeden Pfennig umzudrehen. Ich verlasse das Haus um halb acht und gehe die Straße hinunter. Es ist kalt und nass. Aber ich bin nicht allein. Viele machen sich auf den Weg zur Arbeit. Ihre Gesichter sind meist muffig, sie hasten zum Bus, steigen in Autos. Ich warte an einer roten Ampel, Wind bläst mir ins Gesicht. Wenn es kälter wird, müsste ich auch wärmere

Kleidung haben. Ich gehe weiter. Zügig. Nach einer Zeit kann ich das Schulgebäude von weitem sehen, doch als ich davor angekommen bin, stocke ich unwillkürlich. Kinder toben herum. Sie wirken auf mich alle so kerngesund, fröhlich, sind gut gekleidet - wie aus einem Werbefilm. Nach einigem Zögern muss ich wirklich allen Mut zusammennehmen, um da hineinzugehen. Die Flure, Türen, die sich aneinander reihen, vermitteln mir etwas von einem Amt. Die Schule ist ja auch eine Behörde, deren Erwartungsdruck man zu erfüllen hat. Das ist etwas, was mir augenblicklich den Hals zuschnürt. Dennoch schaffe ich es sogar mich durchzufragen. Ich lasse meinen Blick schweifen. Am Ende des Flures kann ich einen Pulk Personen ausmachen. Haltung, Gesichter, Kleidung sind mir vertraut. Verlierer. Wir erkennen uns auf den ersten Blick. Ich stelle mich dazu, aber abseits. Es riecht nach Bohnerwachs. Die Geräusche vom Schulhof dringen bis hierher. Irgendwie erinnern sie mich auch an meinen Unterricht. Damals. Soweit lasse ich die Gedanken nicht kommen, ich bin abgelenkt. Ein schlaksiger Mann kommt aus einer Tür, bittet uns in ein Klassenzimmer. Zäh setzt sich die Gruppe in Bewegung. Keiner will der erste Eintretende sein.

"Mein Name ist Kurt Greter. Nur hereinspaziert", stellt sich der Lehrer fröhlich vor, will uns wohl die Scheu nehmen, "bitte, meine Damen und Herren, dann nehmen Sie doch Platz, wo Sie möchten." Er schließt die Tür hinter sich und lehnt sich an einen Schreibtisch. Dahinter ist eine Tafel. Greter sieht aus, wie man sich einen Lehrer vorstellt. Dünn, einen krummen Rücken, fusselige, graue Haare, zusammengekniffene Lippen. Er trägt eine schlechtsitzende Jeans, eine Jacke, die er wahrscheinlich von einem Dicken geschenkt bekommen hat. Vielleicht, mutmaße ich nun, ist er ganz nett. Seine Augen wirken lebendig. Als sich "auch ein Freier" in mein Bewusstsein schieben will, lasse ich es nicht zu und blicke stattdessen um mich. Ich setze mich weit nach hinten und stelle fest, als ich die anderen beobachte, dass die genauso unsicher sind wie ich. Das gibt mir Sicherheit, Auftrieb - und plötzlich bin ich sogar richtig glücklich, zum ersten Schultag pünktlich erschienen zu sein. Es ist später Vormittag, als wir entlassen werden. Heute sollten wir uns nur kennenlernen und hier zurechtfinden. Wir sind ungefähr zwanzig Frauen und Männer unterschiedlichen Alters. Zuerst sagten wir alle unsere Namen. Es war schwer für mich in so einer Klasse vor allen den Mund aufzumachen, aber es hat geklappt. Währenddessen bekamen wir unsere Schulunterlagen ausgehändigt. Herr Greter berichtete lokker über das kommende Schuljahr. Ich versuchte, als er so erzählte, an den Gesichtern zu erraten, was sie so weit vom normalen Weg abbrachte, den Hauptschulabschluss so spät nachmachen zu müssen. Natürlich sind sie alle von etwas gezeichnet, ansonsten wären sie nicht hier. Einigen ist deutlich die Drogensucht an den Augen abzulesen. Die dafür typische Leere ist geblieben.

Trotzdem fühle ich mich wohl, dazuzugehören, und als bei Schulschluss sich einige mit den Worten "Bis Morgen" verabschieden, vermittelt das viel von Gemeinschaft. Mein Gott, wird mir auf dem Rückweg klar, wie sehr ich mich danach sehne, in die Gesellschaft eingegliedert zu werden. Erstaunlich, wie ich mich und mein Umfeld durchschaue. Ja, hoffentlich sind mir meine Gedanken, Überlegungen nicht jetzt auch noch im Wege. Auf dem Rückweg könnte ich übermütig den Gehweg entlang hüpfen, bis zu diesem Punkt alles allein für mich geregelt zu haben. Als ich gerade durch die Straße gehe, in der ich wohne, höre ich eine mir vertraute Stimme rufen: "Melli! Melli! Hallo, Melli!" Wie angewurzelt bleibe ich stehen. Olaf! Das setzt meiner guten Laune die Krone auf. Mein Herz hüpft vor Freude. Blitzschnell drehe ich mich in die Richtung um, woher die Rufe erklangen. Da! "Olaf? Das glaube ich nicht! Das glaube ich nicht! Olaf, Olaf!", kreische ich, renne, so schnell ich kann, auf ihn zu und werfe mich in seine Arme. "Olaf!", kuschele ich mich an ihn. "Olaf! So eine Überraschung, dass du hier auftauchst. Und das ausgerechnet heute. Nie, nie, nie hätte ich damit gerechnet!"

"Nein, das solltest du auch nicht", lacht er, schiebt mich von sich und ergreift meine Hand. "So, Melli! Nun zeigst du mir deine Wohnung."

"Olaf", ich gucke ihn an, während wir auf das Haus zugehen, "ich möchte mich bei dir bedanken. Du hast alles so schön für mich eingerichtet."

"Nicht ich", schmunzelt er beim Betreten des Hauses, als wir die Treppe hinaufschreiten, "aber wir haben einen gemeinnützigen Verein. Die helfen solch kleinen Mädchen wie dir, Melli. Kleinen Mädchen, die es verdient haben. Solchen wie dir." Einerseits ist es mir peinlich, dass er so lieb zu mir ist, andererseits kann ich vor Rührung die Tränen nicht zurückhalten. Ganz schnell laufe ich die letzten Stufen nach oben. "Na, Melli", höre ich Olaf hinter mir, "das sind Freudentränen. Schäme dich dessen nicht. Das macht uns beide glücklich."

"Das stimmt. Stimmt. Ich bin so überrascht, dass du auf einmal vor mir stehst. Ich hatte dich angerufen, aber du bist nicht rangegangen." Ich höre die Stufen knarren. "Das passiert, wenn man so sehr beschäftigt ist wie ich. Nimm es bitte nicht persönlich", erwidert Olaf und steht schon hinter mir an der Wohnungstür. Ich drehe mich um und lache ihn an: "Herr Doktor, darf ich Sie hereinbitten? Seien Sie doch bitte mein Gast", und während ich das ausspreche, überlege ich, was ich ihm anbieten könnte. "Ich möchte dich nach der Besichtigung deiner Räume zum Essen einladen", kann er schon wieder meine Gedanken lesen. "Super! Super!", bin ich ganz außer mir. "Das kommt mir vor, als wäre Weihnachten. Nie im Leben hätte ich damit gerechnet, dass du mich besuchst und dass wir auch noch zusammen essen gehen", schließe ich die Tür auf und mache eine einladende Handbewegung. "Danke." Er geht hinein. "Gemütlich hast du's hier." Seine Blicke fahren durch den Raum. "Das wundert mich aber, du bist ja ganz ordentlich."

"Ich lebe auch nicht mehr auf der Straße", entgegne ich schnippisch, weil ich nicht gedacht hätte, dass er annehmen könnte, ich wäre schon wieder dabei unterzugehen. "Es gibt auch andere Patienten. Da geht alles, aber wirklich alles nach hinten los", erklärt er seine Feststellung, um sofort das Thema zu wechseln: "Oh, und nun lass uns gehen. Ich weiß nämlich, dass du deinen ersten Schultag hattest..."

"Vorher?", unterbreche ich ihn verdattert. "Lässt du mich bespitzeln?"

"Nein", lächelt er mich an, streichelt flüchtig meine Wange, "aber glaubst du, ich lasse dich hier ganz allein auf dich gestellt? Wenn irgendwas passiert wäre, wäre ich schon aufgetaucht. Aber das solltest du nicht wissen. - So, nun lass uns was essen gehen." Wenig später sitzen wir uns in einem Gasthaus gegenüber. Das Zusammensitzen erinnert mich an den Klinikaufenthalt, an die Geborgenheit. Genauso wie vorhin, als mir Olaf über die Wange streichelte. Olaf ist ein großer, sportlicher Typ, das ist mir nie so aufgefallen. Oder doch? Wir reden über alles Mögliche, bis ich ihm unseren Abschied schildere und in welcher psychischen Verfassung ich hier angekommen bin. Wie mir heute zumute ist und was mir nach der Ankunft in meiner kleinen eigenen Wohnung durch den Kopf ging. Wie ich meine Zeit verbracht habe. Dabei erfahre ich, dass der gemeinnützige Verein in der Gegend mehrere Wohnungen angemietet hat, wo Drogensüchtige nach der Therapie untergebracht werden. Ich kann gar nicht aufhören zu erzählen, zu beschreiben, was mir hier alles aufgefallen ist, wie ich mich gefühlt und welche Erkenntnisse ich noch so gewonnen habe. Als Olaf plötzlich zahlt, bekomme ich Panik. "Willst du schon gehen?"

"Ja, das will ich, aber ich komme wieder, Melli", blinzelt er mir in vertrauter Weise zu. "Kannst du nicht noch ein wenig mit raufkommen, bitte? Wir können doch noch einen Augenblick da zusammensitzen. Bitte!", bettele ich herzerweichend, und an seiner Miene kann ich ablesen, dass es gewirkt hat. "Darf ich deine Hand nehmen?", frage ich, während wir den Gasthof verlassen. Ohne eine Antwort abzuwarten, greife ich einfach danach, erst danach ertönt ein schmunzelndes "Natürlich".

Auf dem Rückweg geht mir Seltsames durch den Kopf, denn ich finde, dass ich gar nicht hübsch zurechtgemacht bin. Wie konnte ich auch ahnen, dass Olaf mit einem Mal vor mir steht? Schließlich hat er mich doch im Glauben gelassen, allein auf mich gestellt zu sein. Er hat mir gesagt, ich müsse mein neues Leben meistern. Ist ja auch in

Ordnung so. Hätte ich die Möglichkeit, mich an irgendwen zu wenden, der mir bei dem Alltag hilft, wäre ich unselbstständig und würde die Verantwortung einfach abschieben. Ich bin bereits dabei, die Tür aufzuschließen. "Olaf?", drehe ich mich ihm zu. "Das Gefühl, einen Schlüssel in der Tasche zu haben, den Schlüssel anzufassen, zu wissen, dass das der Schlüssel zu meiner Wohnung ist, in die ich gehen kann, wo ich mich geborgen fühle, ist wahnsinnig. Wirklich. Ich fühle mich einfach großartig."

"Das glaube ich dir", erwidert Olaf und wir betreten die Wohnung. Er macht es sich auf dem Sofa gemütlich, derweil ich Kaffee koche. Mich durchflutet ein Hochgefühl. Es ist so toll, einen Menschen mit in der Wohnung sitzen zu haben. Ich stelle die Tassen auf den Tisch und just in dem Moment bin ich gehemmt. "Setz dich neben mich, Melli", fordert Olaf mich auf. Ich gehorche und schon hat er mir den Arm um die Schulter gelegt. Behutsam drückt er mich an sich. Wie ich mich in seine Achselhöhle kuschele, genieße ich die Wärme, Geborgenheit, wünsche mir, dass der Augenblick nie vergeht. "Kannst du nicht immer bei mir bleiben?", rutscht es mir aus dem Mund. "Nein, das kann ich nicht", erwidert er leise, "aber es macht mich glücklich, dass du dich so wohl fühlst, dass du dich jetzt so fallen lassen kannst."

"Ja", nuschele ich, "leider kann man sein Defizit nach menschlicher Wärme nie ausgleichen. Das habe ich begriffen, das hat mir die Psychologin gesagt. Ich habe es auch verstanden. Es ist aber schwer, wie in diesem Augenblick, sich zurückzuhalten. Es ist so, als sei man hungrig und würde essen, essen, essen und als wüsste man genau, dass man nie satt wird."

"Den Vergleich hast du dir sehr treffend ausgedacht. Daran erkenne ich, dass du dir sehr viele Gedanken um alles gemacht hast. Das ist sehr gut so", streichelt Olaf mir den Kopf und ich lehne mich an ihn. "Du musst doch morgen in die Schule", erkundigt er sich leise, seine Stimme scheint von weit her zu kommen. "Hm..." Unfähig, richtig zu antworten, mache ich mich auf dem kleinen Sofa lang und lege mich auf Olafs Schoß. Er hält mich fest, streichelt mich. Ein Gefühl, wie auf einer Hängematte gewiegt zu werden. Plötzlich geht durch Olafs Körper ein Ruck und ich schrecke auf. "Willst du gehen? Bitte noch nicht!"

"Nein", beruhigt er mich, zieht mich mit, hinüber ins Bett. Ich schrecke zusammen, weil er die Initiative ergriffen hat. Als Mann? "Nein", entziehe ich mich ihm schnell. "Nicht... nicht... ich..."

"Dummes, kleines Mädchen", schüttelt er den Kopf, "wir legen uns nebeneinander und kuscheln. Ich bin auch müde, mir gefällt das gut. Mich entspannt Kuscheln genauso. Es ist sehr selten, dass ich die Seele einfach baumeln lassen kann." Kaum hat er mir die Hand gereicht, fühle ich, dass ich unendliches Vertrauen zu ihm haben kann. Also legen wir uns nebeneinander auf das Bett. Olaf schlingt die Arme um mich. Es ist so schön... Es dauert nicht lange, schon wandern meine Gedanken in die Dunkelheit. Wir dösen vor uns hin. Geborgenheit. Und noch etwas. Vertrauen pur - zu einem Mann, der nicht seine Hose öffnet, der nicht "das eine" von mir will. sondern ein Mensch, der einen Menschen einschätzen kann. Ich wage gar nicht daran zu denken, dass er auch Sex mit einer Frau haben könnte. Dann würde er so widerwärtig dabei keuchen. Ich will die Vorstellung nicht. Nicht mal ansatzweise.

"So, Melli", höre ich an Olafs klarer Stimme, dass der Moment der Geborgenheit abrupt beendet ist. Olaf setzt sich auf, streicht mir flüchtig den Rücken. "So! Ich muss zurück. Die anderen Patienten warten auf mich", steht er auf. Ich folge ihm. "Kleine Melli", sagt er, während er sich seine Schuhe anzieht, "denk ja nicht, dass ich zu jedem Patienten so bin wie zu dir, aber ich fühle mich verantwortlich, auf dich aufzupassen. Ich erinnere mich immer noch gut an den Abend oben bei Uschi. Welche Angst du hattest. Wie dieses perverse Schwein dich zugerichtet hatte. Inzwischen weiß ich, was alles in deinem kleinen Leben passiert ist. Ja, und als du da im Flur in der Steige einen totalen Zusammenbruch hattest, da habe ich dich einfach mit in die Klinik genommen."

"Dafür bin ich dir sehr dankbar. Wenn ich mir das heute überlege... Jeden Tag hätte ich an dem verdammten Gift sterben können", zünde ich mir eine Zigarette an. "Ich sollte wohl nicht krepieren. Es sollte nicht sein. Nennt man das nicht Schicksal?", frage ich und schaue Olaf fragend an. "Ja, Melli, man nennt es so. Wenn man keine Erklärungen findet, nennt man es so." Er nickt mir zu und gibt mir gleichzeitig ein Kuvert. "Da ist Geld drin. Damit du dir etwas kaufen kannst, was du dir wünscht. Das Geld zahlt unser gemeinnütziger Verein. Also: Such dir was Schönes aus." Ich fliege ihm um den Hals, muss mich zusammenreißen, nicht wieder loszuheulen. Dann löse ich mich ganz schnell von ihm und bringe ihn zur Tür. "Ich komme wieder, Melli", verspricht er mir zum Abschied. Schon klappt die Tür hinter ihm ins Schloss. Ich höre noch, wie seine Schritte im Treppenhaus hallen. Die Hochstimmung ist schlagartig ins Gegenteil umgeschlagen. Damit habe ich gerechnet. Ich hocke mich ins Bett und konzentriere mich aufs Fernsehbild. Ja, ich werde mein Leben lang lernen müssen, Abschied zu nehmen. Ich werde auch die Sehnsucht in Schach halten, etwas haben zu wollen, was es in der Konzentration nicht gibt.

Inzwischen ist es Dezember geworden. Die Straßen, Wohnhäuser, Geschäfte, alles ist weihnachtlich geschmückt. Kinder haben diese erwartungsvollen Blicke, hoffen auf den Weihnachtsmann, der die Geschenke unter den Weihnachtsbaum legt. Ich lasse mich von der Stimmung in den Bann ziehen, obwohl ich genau weiß, dass ich dieses Familienfest allein verbringen werde. Das macht mir nichts aus, die vielen Jahre in unserem Viertel wusste ich nicht mal, wann Weihnachten ist, nur dass dann unsere Straße wie ausgestorben war, weil die Freier mit ihren Familien unterm Tannenbaum saßen.

Bald haben wir in der Schule sogar Weihnachtsferien. Dabei macht mir der Unterricht viel Spaß. Ich bin so wissbegierig, trotzdem eine Einzelgängerin geblieben. Mit den Klassenkameraden tausche ich mich während des Unterrichts entsprechend aus. Eine private Nähe möchte ich nicht, immerhin sind die meisten auch ehemalige Drogensüchtige und befinden sich alle in der gleichen Arztpraxis, wo sie mit Polamedon versorgt werden. Andauernd reden sie, wie ich das auch von mir kannte, über Drogen. Aus dem Grund will ich auf keinen Fall Kontakt. Ich weiß, dass ich mich davon fernhalten muss. Wenn ich erst eine solche Freundschaft eingehe, würde es nur um die Droge, den Ausstieg gehen. Das würde für mich ein Riesenschritt zurück bedeuten, weil ich momentan glücklich und sehr stolz bin, es soweit geschafft zu haben. Auch mit der Einsamkeit habe ich mich arrangiert.

Am späten Nachmittag mache ich mich auf den Weg zu einem Weihnachtsmarkt. Ich überlege, ob ich da in meiner Kindheit einmal gewesen bin. Jedenfalls erinnere ich mich nicht. Ich spaziere durch die Straßen, vorbei an glitzernden Schaufensterdekorationen mit Sternen, Lichterketten, Tannenzweigen, Weihnachtsmännern, goldgelockten Engeln, bis mir Düfte von Lebkuchen, Vanille, gebrannten Mandeln in die Nase ziehen. Schade! Wie so oft habe ich gerade das Bedürfnis, mich mit jemandem auszutauschen. Von Olaf habe ich lange nichts mehr gehört. Ich hätte ihm so gerne erzählt, dass ich keine Tabletten mehr nehme, die psychischen Krücken unwiderruflich abgelegt habe. Dass es mir gut geht - und dass ich zugenommen, einen Po, sogar Brüste bekommen habe. Die Rippen sind weder zu fühlen noch zu sehen. Andererseits: Das alles interessiert Olaf gewiss nicht. Außerdem hat er ja Augen. Ihn anrufen wollte ich auch nicht, und ich entscheide mich, diese Überlegung beiseite zu schieben und mich auf den Weihnachtsmarkt zu konzentrieren.

Denn nun tut er sich in all seiner Pracht vor mir auf. Als ich mich in die Besucher einreihe, nimmt mich eine liebevolle, heile Welt auf. Viele bunte Lichter, die Buden, weihnachtliche Musik, Düfte. Das wirkt auf mich sehr anheimelnd. Mütter mit ihren Kindern. Deren Augen haben diesen weihnachtlichen Glanz. Sie stopfen sich mit Süßigkeiten voll. Dazwischen drehen sich Karussells, in den Wagen sitzen Kleinkinder, die vor Vergnügen kreischen. Ich verweile an einem Stand, genieße das bunte Treiben und bestelle mir einen Glühwein. Es ist neblig, nass und kalt, wie so oft hier im Norden, doch meine warme, halblange Jacke hat etwas von einer molligen Decke. Während ich mir eine Zigarette drehe und auf den Glühwein warte, zucke ich zusammen, weil vor mir ein Feuerzeug aufflammt. Automatisch fixiere ich meinen Blick flüchtig auf diesen Jemand. Es ist ein blonder, gut gekleideter, junger Mann, der mir Feuer gibt. "Danke", nehme ich verlegen an, wage es nicht, ihn näher anzusehen, ziehe an der Zigarette und puste den Rauch aus. Ich klammere mich dankbar an den Becher mit Glühwein, der mir entgegengeschoben wird. "Prost", hält der Blonde sein Getränk in die Höhe, in meine Richtung, und mir bleibt nichts anderes übrig, als mit ihm anzustoßen. Schnell senke ich den Blick, denn ich fühle mich unwohl. Irgendwie will ich mich abwenden. "Ich heiße Mark", hält er mich davon ab, "ich habe dich oft auf der Straße gesehen. Und du bist immer allein?" Ich zucke mit den Schultern, weil ich nicht weiß, was ich antworten soll. Außerdem bin ich mit dieser Situation total überfordert. Es ist das erste Mal in meinem Leben, dass mich ein Junge anspricht und sich für mich interessiert.

"Und du bist neu in der Gegend?", hakt er nach, bietet mir eine Zigarette an, die ich annehme, und wiederum flammt vor mir das Feuerzeug auf. Ich inhaliere den Rauch, trinke Glühwein. Mir wird so angenehm warm davon. Dadurch entspannt traue ich mich nun sogar zu antworten: "Jaja, ich wohne noch nicht lange hier!" Jetzt geht es los, befürchte ich. Was soll ich erzählen, wenn er mich fragt, woher ich komme, warum ich hierher gezogen bin? "Nun ja", lacht er mich an, "ich merke schon, sehr redselig bist du ja nicht. Aber möchtest du vielleicht auch ein Würstchen?", wirft er mir einen verschmitzten Blick zu, doch ich traue mich nicht, ihn aufzunehmen. Dennoch nicke ich unwillkürlich mit dem Kopf. Es dauert eine Weile, bis wir nach der Bestellung an die Reihe kommen. Ein dicker Mann dreht und wendet unaufhörlich viele, viele Bratwürstchen, legt sie auf Pappteller, verteilt sie an die Kunden, kassiert und gibt das Wechselgeld raus. "Danke", sage ich leise und werfe meinem Gegenüber einen flüchtigen Blick zu. "Aber gerne", strahlt er entwaffnend zurück und beißt in sein Würstchen.

Wir essen und der Happen schmeckt mir wirklich sehr gut. Das hier hätte ich mir normalerweise gar nicht leisten können. Mein Budget hat gerade für einen Glühwein gereicht. Ich bin ja eigentlich sehr neugierig, was dieser Mark von mir wissen möchte. Nein, ich werde nicht weglaufen, ich lasse alles auf mich zukommen und betrachte die Situation als Übung fürs Leben. Draußen. Das Grauen hat sich gelichtet. Draußen ist es schön. Wenn mir das jemand vor - ich kann den Zeitraum nicht mehr bestimmen - prophezeit hätte, hätte ich das nicht nur weit von mir gewiesen, sondern wahrscheinlich gewimmert, gebettelt, nicht nach draußen zu müssen. "Und... wie heißt du?", erkundigt sich Mark höflich und schiebt mir einen weiteren Becher Glühwein entgegen. "Ich habe einfach bestellt. Ich hoffe, es ist dir recht? - Bitte."

"Danke", sage ich und hebe den Becher. Der Glühwein schmeckt so nach Weihnachten. Zimt, Nelken. Das habe ich noch nie getrunken. Nachdem ich einen Schluck genommen habe, schaue ich mein Gegenüber an und antworte schnell - aus Angst, mir könnten die Worte im Hals stecken bleiben: "Melli, ich heiße Melli."

"Melli, ich habe dich oft morgens gesehen, wenn ich auf dem Weg in die Uni war. Ich studiere nämlich Jura", lächelt er. Er hat so ein ehrliches Lachen. Ein Lachen, das so rein und sauber ist. Unverdorben. Draußen kann man solche Menschen treffen? Ich bin verwundert. "Mark, wie alt bist du?", frage ich ihn, nun mutig geworden. "23", antwortet er.

Da platzt aus mir raus: "Ich habe diese blöde Frage aus Verlegenheit gestellt."

"Warum bist du verlegen? Und wieso bist du so ehrlich? Das findet man kaum noch. Die meisten spielen alle eine Rolle, sind selten sie selbst."

"Ist das so?", will ich überrascht wissen. "Wirklich? Warum spielen sie eine Rolle?"

"Das erstaunt mich", blickt er mich verdutzt an. "Dass du mich das so fragst? Das musst du doch auch tausend Mal erlebt haben? Menschen spielen etwas vor, was sie gar nicht sind. Geben sich vermögend, wegen der Kleidung, der Autos, und wenn man einen Blick dahinter wirft, ist alles nur Schein. Tatsächlich leben sie über ihre Verhältnisse und sind irgendwann total pleite. Es gibt auch Familien, die schenken ihren Kindern Markenkleidung, um den Schein zu wahren, damit sie in der Schule keine Außenseiter sind, aber dafür gibt es zu Hause kaum was zu essen. Die Kinder, habe ich gelesen, holen sich heimlich was bei der Kirchenspeisung."

"Wie schrecklich. Ich habe nicht gewusst, dass das soweit gehen kann", nehme ich einen Schluck. Mark ist sehr angenehm, er hält körperliche Distanz.

"Weil sie glauben, nur mit Markenkleidung anerkannt zu werden. Sie äffen es den anderen nach, die auch so sind. Es ist kompliziert, aber die Gesellschaft ist so geworden. Mehr Schein als Sein. Die Mädchen gehen nur nach dem Äußeren. Wenn er nicht das richtige Auto hat, steigen sie erst gar nicht ein", lächelt er bedeutungsvoll. "So ist das nun mal."

"Aber", gebe ich zu bedenken, "niemand zwingt einen doch dazu, das mitzumachen."

"Nein, niemand", nickt er, "aber die meisten schwimmen mit der Strömung, möchten nicht gegen den Strom schwimmen. Das ist ja Kampf."

"Du bist sehr klug. Du machst dir über das Leben ja Gedanken", reagiere ich auf seine Erkenntnis, auch weil ich lockerer geworden bin. Der Glühwein tut sein Übriges.

"Danke", erwidert er selbstbewusst und deutet hinter sich. "Melli, wollen wir gemeinsam über den Markt bummeln?"

"Ja, gerne", willige ich ein. Es ist mir unangenehm, dass ich kein Geld mehr ausgeben kann. Na ja, ist auch egal, sage ich mir spontan und denke einfach nicht mehr daran. Wie wir uns nebeneinander zwischen die Besucher drängen, ist mir plötzlich so, als würde aller Ballast, den ich mit mir herumschleppe, von mir abfallen. Wir bummeln an den Ständen vorüber, bleiben manchmal stehen, werfen an einer Bude mit Bällen auf Dosen und amüsieren uns köstlich. Ein Losverkäufer hält uns aufdringlich seinen Eimer vor die Nase und preist hohe Gewinne an. Mark greift hinein. Mit nur einem Los gewinnt er einen riesigen hellblauen Teddy. Den schenkt er mir. Ich halte das Plüschtier ganz fest im Arm und bin glücklich. Anders. Wie ich es noch nie erlebt habe. Schließlich stopfen wir noch Lebkuchen, Zuckerwatte in uns hinein und dabei können wir uns über Nichtigkeiten ausschütten vor Lachen. Manchmal hält Mark schützend seinen Arm um mich, mal hat er die Hand auf meiner Schulter. Diese zufällige, unbefangene Gemeinsamkeit macht mich frei und sogar übermütig. Ich gehöre mit meiner Zufallsbekanntschaft zu den anderen Besuchern, die sich zu zweit oder in Gruppen amüsieren. Ein Hochgefühl, das ich so noch nie genossen habe. Viel zu schnell, bedauere ich, haben wir unseren Bummel beendet. Fest halte ich meinen Teddy im Arm, und Mark bietet mir selbstverständlich an, mich heimzubringen. Ich nehme gerne an. Es gefällt mir, wie er den Arm auf meine Schulter legt und wir schweigend, nach all der Ausgelassenheit beinahe nachdenklich zurückgehen. "Da ganz oben wohne ich", zeige ich hinauf, als wir angekommen sind. "Darf ich deine Telefonnummer haben?", bittet mich Mark. "Ich habe kein Telefon. Tut mir leid", kann ich mich augenblicklich sogar darüber amüsieren. "Wie bitte?" Er guckt mich ungläubig an. "Das gibt es noch in der heutigen Zeit? Oder möchtest du mir deine Nummer nicht geben?"

"Wir haben doch vorhin darüber gesprochen. Ich habe es nicht nötig zu lügen. Ich wirklich nicht. Also, ich habe kein Telefon." Doch ich füge geheimnisvoll hinzu: "Ich wohne ganz oben unter dem Dach. Wenn du möchtest, kannst du mich ja mal besuchen", bin ich stolz auf mich, die Initiative ergriffen zu haben, wohl auch, weil ich ihn unbedingt wiedersehen möchte. "Da drüben?", versichert sich Mark. "Ja", erwidere ich, "da drüben."

"Wundere dich nicht, Melli", lächelt er, "wenn ich vor der Tür stehe." Dann kommt er noch einmal auf unseren gemeinsamen Bummel zu sprechen: "Und außerdem... außerdem möchte ich dir für diesen schönen Nachmittag danken."

"Mark, ich danke dir. Ja, ich danke dir. Du wirst es nicht ermessen können, wenn ich dir etwas sage. Ich habe so etwas noch nie erlebt!", gehe ich auf ihn zu, stelle mich auf die Zehenspitzen und hauche ihm einen Kuss auf die Wange. Just bin ich schon über die Straße gegangen. Und als ich mich vor der Eingangstür noch einmal umdrehe, den Arm hebe, steht Mark noch da und winkt mir zu. Während ich beschwingt die Treppe hinaufstürme, bedauere ich, dass ich mir nicht seine Telefonnummer habe geben lassen.

In meiner Wohnung mache ich es mir auf dem Sofa bequem und lasse diesen für mich denkwürdigen Nachmittag Revue passieren. Ich habe etwas erlebt, ohne dass meine Vergangenheit in mir hochkam. Mark hat mich behandelt wie ein ganz normales Mädchen. So ist es also draußen, wenn man einen Jungen kennenlernt. Das Damals scheint ganz dick übertüncht, solch eine wunderbare Auswirkung hatte der heutige Bummel über den Weihnachtsmarkt. Augenblicklich rufe ich mich zur Ordnung. Und weiß auch, dass ich den Augenblick genießen muss und will nicht an morgen denken.

An dem morgigen Sonntag werde ich nicht einsam sein, denn ich habe nun ein Erlebnis, von dem ich träumen kann. Kein Trauma, das ich verdrängen muss. Es ist herrlich, sich an etwas zu erinnern, das so beeindruckend und wunderbar ist. Ich kuschele mich in mein Bett. Es ist nach Mitternacht und ich kann gar nicht einschlafen. Ich sehne mich danach, ein Telefon zu besitzen, gewiss würde mich Mark anrufen, mir eine gute Nacht und schöne Träume wünschen. Letzten Endes hole ich mir den Teddy und schlafe mit ihm fest im Arm ein.

Es ist Morgen, ich räkele mich noch schlaftrunken, will nach dem Teddy greifen, wobei er auf den Boden fällt.

Egal, ich fühle mich so gut und genieße noch eine Weile die Wärme unter der Bettdecke, um kurz darauf aufzustehen und die Vorhänge zu öffnen. Der Morgen ist grau, leicht nebelig, vermittelt mir eine friedliche Stille. Morgen? Etwas übertrieben, stelle ich mit einem Blick auf die Uhr fest, 10:30 Uhr ist es schon.

Nachdem ich geduscht habe und aus dem kleinen Bad trete, klingelt es an der Tür, ganz zaghaft. Dann klopft es und ich höre, wie mein Name gerufen wird. Es ist Mark! Jetzt bekomme ich es doch mit der Angst zu tun, wenn ich daran denke, ihn einfach hereinzulassen, weil ich in meiner Phantasie ja bestimmen kann, was passiert. Trotzdem gebe ich mir einen Ruck, ziehe den Bademantel fest um mich und öffne die Tür erst einen Spalt - und da steht er. Sein Lachen hat er auch wieder mitgebracht, das Lachen, das mich einfach umwirft. Wie kann ein Mensch so ein offenes, schönes Lachen haben? "Guten Morgen, Melli! Warum siehst du mich so verdutzt an? Du hast mich doch eingeladen, das kannst du nicht vergessen haben. Das war gestern. Darf ich hereinkommen?", fuchtelt er mit zahlreichen Tüten herum. "Ich konnte gar nicht schlafen, weil ich mir immer vorgestellt habe, dich mit einem leckeren Frühstück zu überraschen."

"Das hast du auch. Ich bin wirklich verdattert. Damit hätte ich nie gerechnet. Niemals! Bitte komm doch rein. Entschuldige. Ich werde mich schnell anziehen." Blitzschnell greife ich in den Kleiderschrank nach Hose und Pulli, verschwinde im Bad und ziehe mich an. Mein Blick fällt in den Spiegel. Ich tue etwas, was ich noch nie in meinem Leben getan habe: Ich mache mich schön für einen Jungen, trage ein wenig Wimperntusche und ein bisschen blauen

Lidschatten auf. Meine Haare sind nicht mehr strähnig und dünn, sondern voll und glänzend geworden. Meine Haut ist glatt, frei von Pickeln und gut durchblutet. Ich lege Lipgloss auf. Mensch, bin ich eitel! Ich möchte Mark um jeden Preis gefallen und als ich aus dem Bad trete, habe ich vor Aufregung Herzklopfen. "Wie lieb von dir", kämpfe ich um Fassung, denn er hat den Tisch mit Köstlichkeiten gedeckt. "Bitte", macht er eine einladende Handbewegung. "Melli, setz dich doch, lass uns gemütlich frühstücken." Während ich mir einen Hocker heranziehe, nehme ich den Duft von Kaffee und frischen Brötchen wahr. "Das ist beinahe zuviel für mich", werfe ich dabei Mark, der sich zu mir an den kleinen Tisch setzt, einen bedeutungsvollen Blick zu. "Zuviel zu essen? Nein, ich habe vielmehr den Verdacht, dass dir solche Fürsorge fremd ist", erwidert er und guckt mich prüfend an. Nur für einen Moment. Darauf werde ich gewiss nicht antworten. Stattdessen greife ich zu und schlage mir mit Schinken, Krabben, Eiern, Brötchen im wahrsten Sinne des Wortes den Bauch voll.

"Das freut mich", lächelt Mark, "es scheint dir ja zu schmecken."

"Hm", entgegne ich, "das war wirklich gut." Mir wird klar, dass so ein Frühstück zu zweit für mich eine Premiere darstellt. Mal sehen - mich packt unbändige Neugier -, was mir das Leben draußen noch alles zu bieten hat. Anschließend rauchen wir und trinken Kaffee. Ich vermeide es, Mark direkt in die Augen zu sehen, da mir das schlicht und ergreifend zu "intim" ist. "Ich habe auch Champagner in den Kühlschrank gestellt", sagt Mark augenzwinkernd. "Soll ich die Flasche öffnen?"

"Nein", lehne ich ab, schüttele dazu entschieden den Kopf, "ich möchte nicht. Ich trinke sonst nie Alkohol und das wird mir bestimmt nicht bekommen."

"Du bist doch keine Antialkoholikerin?", fragt er, um sogleich selbst darauf eine Antwort zu geben: "Nein, dann hättest du doch gestern keinen Glühwein getrunken." Schon das Erwähnen von Suchtmitteln flößt mir Unbehagen ein, darum räume ich den Tisch ab und freue mich diebisch, dass ich mit dem restlichen Aufschnitt den Kühlschrank auffüllen kann.

"Hast du keine Musik?", ruft Mark hinter mir her. "Nein, auch nicht. Nur einen Fernseher", lache ich. "Frage bitte nicht wieder: Warum? Das Geld reicht nicht."

"Hast du keine Eltern, die dir das mal schenken können?"

"Nein", rufe ich aus der Küche, während ich das Geschirr abwasche. "Bist du ein Waisenkind?"

"Nein", erwidere ich und habe Angst, dass er an das will, was ich in mir, wie von mir gewünscht, so gut sortiert und abgelegt habe. "Du musst nicht darüber reden", beschwichtigt er mich, "ich wollte nicht in dich dringen."

"Danke", gehe ich zu ihm. "Es ist auch besser so." Wir sitzen jeder in einer Ecke des Sofas. Ich und auch Mark sind irgendwie befangen. Die arglose Ausgelassenheit von gestern will sich nicht einstellen, weshalb ich mich dazu entschließe, den Fernseher laufen zu lassen. Mark nimmt die Fernbedienung. "Hast du kein Kabel?"

"Auch das nicht." Ich streiche mir die Haare nach hinten. Nichts zu haben - das gibt mir das Gefühl, bettelarm zu sein. Ich ziehe die Knie hoch und schlinge die Arme herum. Die Abwehrhaltung, die ich früher in der Steige eingenommen habe, wenn ich mit einem Freier auf dem Zimmer war. Bin ich aber nun mal nicht, werde ich wütend, mich ausgerechnet jetzt ins Damals zurückfallen zu lassen. "Melli", sagt Mark leise, was mich dennoch zusammenschrecken lässt "du bist ja so still. Fühlst du dich nicht wohl? Habe ich etwas falsch gemacht?"

"Nein, nein, ich muss alles erst mal verkraften. Dich kennengelernt zu haben, dass du hier mit Frühstück vor der Tür stehst", erwidere ich und lasse die Beine wieder locker hängen, entspanne mich. "Das ist etwas, was ich erst mal verarbeiten muss." Dabei wage ich es nicht ihn anzusehen. Zuviel steht zwischen uns. Wie soll ich diese Endlosigkeit überbrücken? Dafür blicke ich aufs Fernsehgerät und prompt fällt mir ein Gesicht ins Auge. Ein Gesicht. Ein bekanntes Gesicht. Großalarm wird in mir ausgelöst und zugleich bin ich wie gelähmt. "Das ist er! Das ist er! Ja, das ist er! Ich erkenne ihn wieder! Das! Das Ist er! Ja! Ja!", zeige ich auf das Fernsehbild Wie ein Roboter wiederhole ich mich, auch noch, als schon längst andere Motive über die Mattscheibe flimmern. "Wer? Wer? Was meinst du, Melli? Was ist mir dir? Wer ist das?"

"Der Perverse!", antworte ich mechanisch. "Der Perverse. Er hat Tanja umgebracht!"

"Was? Was? Wer hat wen umgebracht?"

"Ich muss mir die Sendung notieren", überlege ich logisch.

Nur nicht die Nerven verlieren, ganz sachlich sein. "Er ist es. Ich bin mir sicher. Der Perverse ist im Fernsehen", springe ich auf, als hätte mir jemand wieder Leben eingehaucht. Mir wird abwechselnd heiß und kalt. "Was muss ich aufschreiben, Mark? Damit ich das beim LKA aussagen kann?" Sofort hole ich Papier und Bleistift. "Notiere den Sender, Datum, Uhrzeit", rät er mir geistesgegenwärtig. "Was ist passiert?", will er bestürzt von mir wissen. "Bitte, Melli, was redest du da? Ich möchte es verstehen. Was bedeutet ‚der Perverse'? Und das LKA? Bitte erkläre es mir doch? Ich möchte dich doch verstehen."

"Ja, das werde ich!", blicke ich ihn an, während ich die Daten auf den Zettel schreibe, den ich falte und in den Händen halte. "Wenn ich es dir erzählt habe", setze ich mich wieder in die Ecke, "wirst du gehen, und wir werden uns nie wiedersehen. Auch werde ich diesen Ort hier verlassen müssen. Wegziehen. Denn das, was ich dir erzählen werde, ich so grauenhaft, dass du es nicht für dich behalten kannst. Du wirst mich verachten, wirst es weitererzählen. Es wird hier wie ein Lauffeuer herumgehen. Dann werden die Leute mich verachten. Das könnte ich nicht ertragen, denn ich bin gerade dabei, mein erbärmliches Leben zu meistern, und das muss ich dann woanders neu versuchen." Ich hole tief Luft, die Angst ist wieder da, schnürt mir die Kehle zu. "Fangen wir mit dem an, was ich im Fernsehen erkannt habe." Meine Hand zittert. "Der Mann, der rechts im Bild war, der ist mit Sicherheit ein perverser Triebtäter, und nicht nur ich war sein Opfer. Ich soll nicht das Einzige sein. Das weiß ich vom LKA. Ich... ich... ich bin lebend davon gekommen..." Gleich wird Mark aufstehen und gehen. Gleich. Ich warte darauf. Doch nichts dergleichen geschieht. Vielmehr starrt er mich entgeistert an.

"Melli?" Seine Stimme klingt eindringlich. "Du kannst Vertrauen zu mir haben, auch wenn es dir unwahrscheinlich erscheint, da wir uns ja kaum kennen. Außerdem werde ich nicht umherlaufen, das weiter tragen, was du mir anvertraut hast. Das ist nicht meine Art... und ich studiere Jura, wir sind auch mit solchen Fällen vertraut gemacht worden... und..."

"Es ist aber nicht nur das!", falle ich ihm hastig ins Wort. "Es ist noch viel, viel schlimmer, wie du es dir niemals vorstellen kannst. Ich möchte es auch nicht vor dir verschweigen. Irgendwann wäre sowieso die Stunde der Wahrheit gekommen. Vielleicht ist besser, es dir sofort zu sagen als später", schlage ich die Hände vors Gesicht, "Aber gestern war es so schön, als ich einen Jungen kennengelernt habe, wie man ihn draußen kennenlernt... und ich war noch nie im meinem Leben verliebt. Ich glaube, ich bin es." Spontan nehme ich die Hände vom Gesicht, weil mir bewusst wird, dass ich meine Gefühle einfach ausgesprochen habe. Trotzdem lasse ich mich nicht weiter darüber aus und falte den Zettel immer wieder neu. "Mark, und dass es so gekommen ist, ist gut. Ich werde dir erzählen, was mir in meinem Leben widerfahren ist. Ich werde nichts beschönigen und ich werde Einzelheiten nur andeuten. Danach, bin ich mir sicher, wirst du nie mehr Kontakt zu mir haben wollen. Das ist so", bekräftige ich, als wollte ich mir Mut machen zu ertragen, dass er gleich für immer geht, "ja, da bin ich mir ganz sicher." Mark hat die Augen weit aufgerissen und auf mich gerichtet, sein Körper wirkt vor Anspannung ganz hölzern.

"Mach doch die Flasche Champagner auf", ermuntere ich ihn, "dann redet es sich leichter für mich und du wirst es besser verkraften." Ich will ich mir eine Zigarette anzünden, doch Mark kommt mir zuvor und gibt mir Feuer. Erneut flammt dieses Feuerzeug vor mir auf. Nur die Situation ist eine ganz andere. So schnell kann sie umschlagen. Dazwischen liegt ein gestriger glücklicher Nachmittag, die Nacht, die Gedanken an Mark, ein traumhafter Vormittag, und dann taucht der Perverse aus dem Nichts im Fernsehen auf und macht mir auch noch die erste Liebe meines Lebens kaputt. Mark streicht mir flüchtig die Schulter. Als er in die Küche geht, höre ich, wie der Champagner mit dem dafür typischen Geräusch geöffnet wird. Ich habe unterdessen wieder die Haltung eingenommen, in der ich mich in mich selbst verkrieche. Die Knie an den Oberkörper gezogen, schlinge ich die Arme so fest herum, dass mir die Muskeln schmerzen. Die Konturen scheinen vor mir zu verschwimmen. Schemenhaft bekomme ich mit, wie der Champagner hingestellt wird und Mark das perlende Getränk in Gläser füllt. Edel sieht das aus, stelle ich beiläufig fest, wie er mir das Glas in die Hand drückt. "Lass uns miteinander anstoßen. Es wird alles gut", sagt er tröstend. Ich hebe mein Glas und sage: "Nichts kann gut werden, was mal so zerstört worden ist."

Dann trinke ich und ein wohliges Gefühl macht sich in mir breit. Ich rauche, entspanne und gebe mir einen Ruck, es schnell hinter mich zu bringen. "So", stoße ich hervor, "ich werde es dir nun alles in Kurzform erzählen..." Während ich rauche, hin und wieder einen Schluck nehme, bemerke ich, wie erbärmlich es eigentlich ist, Champagner aus Wassergläsern zu trinken. Genauso wie das, was ich nun zu erzählen habe. Plötzlich kommen mir die Worte über die Lippen. Nüchtern, als würde es sich um Kurznachrichten handeln, in denen sich die Dramen in der Sachlichkeit der Sätze verstecken, erzähle ich. Immer weiter und weiter. Mark sagt nichts, er bietet mir eine Zigarette nach der anderen an, hört zu. Die Kindheit, den Stiefvater, das Heim habe ich schon hinter mir gelassen, anschließend noch den Bahnhof, die Drogen, den Perversen und letztendlich, was bis heute geschehen ist. Mit dem Wettlauf meines Schicksals bin ich direkt außer Atem gekommen, der Alkohol, für mich ungewohnt, lockert mich angenehm. Draußen senkt sich der Nebel. Mir wird bewusst, dass ich die ganze Zeit den Blick aufs Fenster geheftet hatte. Und das dichte Weiß, die erste Liebe - der Vorhang ist gefallen. Ich meine, eine Tür klappen zu hören. Jetzt ist Mark weg, das war zu erwarten. Doch das zu verkraften, ist ungemein schwer. Wie war das noch? Ich habe es mir doch vor Augen gehalten, wieder und wieder Abschied nehmen zu müssen, wer wird mit so einem Mädchen, das so, ja, das so kaputt ist...?

"Melli!" Ich schrecke auf und mein Kopf fliegt herum. Mark steht neben dem Sofa, er war wohl nur im Bad. Ich traue mich nicht, ihn anzusehen, sondern schlage schnell, wie ich es so häufig tue, die Hände vors Gesicht. "Ich habe keine Worte, für das", höre ich ihn tonlos sagen, "was du mir eben anvertraut hast. Es gibt dafür keine Worte. Schrecklich? Grauenhaft? Unpassend. Ich finde dafür keine Bezeichnung." Als ich spüre, dass er sich dennoch neben mich setzt, traue ich mich, ihm mein Gesicht zu zeigen. "Willst du nicht lieber gehen?", hefte ich den Blick wieder ans Fenster. "Ich verstehe das, ich rechne damit. Darum bleiben Menschen mit ähnlichem Schicksal auch unter sich, sie verstehen sich ohne Worte", seufze ich. Meine Erzählungen haben mich immens angestrengt, als hätte ich, ohne zu trainieren, einen Marathon absolviert. Aber ich kann auch stolz auf mich sein, diesen hier mit so viel Mut gewonnen zu haben. "Ich werde nicht gehen", gibt mir Mark sanft zu verstehen, er lächelt mich sogar an. "Wir müssen jetzt die Staatsanwaltschaft benachrichtigen. Jetzt gleich. Du weißt doch sicher wo und bei wem?"

"Hans Krohn ist der Leiter der SOKO des LKA!", sprudelt es vor Glück aus mir heraus. Mark ist nicht nur dageblieben, sondern streckt mir zudem hilfreich seine Hand entgegen. "Hast du eine Telefonnummer, Melli?"

"Doch! Ja, die habe ich. Die habe ich aufbewahrt." Ich springe auf und ziehe eine Schublade heraus. "Hier!", entgegne ich und halte die Visitenkarte in die Höhe. "Hm... Gut. Zweifelhaft, ob wir da nun jemanden erreichen. Aber da arbeite ich mich schon durch. Kann ja nicht sein..."

"Ich habe doch kein Telefon", unterbreche ich ihn. "Melli, ich habe doch ein Handy", zieht er mich neben sich aufs Sofa, sucht meinen Körperkontakt, den ich genieße, und er beginnt zu telefonieren. Ich lausche seiner Stimme: Sie ist fest, wirkt ungemein kompetent. Während ich mich an ihn lehne, vermittelt mir Mark Schutz. Es dauert, bis er richtig weiter verbunden wird. Es dauert, dauert, doch er kennt die gewissen rechtlichen Fachausdrücke, um sich durchzusetzen. Zwischendurch fragt er mich nach Geburtsdatum und Nachnamen. Zum Schluss hinterlässt er dort die Nummer seines Handys. "Sie versuchen", erklärt er mir, "den besagten Hans Krohn zu erreichen, und der wird uns zurückrufen. Melli, wo ist der Zettel?"

"Hier", antworte ich und habe ihn auf der Stelle zur Hand. "Gut, dann warten wir doch einfach darauf, was passiert!" Er drückt mich und streichelt mir die Wange. Ich könnte wiederum in Tränen ausbrechen. Zuviel ist geschehen: Die erste Liebe, das Geständnis, der ungewohnte Champagner, Mark sitzt neben mir, hält mich im Arm. Es ist an der Zeit, mich wie eine Erwachsene zu benehmen. Mich nicht hinter Tränen zu verstecken. Also beherrsche ich mich und flüstere Mark dankbar zu: "Es ist nicht zu fassen, dass du, da du nun alles von mir weißt, nicht nur hier geblieben bist, sondern sogar zu mir hältst."

"Melli, ganz einfach. Es ist ganz einfach, ich habe mich genauso in dich verliebt wie du dich in mich", drückt er mich zärtlich. "Trotzdem...", wende ich leise ein. "Ist die Liebe geblieben? Obwohl ich schockierende Einzelheiten aus meiner Vergangenheit preisgegeben habe?"

"Trotzdem?", erwidert er. "Trotzdem. Trotzdem, Melli. Ich habe mich rettungslos in dich verliebt. Und ich..." Das Handy klingelt, Mark wird unterbrochen und meldet sich. "Hier!", hält er mir das Handy hin. "Es ist Hans Krohn, er möchte dich sprechen." Vor Aufregung kann ich erst gar nichts sagen, dann schildere ich ihm, wen ich im Fernsehen erkannt habe, nenne ihm Sender und Zeitpunkt. Der Austausch ist emotionslos. Ich gebe ihm meine Adresse und er erkundigt sich, ob er mich unter dieser Nummer erreichen kann. Ich bejahe einfach, erfrage dazu seine Telefonnummer.

Nachdem die Konversation beendet ist, sage ich zu Mark: "Ich fühle mich so befreit", werfe ich ihm einen Blick zu und er lacht mich an. Dabei blitzen seine hellen Augen. Ich genieße es, als er mir einen Kuss auf die Wange haucht. "Wollen wir noch mal über den Weihnachtsmarkt bummeln?", schlägt er vor. Ich willige glücklich ein.

Wir machen uns auf den Weg. Jetzt muss jeder erkennen, dass wir ein Liebespaar sind. Wir gehen engumschlungen. Wirklich, ich wollte immer wissen, wie sich Liebe anfühlt; nun verschmelze ich mit Mark zusammen. Wenn mir das jemand irgendwann zu erklären versucht hätte, ich hätte nicht einen Hauch davon nachempfinden können. Heute lachen wir nicht so laut, sind nicht so albern, still genießen wir unser Glück. Wir schmusen und halten uns an den Händen. Noch macht es mir Angst, wenn es "dazu" kommen sollte. Ich will das nicht. Sex? Ich erschauere. Nein, das will ich nicht. Ich möchte nur Marks Nähe. Mehr nicht. Zu sehr drängt sich die Erinnerung an damals in den Vordergrund. Wie sage ich es ihm nur? Immerhin ist es unmöglich, einen nicht Betroffenen meine Abneigung gegen Sex verständlich zu machen. Ganz offensichtlich bin ich in eine Liebesfalle getappt. Blödsinn, schelte ich mich, genieße den Augenblick. Das, was noch auf mich zukommt, darauf kann ich reagieren, wenn es soweit ist. Mich erfasst ein solcher Glückstaumel, dass ich schreien könnte. Doch bevor es dazu kommen kann, schnappe ich Musik von einem Stand auf und beginne laut mitzusingen. Mark lacht und stimmt mit ein, bis wir im Gleichschritt wie ausgelassene Kinder über den Gehweg hüpfen.

"Ich war noch nie in meinem Leben tanzen", lache ich Mark an, bleibe stehen und falle ihm um den Hals. "Du wirst alles kennenlernen.", sagt er und hält mich dabei fest. "Wir gehen tanzen, und wie hast du das noch ausgedrückt? Draußen? Ich zeige dir, wie das Leben draußen ist. Es ist schön, schön, schön", packt er mich und wir drehen uns mitten auf der Straße im Kreis. Nach einer Zeit sind wir wieder bei mir zu Hause angekommen. Ich bin ein wenig gehemmt, habe Angst vor dem, was oben auf mich zukommen könnte. Viel lieber wäre ich mit meinen Empfindungen allein. Aber nein, das will ich auch nicht. "Komm, Mark. Wir gehen nach oben", ziehe ich ihn mit mir. Er sieht so gut aus mit seinen kurzen, dunklen Haaren und den hellen Augen. Wir schließen die Tür hinter uns und ich zünde Kerzen an, ehe wir uns aufs Sofa kuscheln. Mark küsst mir die Stirn, die Hände, jeden Finger, schiebt meinen Pulli hoch und gleitet mit seinen Lippen über meinen Rücken."Wenn du es nicht möchtest", flüstert er mir zu, weil er spürt, dass ich verkrampfe, "dann sage es mir."

"Ich kenne das, was du mit mir tust, nicht. Niemand hat mich je so berührt", flüstere ich zurück. "Ich habe Angst vor dem, was kommt."

"Niemand", streicht er meine Haare nach hinten, "hat dieses schöne Mädchen in den Arm genommen. Niemand hat dieses schöne Mädchen je geliebt. Das ist Sünde. Eine große Sünde. Ich liebe dich, jeden Zentimeter deines Körpers. Deine Augen, deine Lippen, wie du mich ansiehst, wie du bist."

"Es überrollt mich", mache ich mich ein wenig frei. "Oh, wie soll ich es dir sagen? Lass mir ein wenig Zeit. Das Gefühl der Liebe bringt mich völlig durcheinander. Ich kann damit gar nicht umgehen. Es ist alles so schnell gegangen. Von einer auf die andere Minute. Es ist Wahnsinn."

"Lass es einfach geschehen. Wenn nicht heute, es wird schon irgendwann passieren", lächelt Mark und blickt mich an. Kerzenlicht scheint uns eins werden zu lassen. "Man muss nicht darüber nachdenken. Das kommt von ganz allein."

"Du liebst mich ja wirklich. Sonst würdest du nicht so rücksichtsvoll sein", sage ich leise und lehne mich an ihn. Trotz meiner anfänglichen Zweifel lasse ich es geschehen, dass seine Hand meinen Rücken streichelt. Die nackte Haut. Ein angenehmes Kribbeln macht sich in mir breit. Mit einem Mal ist die Scheu von mir gewichen. Unsere Lippen finden sich. Wir küssen uns inniglich, leidenschaftlich. Auch ich streichele seine Haut. Es ist schön. "Mark?", stehe ich auf und ziehe meinen Pulli aus. "Melli, bitte, bitte. Bleib stehen. Du bist so schön."

"Danke", werfe ich mich in seine Arme, er küsst mich, meine Brüste, etwas passiert in meinem Körper. Gänsehaut! "Bitte, Mark, zieh dich aus", flüstere ich von selbst. "Bitte." Dann streife ich schnell Hose und Slip ab und schlüpfe unter die Bettdecke. Ich sehe ihm zu, wie er sich seiner Kleidung entledigt. Er ist jung, hat einen schönen Körper, wie ich ihn noch nie leibhaftig vor mir hatte. "Möchtest du, dass ich mich zu dir lege?", fragt Mark mich. "Ja, ich möchte deine Nähe. Ich mag deinen Geruch. Dass Männer so gut duften können..." Schon liegt er bei mir, seine Arme umschlingen mich, Hände erkunden gegenseitig die Körper. Es ist so prickelnd. Ein Gefühl, das mich umhaut, ein Gefühl, das ich nie mehr missen möchte. Ein Gefühl, das nie vergehen soll. Seine Finger fahren über meine Lippen, die Arme, Hände, Brüste, streicheln meinen Po, die Schenkel, die Innenseite, behutsam, einfühlsam. "Liebe, Leidenschaft", tuschele ich ihm ins Ohr, "was habe ich in meinem Leben nur alles versäumt?"

"Viel, Melli, aber ich bin ja nun da. Bei dir. Du bist so schön, deine Haut ist wie Samt. Ich liebe dich. Ich will dich haben. Ganz!", küsst er meinen Nacken.

Unsere Körper beginnen ganz von selbst, sich dem Takt der Lust anzupassen. Ich gebe mich hin. Es wird mit uns passieren, was passieren muss. Jetzt will ich auch ganz mit ihm zusammen sein. Heiser fordere ich: "Nimm mich, bitte, nimm mich doch." Längst halte ich meine Beine gespreizt und Mark legt sich auf mich, dringt langsam in mich ein. Eine Woge der Leidenschaft scheint uns zu tragen. Kurz darauf hat er schon seinen Samenerguss. Wie sein Körper dabei zuckt - da ist mir, als würde mir ein kalter Lappen ins Gesicht geschlagen werden. Ich lasse mir jedoch nichts anmerken. Er ist doch ein Mann und kein Neutrum. Aber das mit dem Glied? "Ich muss dir etwas gestehen", sage ich ihm. Wir liegen schwer atmend und engumschlungen aneinander. "Du musst mit mir Geduld haben", sage ich. "Du mit mir auch", erwidert er "Ich war zu schnell. Aber wenn wir uns besser kennenlernen...?"

"Das meine ich nicht", küsse ich seine Lippen. "Ich meine mich. Es wird dauern, bis ich dein Glied als Körperteil akzeptiere, das zu dir gehört, das ich lieben lernen muss."

"Es war immer dein Feind. Das Teil, das dich bedroht, gefoltert hat", streichelt er meine Wange. "Woher weißt du denn das?", reagiere ich baff.

"Vielleicht habe ich Gerichtsakten, Gutachten gelesen?", höre ich ihn schmunzeln. "Ganz weltfremd, wie du glaubst, bin ich nicht. Nur eines muss ich dir jetzt unbedingt sagen...", erhebt er sich, streicht mein Haar aus dem Gesicht und sieht mir in die Augen. "Melli, ich liebe dich. Komme, was da wolle, wir, also du und ich, wir werden alle Schwierigkeiten schon meistern."

"Ja", umschlinge ich ihn. "Ja, das werden wir. Ich kann gar nicht glauben, was hier in der kurzen Zeit mit dir und mir passiert ist. Dass das kein Traum ist. Darum darfst du nicht gehen. Bitte, bleib heute Nacht bei mir."

"Das wäre ich sowieso, auch wenn du mich nicht gefragt hättest." Mark hat den Schalk in den Augen, springt aus dem Bett und holt uns Zigaretten. Wir rauchen und können nicht voneinander lassen, müssen uns in die Augen sehen, uns berühren. Es ist überwältigend. Engumschlungen schlafen wir ein und ich wache ständig auf, um das Glück, das mich in die Arme genommen hat, zu genießen. Das erste Mal in meinem Leben.

Der Wecker klingelt und ich schrecke auf. Am liebsten wäre ich mit Mark hier für immer und ewig liegen geblieben. Gleichzeitig geht das Handy. Hans Krohn. Er hat den Beitrag organisiert und sagt, dass das Phantombild dem Mann, den ich erkannt habe, verdammt ähnlich ist. Aus dem Grund muss ich am Nachmittag ins Präsidium kommen. Mark wird mich begleiten, mich nach der Schule von zu Hause abholen. Als wir uns trennen müssen, können wir nicht aufhören, uns zu liebkosen. Mark versichert mir immer wieder, er würde mich schon jetzt vermissen. Ich lasse ihn wissen, dass ich genauso empfinde. Auf dem Weg zur Schule ist es zwar noch dunkel, doch der über Nacht gefallene Schnee hellt den ansonsten finsteren Morgen auf. Es scheint, als wären Straßen, Häuser, Bäume mit Puderzucker bestreut. Schnee glitzert im Scheinwerferlicht der Autos wie viele kleine Diamanten. Ich bin so glücklich, habe ein Selbstwertgefühl, dass ich auf ein Podium steigen könnte, um zu den Massen zu reden. Nachmittags fiebere ich dem Wiedersehen mit Mark entgegen. Ich kann mich auf nichts anderes konzentrieren. Dauernd sehe ich auf die Uhr. Endlich! Es klingelt, pünktlich, auf die Minute. Ich stürme aus der Tür und schon fallen wir uns in die Arme. Mark überreicht mir einen Strauß Rosen. Das Strahlen seiner Augen lässt mich dahinschmelzen. Das Leben draußen - wie schön es doch ist. Oh, was es wohl noch alles Wunderbares für mich bereit hält? Das hier, ist das erst der Anfang? Lachend, uns an den Händen haltend, steigen wir in Marks kleines Auto. Den Weg bis zum Präsidium albern wir, necken uns. An jeder roten Ampel, tauschen wir innige Küsse aus. Manchmal wird hinter uns gehupt, weil wir das grüne Licht verpassen.

Gemeinsam betreten wir das Polizeipräsidium. Ich fühle keinerlei Beklemmung mehr. Auch empfinde ich die Räumlichkeiten als ganz anders, nicht so wie beim letzten Mal. Mark und ich erledigen Hand in Hand die Formalitäten. Leichtlebig, geschützt vom Mantel der Liebe, klopfen wir bei Hans Krohn an. Gewichtig steht er sympathisch grinsend in der Tür. "Melli? Hallo! Mann, Mann, dich erkennt man ja kaum wieder! Du siehst ja blendend aus! Wirklich super!"

"Danke", erröte ich, weil es für mich ungewohnt ist, dass mir ein Fremder ein Kompliment macht. Verlegen senke ich schnell den Blick. Währenddessen bittet er uns mit einer einladenden Handbewegung hinein. Ich stelle Mark vor und dann nehmen wir auch schon vor einem Fernsehgerät Platz. "So, dann wollen wir uns das mal gemeinsam ansehen. Ist in den Nachrichten gelaufen", legt Hans Krohn dar und drückt auf die Fernbedienung. Das Video läuft, da schreie ich auf, da ich in dem Moment denke, wenn der Film weiter läuft, könnte der Perverse damit verschwunden sein.

"Halt! Halt! Das ist er! Das da! Das ist er! Zurück! Ein bisschen zurück!"

"Moment! Jetzt! Da?" Das Bild wird angehalten. "Ja, da rechts! Ich bin ganz sicher! Ja, das ist er! Ich bin mir ganz sicher!" Anschließend schildere ich Hans Krohn genau, unter welchen Umständen ich den Perversen entdeckt habe. Der Stuhl ächzt unter dem Gewicht von Hans Krohn, als er meint: "Das sind zwei, links und rechts, Bodyguards, beschäftigt bei einem Sicherheitsunternehmen. Wo, das wissen wir schon. Die werden, wie hier, bei Politikern eingesetzt und der Rechte, der ist dem Phantombild, das wir mit deiner Hilfe anfertigen konnten, sehr ähnlich. Sehr." Hans Krohn gibt Anweisungen in den Hintergrund und Beamte beginnen hektisch zu telefonieren. Wir trinken Kaffee und warten. Dann bedarf es nur noch einiger weniger Telefonate, um zu erfahren, wer dort zum Dienst eingeteilt war. Die Daten werden in den Polizeicomputer gespeist.

"Der, den du identifizierst hast, der hat dich nicht angelogen, denn er ist ein Ex-Bulle", erklärt Hans Krohn, "aber er ist nicht einschlägig vorbestraft. Seit drei Jahren im Sicherheitsdienst tätig. Wir schnappen ihn uns und du wirst dann hierher kommen und ihn identifizieren", erhebt er sich gewohnt behände und blickt mich an. "Übrigens, obwohl du nicht gegen deinen Stiefvater aussagen wolltest, haben wir ein Ermittlungsverfahren gegen ihn eingeleitet. Die Protokolle der Psychologen, die über dich aufgezeichnet worden sind, die den Missbrauch deines Stiefvaters dokumentieren, sind uns über einen Anwalt zugespielt worden. Das Verfahren gegen deinen Stiefvater kann allerdings nicht eröffnet werden. Er hat nach Zustellung der Anklageschrift Selbstmord begangen." Er nickt mir zu. "Auch eine Strafe, wenn auch nicht die gerechte, sich feige zu entziehen, feige, aber das passt ja zu diesen Tätern." Momentan erscheint es mir, als würde es sich um einen Fremden handeln. Es berührt mich überhaupt nicht. Darum zucke ich lediglich mit den Schultern und frage Hans Krohn, ob wir für heute entlassen sind. Dieser signalisiert nickend sein Einverständnis.

Stumm, Hand in Hand, gehen wir zurück. Auf der Heimfahrt sind wir zunächst still, bis das Bedürfnis verspüre, mich zu erklären: "Ich bin froh und erleichtert, dass es mit meinem Stiefvater so gekommen ist. Nun brauche ich ihm nie wieder gegenüberzutreten. Weder vor Gericht noch zufällig. Es ist in mir so eine Ruhe eingekehrt. Es hat sich erledigt. Im wahrsten Sinne des Wortes."Mark nimmt meine Hand und drückt sie ganz fest, zum Zeichen, dass er mich versteht. Das tut mir so unglaublich gut. Als wir zurückkommen, vor dem Haus halten und aussteigen, durchströmt mich ein Gefühl. Die Zuversicht, hier meine Heimat gefunden zu haben. Mark und ich gehen Lebensmittel und Getränke einkaufen. Dabei habe ich keine Minute den Eindruck, ihm etwas schuldig zu sein, und das, obwohl er alles bezahlt. Nach Absolvieren des Schuldienstes werde ich mir irgendeinen Job suchen. Ich nehme plötzlich alles ganz leicht, da ich meine Gedanken, Vorhaben und Träume jetzt mit einem Menschen teilen kann. Im letzten Augenblick habe ich die Notbremse gezogen und eine Kehrtwendung vollführt. Der Vergleich ist passend.

Die Rosen stehen auf dem Tisch, Kerzenlicht verstärkt die Harmonie, die Mark und mich verbindet. Wir müssen einander berühren, immer wieder küssen. Dabei erzählt Mark nun von sich, dass seine Mutter ihn allein aufgezogen, sein

Vater sich aus dem Staub gemacht hätte. Allerdings litten sie nie finanzielle Not, weil seine Mutter aus guten Verhältnissen stammt. Dabei beschleicht mich Furcht, dass sie, wenn sie meine Vergangenheit erfahren würde, mich strikt ablehnt. "Deine Mutter", wird mir siedend heiß deutlich, "wird es niemals, niemals, niemals zulassen, dass du dich mit einer wie mir einlässt."

"Das ist richtig", erwidert er und küsst meine Hand, "das, was du und ich wissen, muss sie doch nicht erfahren. Wir denken uns schon etwas aus, das schlüssig ist, das wir dann vortragen werden. Natürlich nur, wenn du damit einverstanden bist. Denn je mehr Zeit vergeht, desto mehr wird dir deine Vergangenheit nur noch vorkommen wie eine böse Erinnerung. Und wir müssen die doch niemandem auf die Nase binden, oder?"

"Ja, das ist wahr", stimme ich dem leise zu, "aber, dann bin ich doch eine, die ich gar nicht bin. Leben mit einer Lüge." Ich überlege laut weiter: "Trotzdem: Um Vorurteilen und Anfeindungen aus dem Weg zu gehen, ist das bestimmt der einzige Ausweg. Wir, nur das ist wichtig, wir kennen die Wahrheit", nimmt Mark wie im Auto meine Hand und drückt sie fest. Verschwörerisch. "Die Wahrheit gehört uns,", sage ich gerührt. "ja, die gehört uns." Mark drückt noch mal meine Hand, als wollte er einen geheimen Pakt besiegeln. Ich muss neben mir gegen die Fernbedienung gekommen sein. Wie von Zauberhand läuft auf einmal der Fernseher. Die Spätnachrichten. Mir gefriert das Blut in den Adern. Klaus M., sagt eine Moderatorin, ein Ex-Kripomann, nun Bodyguard, wäre verhaftet worden. Die Moderatorin wird ausgeblendet, stattdessen sind Kripobeamte zu sehen. Dabei heißt es, der 48-jährige Familienvater stehe unter dringendem Verdacht, drei Sexualmorde begangen zu haben. Im vierten Fall wäre das Opfer, das ihn identifiziert hat, mit dem Leben davon gekommen. Dazu Bilder, wie er aus einem Hochhaus abgeführt und in ein Polizeifahrzeug verfrachtet wird, das mit Blaulicht davonfährt.

Da ich meinem Peiniger nicht wirklich ins Gesicht sehen konnte, er eine Jacke über den Kopf gezogen hielt und ich hier und jetzt neben Mark sitze, wir uns an den Händen halten, fühle ich mich geschützt. Die unendliche Anspannung löst sich. Ich hole tief Luft, drücke Marks Hand, zeige auf das Fernsehbild.

"Da! Da! Der Bahnhof!", läuft eine Gänsehaut über den Rücken, erneut unerwartet mit dem Damals in meiner Wohnung konfrontiert zu werden. Der Kommentator schildert mit knappen Sätzen die Drogenszene, wie und unter welchen Umständen ein Drogenmädchen ermordet in einem Hinterhof gefunden wurde. Zwei andere Mädchen, auch Junkies, wären in zwei anderen Städten in den Bahnhofsvierteln auf gleiche Art und Weise ermordet worden. Während die Kamera die Szenerie abfährt, sage ich zu Mark: "Siehst du? Das... das ist unsere Straße." Drogensüchtige lehnen neben den Steigen an der Mauer aufgereiht. Es kommt mir vor, als würde in mir das Damals wie im Zeitraffer ablaufen. Ich höre mich flüstern: "Ich kann es mir gar nicht mehr vorstellen, dass... dass..." Die letzten Worte spreche ich nicht mehr aus. Vielmehr denke ich den Satz zu Ende: "... dass ich eine von ihnen war." Es ist ab jetzt vollendete Vergangenheit.

Mark schweigt und hält mich ganz, ganz fest...

Buchtipp: „Zwischen Himmel und Erde"

von Jacqueline Janke

Will ich leben? Will ich nicht leben? Der Gedanke sprang in meinem Kopf wie ein Ping-Pong Ball von der einen Seite zur anderen. Mir war klar, dass ich jetzt eine Antwort auf diese Frage geben sollte. Ich fühlte, ohne es je probiert zu haben, dass ich mich nicht bewegen konnte. Mein Kopf war klar. Ich konnte uneingeschränkt denken, aber so, wie ich mich fühlte und wahrnahm, musste ich krank sein. Ich nahm meine Gedanken mehr zur Kenntnis als meinen Körper.

Ein fesselnder Erfahrungsbericht eines Schicksals, der Mut macht.

ISBN 3-938297-02-6, EUR 19,80, 216 Seiten Klappcover

Zwischen
      Himmel
           und Erde

Holzheimer Verlag

War ich nicht tot genug?!

Buch- und Hörbuchtipp

»War ich nicht tot genug?«

von Zebin Gernlach (www.zebingernlach.de)
Schlaganfall, was nun?

Ich habe im Koma von anderen Sachen als von Engeln und Tunneln mit hellen Lichtquellen geträumt.

Ein Live-Bericht aus dem Koma (Sterbeleben) mit anschließendem 3½ Jahre dauerndem Genesungsprozess.

Erschienen als Buch und als Hörbuch:
Buch: ISBN 3-89811-875-4, EUR 13,00
Hörbuch (2 CD's) : ISBN 3-938297-20-4,
EUR 19,80

Das Hörbuch ist auch für EUR 9,95 downzuloaden unter folgendem Link:
www.soforthoeren.de/product_info.php?products_id=1584

Zebin Gernlach

Buchtipp: „Inmitten vom Nirgendwo"

Der lange Weg einer Borderline-Patientin

Tina S. erzählt aus ihrem Leben mit der psychischen Krankheit Borderline, die sich durch starke Stimmungsschwankungen, ein instabiles Selbstbild und autoaggressive Handlungen auszeichnet: "Ich habe viele, viele Jahre in Kliniken verbracht, kam von einer Therapie in die nächste, nur um mir wieder sagen zu lassen 'wir können Ihnen nicht helfen!' ... Ich möchte Menschen, die an Borderline leiden, Mut machen, dass es einen Weg da raus gibt, mit entsprechender Therapie und einer gehörigen Portion Selbstmotivation. Therapie bedeutet vor allem: An sich selbst zu arbeiten! Das kann einem niemand abnehmen!"

ISBN 3-938297-23-9, 278 seiten, paperback, 17,80 EUR

Buchtipp: Borderline-Anthologie

Von Borderlinern für Borderliner

Wir haben einen Schreibwettbewerb aufgerufen zum Thema „Borderline". Borderliner schildern in diesem Buch ihre Erfahrungen mit der Krankheit.

Ein Buch von Borderlinern, für Borderliner.
Für Angehörige. Für Interessierte.

Spannende Gedichte und Geschichten warten auf Sie, den Leser.

ISBN 3-938297-33-6 , Taschenbuch, 200 seiten
14,80 EUR

Über den Verlag

Der Holzheimer Verlag ist ein junger, frischer Verlag. Er versteht sich als aufstrebenden, „etwas anderen" Verleger, der eng mit seinen Autoren zusammenarbeitet. Wir bieten eine professionelle Plattform für Genies und Anfänger, für Profis und Newcomer - für jeden, der gerne sein eigenes Buch in der Hand halten möchte. Auch Nachwuchsautoren, die noch kein ganzes Buch füllen können, bieten wir die Chance, eigene Texte in einem Buch veröffentlicht zu sehen.

Hier bieten wir Hilfestellung von Anfang an. Ob Schreibarbeiten, Lektorat, Buch- und Coverlayout, ISBN und Druck: Wir helfen, wo es nötig ist. Nach der Veröffentlichung wird Dein Buch im Verzeichnis lieferbarer Bücher geführt und ist somit weltweit bestellbar. Mehr Infos unter www.holzheimerverlag.de.